AF644578

पल्लवी प्रसाद

पल्लवी प्रसाद का जन्म 7 दिसम्बर, 1969 को भावनगर, गुजरात में हुआ। उन्होंने भावनगर यूनिवर्सिटी, भावनगर से बी.कॉम. और एल.एल.बी. तथा चौधरी देवीलाल यूनिवर्सिटी, सिरसा से एल.एल.एम. किया। उनकी पहली कहानी 'मोहल्ला और मास्टरजी' 2013 में 'पाखी' पत्रिका में प्रकाशित हुई। पिछले एक दशक में उनके तीन उपन्यास, पन्द्रह कहानियाँ, व्यंग्य, समीक्षा व अनेकानेक लेख और अनुवाद, 'हंस', 'नया ज्ञानोदय', 'आजकल', 'कथादेश', 'पाखी', 'लमही', 'दोआबा', 'संवेद', 'सबलोग', 'युद्धरत आम आदमी', 'सत्राची', 'अहा! जिन्दगी', 'माटी', 'सदानीरा', 'रचना-समय', 'इंडियन लिट्रेचर', 'डेवलपिंग इंडिया मिरर' आदि पत्रिकाओं में प्रकाशित हुए हैं। वे हिन्दी और अंग्रेजी के अलावा गुजराती, मराठी और पंजाबी भाषाओं की भी जानकार हैं।

सम्प्रति : विधि व प्रशासनिक अधिकारी, जी.जी.एस.ई.एस.टी.सी., बोकारो, झारखंड।

ई-मेल : pallaviprasad7133@gmail.com

काठ का उल्लू

पल्लवी प्रसाद

लोकभारती पेपरबैक्स

लोकभारती पेपरबैक्स में
पहला संस्करण : 2025

लोकभारती पेपरबैक्स : उत्कृष्ट साहित्य के जनसुलभ संस्करण

लोकभारती प्रकाशन
पहली मंजिल, दरबारी बिल्डिंग, महात्मा गांधी मार्ग
प्रयागराज-211 001
द्वारा प्रकाशित

शाखाएँ : 1-बी, नेताजी सुभाष मार्ग, दरियागंज, नई दिल्ली-110 002
अशोक राजपथ, साइंस कॉलेज के सामने, पटना-800 006
1, अनमोल सोराबजी सन्तुक लेन, धोबी तलाव, मरीन लाइंस, मुम्बई-400 002
वेबसाइट : www.lokbhartiprakashan.com
ई-मेल : info@lokbhartiprakashan.com

विकास कम्प्यूटर एंड प्रिंटर्स
ट्रॉनिका सिटी-201 102
द्वारा मुद्रित

मूल्य : ₹299

KAATH KA ULLU
Novel by Pallavi Prasad

ISBN : 978-93-49180-70-3

यह किताब जिसके हाथ में है
उसके लिए

वह जो उल्लुओं में श्रेष्ठ है। वह जो उल्लू बनने के बाद उल्लू बने रहने में सुरक्षा महसूस करता है, यानी जो रूढ़िवत उल्लू है। वह जिसके पंख सजीव हैं किन्तु जिन्हें वह फड़फड़ाकर उड़ नहीं पाता क्योंकि उसकी बुद्धि काष्ठ हो गई है।

भाग-1

1

बँगले का दरबान, बँगले के अर्दली के आउट-हाउस के बाहरी और भीतरी कमरे के बीच की दहलीज पर एक पुरानी लोहे की कुर्सी डाले बैठा है। उसने अपने खाकी मफलर के इक छोर से गर्म चाय से भरा गिलास दोनों हाथों से थाम रखा है। वह रुक-रुककर चाय की चुस्कियाँ भरता है। प्रतीत होता है, वह कहनेवाली की बातें ध्यान से सुन रहा है किन्तु नहीं, वह उसे मनोयोग से देख रहा है।

अर्दली की घरवाली कह रही है—"इ गाँव से कब्बे चले पर देखौ गाड़ी के का भरोसा, 'लेट' हो गई! अब एतना जाड़ा में...।" वह मन-ही-मन गनीमत मनाती है कि सिंह काका माने दरबान, इस परदेस में भी कुशल-क्षेम पूछने चले आते हैं। वह उनका चाय से स्वागत करती है और बिना किसी दुराव-छिपाव के ससुराल-व्याख्यान सुनाती है। दरबान की ड्यूटी बदला करती है। किन्तु ड्यूटी पर रहने के वक्त इसी अपनेपन का उसे भी ठौर है।

बातें सुनने का अभिनय करते दरबान की आँखें गड़ी हैं, अर्दली की घरवाली के गले में पड़ी हँसुली के ठीक नीचे, जहाँ उसकी मांसपेशियाँ हरकत करती हैं। रोटियाँ बेलते हुए उसका दुशाला सामने से खुल जाता है, फिर जब रोटियाँ सेंकने के लिए वह अपने हाथ उठाती है तो पल-छिन में इस दृश्य पर पटाक्षेप हो जाता है, पुनः...। दरबान के हिलते पैर और दहलीज पर उसके बजते बूट उसकी मन:स्थिति बताते हैं।

"भौं-भौं!!! भाऊऽऽ—भा: भौं-भौं..." शगल में खलल! साहब के कुत्ते की भौंक सुनकर दरबान कुर्सी से कूद कर भागा—फाटक की ओर। अन्धेरी रात में सिविल लाइंस की मेन सड़क से इस लेन में मुड़ती हुई

सरकारी गाड़ी का करीब आता स्वर और हेडलाइट का घूमता रोशनी-पुंज बँगले के अन्य चाकरों को सावधान करता है। इन 'कुत्तों के शौकीन' अफसरों का यही तो मजा है। इनके पालतू श्वान चाहे चोर-डकैतों की खबर दें न दें, अपने मालिक यानी अफसर के आगमन की खबर खुफिया नहीं रहने देते। गोया क्या मजाल है, कोई कारिन्दा मक्कारी करते हुए रंगे हाथों पकड़ा जाए?

आई.ए.एस. कृष्णकान्त दुबे—इनकी गाड़ी फाटक के बाहर आ कर रुकी और ड्राइवर ने अधीर होकर हॉर्न बजाया। हाँफते हुए दरबान ने लपककर फाटक खोला और मुस्तैदी से सलाम ठोंका। ड्राइवर ने गाड़ी पोर्च में लगा दी और साहब उतर गए। साहब स्थानीय एम.पी. के निवास से अपने स्वागत की दावत खाकर लौट रहे हैं। हिन्दुस्तानी रवायत है कि स्वागत करने यानी 'लाईजनिंग' के रास्ते बनाने में स्थानीय लोग बिलकुल भी वक्त जाया नहीं करते। फिर नया-नया चार्ज लिया अफसर भी तत्पर रहता है—कि वह फटाफट परिचय ले, जिले की नब्ज को काबू करे और भावी कमाई के स्रोत-सहयोगियों की टोह ले। साहब ने दो दिन पहले ही इस जिला का चार्ज सँभाला है।

नये अफसर के यहाँ पहुँचने से पहले ही सर्कल में यह बात मशहूर हो गई है कि साहब 'ड्राई ऑनेस्ट' हैं...खुर्राट टाइप। अब यह ड्राई ऑनेस्टी क्या बला है, यह कोई न पूछे! जमाने में 'ऑनेस्टी' माने ईमानदारी शब्द के आगे अब विशेषण भी लगने लगा है? ईमानदारी न हुई शादी हो गई—लव मैरेज, नहीं जी अरेंज्ड मैरेज! अरे जब शादी हो गई, तो जैसी भी हो, तेरे सिर सियापा बराबर है। कहने का अर्थ यह है कि अब ईमानदारी अपने-आप में एक मुकम्मल गुण नहीं रही। जैसे हवा 'ड्राई' माने शुष्क होती है, परन्तु जीवन के वास्ते महत्त्वपूर्ण आर्द्रता, उसमें अदृश्य ही समाई रहती है, ठीक वैसे ही इस देश के ड्राई ऑनेस्ट नौकरशाहों की ईमानदारी में आर्द्रता पाई जाती है। आर्द्रता जीवन के लिए जरूरी है। उत्तरजीविता भी कोई चीज है।

कृष्णकान्त अन्य अफसरों की तरह ही बेफिक्र हैं। यह हर तबादले के बाद का चक्र है। ड्राई ऑनेस्टी की अफवाह, अफवाह ही रहती है।

इससे उनका कुछ बिगड़ता नहीं, बल्कि बनता ही है—कार्यों व फाइलों के पिछले रेट बढ़ जाया करते हैं, एकदम खामोशी से। वे जो नीतिपूर्ण है, पाते हैं। किन्तु अनीति से गुरेज करते हैं।

साहब जूते खड़खड़ाते हुए सीधे बँगले के भीतर प्रवेश कर गए। वे अपने कमरे के बाहर जरा-सा ठिठके। उन्होंने पलट कर अपने पीछे आ रहे नौकर को कुछ आदेश दिये। दूर, कान छाने खड़े रसोइए के कानों में कुछ शब्द गिरे जैसे...सोडा...चिल्ड्! नौकर उसके पास पहुँच पाए, इससे पहले ही वह रसोईघर की दिशा में चलायमान हुआ।

कृष्णकान्त ने अपने कमरे में घुसते ही ए.सी. ऑन किया, जूते उतारे और बेल्ट खोल कर अपनी कमीज ढीली करने लगे। उन्होंने यंत्रवत वॉर्डरोब से अपने सोने के कपड़े निकाले और बाथरूम में बन्द हो गए। थोड़ी देर बाद जब वे बाथरूम से बाहर आए, तब तक कमरे से उनके उतारे जूते और कपड़े हटा दिये गए थे। मेज पर उनकी फरमाइश अनुसार भरी ट्रे रखी है और दरवाजे पर नौकर हाथ बाँधे खड़ा है, किसी आदेश की प्रतीक्षा में। उन्होंने उससे कहा, "बस इतना ही, तुम लोग खा-पीकर सो जाओ। कल सुबह आठ बजे से पहले मुझे कोई डिस्टर्ब न करे।" कल छुट्टी का दिन है।

नौकर अपने पीछे कमरे का दरवाजा भिड़ाता हुआ चला गया। कृष्णकान्त सोफे में आराम से धँस गए। उनका कमरा विशाल है, सामने की दीवार पर एक होम थियेटर लगा है, साथ ही उसकी दोनों ओर स्पीकर लगे हैं। वह दीवार किसी भी अन्य सज्जा से खाली है। उन्होंने अपने लिए ड्रिंक बनाई व रिमोट दबाकर टी.वी. चलाया और नजरें सामने टिका लीं, जैसा कि अमूमन हर थका हुआ इनसान अपने खाली वक्त में करता है। कृष्णकान्त अक्सर पीनेवालों में से नहीं हैं। आज पीने की शुरुआत मंत्री जी की दावत में हुई तो मूड अभी बरकरार है। हालाँकि वे वहाँ से जल्दी लौट आए और वहाँ उन्होंने न्यूनतम शराब पी, इतनी, जितनी मेजबान और खुद का मान रह जाए।

वे इतनी जल्दी 'लूज' होनेवालों में से नहीं, खरामा-खरामा...। बहुत देर तक विभिन्न चैनलों को सर्फ करने के बावजूद उनका मन रम नहीं रहा—स्पोर्टस्, मूवीज, आस्था, संस्कार..., फैशन टी.वी. की रंग-उड़ी सूखी मॉडलें अथवा म्यूजिक चैनल पर बेअंस नाऊल्स के उछलते स्याह जोड़ी अंगों ने भी उनके भीतर मन-माफिक असर नहीं जगाया। आखिर उन्होंने टी.वी. बन्द कर दिया। इस तरह उन्होंने अपने लिए रात का गहरा एकान्त चुना, वह शय जो उनके लिए सर्वथा दुर्लभ है।

प्रमिला—कृष्णकान्त की पत्नी, उनके बेटे आदित्य से मिलने पुणे गई हैं, वहाँ उसने नया फ्लैट किराये पर लिया है। वे कुछ रोज वहाँ ठहरकर बेटे की मदद करेंगी तथा अपनी पूरी तसल्ली कर वापिस लौट आएँगी। घरेलू मसलों से कृष्णकान्त लगभग आजाद रहते हैं। इन बातों पर प्रमिला जी ही निर्णय लेती हैं तथा कुशलतापूर्वक इन कार्यों को अंजाम देती हैं। उनके मायकेवाले उन्हें पूरा सहयोग प्रदान करते हैं। अपने परिवारवालों के बीच प्रमिला जी व आदित्य सदा से महफूज रहे हैं और कृष्णकान्त निश्चिन्त!

तबादले का ऑर्डर पहले आ गया था, सो प्रमिला जी जाने से पहले पैकिंग, खासकर निजी सामानों की, करवाकर गई थीं। लेकिन इस बार की 'शिफ्टिंग' नौकरों के भरोसे ही हुई। यदि शिफ्टिंग के दौरान वे मौजूद होतीं, तो बिना एक उँगली उठाए ही इसे किसी तांडव का रूप दे डालतीं। उनमें बड़ा तेज है। प्रमिला जी को पता है पति को कब-क्या चाहिए। अब यह उन्हें कितना सही पता है, नहीं कहा जा सकता परन्तु कृष्णकान्त वाकई कभी खुद से कोई फरमाइश नहीं करते। सिवाय खिचड़ी के, जो पत्नी को पसन्द नहीं और बिना फरमाइश के उनके घर में बनती नहीं। जब वे अपने इस पसन्दीदा भोजन की फरमाइश करते हैं तो माहौल कुछ ऐसा बन पड़ता है, मानो किसी महाभोज की तैयारी हो। निर्देश पर निर्देश...फटकार...नाना प्रकार की चटनियाँ, हर सम्भावित प्रकार के भरते-अचार...नौकरों की बेचैन आवाजाही—न शान्ति, न सादगी! खिचड़ी को भी 'कॉम्प्लिकेट' किया जा सकता है!

कभी-कभी उनके भीतर का गँवार कान्ति आक्रान्त हो उठता है और किसी ओझल कोने में दुबक जाता है, तब आला स्वाद भी उनकी जिह्वा पर नहीं चढ़ पाता है। एक अरसे तक साहब की तरफ से दुबारा कोई फरमाइश नहीं आती।

...तीसरा पैग पी चुकने के बाद खाली हुआ गिलास काँच की मेज पर सस्वर ठनक के साथ टिका। मानो पीनेवाला और पेय, दोनों सुस्ताना चाहते हों। अवसर पाकर कान्ति नि:शंक बाहर आना चाहता है, अपने खालिस रूप में जैसे सुदामा! यहाँ से आगे जितनी रात और जितना होश बाकी रहेगा, अवसाद नशे के साथ-साथ गहराता चला जाएगा। क्योंकि कृष्णकान्त एक चुप्पा बहूरूपिया है।

2

"कान्ति...होय, कान्ति! गाय हल्ला कर रही है, तुझे सुनाई नहीं देता? क्या तूने अभी तक उसे चारा नहीं डाला है?..." माँ की पुकार सुनकर कान्ति को एकदम से होश आया। इतनी देर हो गई! उसने इतिहास के नोट्स बन्द किये, कलम में चटपट ढक्कन लगाया तथा सारी चीजें मेज के एक कोने में करीने से सरकाईं और खुद बाहर ओसारे में निकल आया।

"हाँ-हाँ, अभी जाता हूँ।" कहते हुए वह हड़बड़ाया हुआ घर से बाहर लपका। उसने बाबूजी की पुरानी धोती को तहमद की तरह लपेटकर पहन रखा है। उसने तहमद अपने घुटनों से ऊपर उठाई और कमर में खोंस लिया—वह गौहाल में गाय को चारा-पानी देने में जुट गया। आज बेला बीत जाने से गाय बेचैन है। कान्ति का मन ग्लानि से भर-भर जाता है। वह अपनी सफेद गाय को थपथपाता है। यह थोड़ा प्यार, थोड़ा आश्वासन देने का और माफी माँगने का उसका तरीका है।

यहाँ घर में वही मर्द है, जाहिर है अपनी माँ का वह सहारा है। कान्ति के बाबूजी पुनई कस्बे के माध्यमिक विद्यालय में शिक्षक हैं। दो साल बाद वे अपनी नौकरी से रिटायर होनेवाले हैं। यह नौकरी बाबूजी को इतना नहीं देती कि वे उसके लिए गाँव छोड़ देते और न ही गाँव की खेती से उन्हें इतनी आमदनी प्राप्त होती है कि वह नौकरी को ठोकर मार दें। उन्होंने अपनी जिन्दगानी दो नावों पर पैर रखकर खे दी। लिहाजा न कभी चाल तेज की, न आश्वस्त ही रह पाए। घर-परिवार, गाँव में और अपना डेरा कस्बे में रखा और स्वयं दोनों के बीच लोलक बने रहे। उधर घर में उनकी पत्नी, कान्ति की माँ ने अपना जीवन गृहस्थी और खेती-बाड़ी की देख-रेख में काट दिया।

इससे इतर कुछ किया तो पति की बाट जोही, सदा। उनका गाँव, दगड़िया बाढ़-क्षेत्र में पड़ता है सो खेती भी कैसी? ऐसी, कि कोई न कोई साल सर्वस्व नदी की भेंट चढ़ जाया करता। उस विकट काल में इतनी गनीमत रहती कि उनका परिवार बहुत छोटा था और उनके पास एक अदद नौकरी भी थी वरना गाँव के आबाद, पूर्ण रूप से खेतिहर घरों में भुखमरी, बीमारियाँ व मौत ऐसा बवंडर खेल मचातीं, जिसका बयान मुश्किल है।

कान्ति अपने माता-पिता की इकलौती सन्तान है। ढलती उम्र में जब माँ-बाबूजी की तमाम उम्मीदों पर पानी फिरा ही जाता था, तब किसी दैवीय कृपा से उनके घर कान्ति का जन्म हुआ। बालपन में वह अक्सर बीमार रहता। निर्बल बच्चे को गाँव के दूसरे बच्चे आदतन सताया करते। इस कारण वह अकेला ही अपनी माँ के इर्द-गिर्द खेलता और घर के कामों में दौड़-दौड़ कर उनकी मदद किया करता। बाबूजी की बाट जोहने में वह माँ का साथी बनता। बाबूजी जब भी घर आते, वे उसके लिए रंगीन तसवीरों से भरा बाल-साहित्य व बाल-ज्ञान की रोचक पुस्तकें लाना कभी न भूलते। उनके द्वारा लाई मिठाइयाँ तुरन्त हजम हो जातीं किन्तु उनकी लाई किताबों का चटखार अनवरत चलता। कान्ति तेज-जेहन तो था ही। वह गाँव के स्कूल में एक के बाद एक कक्षा में अव्वल उत्तीर्ण होता रहा।

छोटा कान्ति जब स्कूल से लौटता और कभी घर पर उसे ताला लटकता दिखता, तो वह चिढ़ जाया करता। इस ताले का अर्थ होता कि आज उसे मिस्त्री काकी के घर जाकर बैठना होगा तब तक, जब तक माँ हाट-बाजार से न लौट आएँ, चाहे उन्हें देर हो या सबेर! मिस्त्री काकी माँ की दूर के रिश्ते की 'गोतनी' (देवरानी/जेठानी) लगती हैं। उन दिनों काकी के बेटा यानी कान्ति के शिवेन्द्र भइया शहर में रहकर पढ़ रहे थे। वे जब छुट्टियों में आते तो सामने पड़ते ही कान्ति को अपने संग सैर पर ले जाते, चाट खिलाते, मेला घुमाते। बाद में वह सिलसिला न रहा। शिवेन्द्र भइया पढ़-लिखकर शहर के बिजली दफ्तर में बाबू हो गए—सरकारी नौकर। वे गाँव दगड़िया के 'सक्सेस स्टोरी' बन गए अर्थात सफलता की दास्तान! गाँव वाले बात-बात पर उनकी मिसाल दे डालते, मिसाल न हुई गर्मी के दिनों

में पकी निंबोलियाँ हो गईं...टप्! वे कान्ति के प्रथम हीरो बने। उसके बाल मन में अपनी भावी जवानी की जो भी तसवीरें उभरा करतीं, वे अनजाने ही शिवेन्द्र भइया से हूबहू मिला करतीं। वैसी ही ऊँचे, बाँस-सी कद-काठी, नुकीली मूँछें और हँसता चेहरा। तब वह कहाँ जानता था कि दुनिया में बिजली-विभाग से ऊँचे सोपान भी हैं?

फिर वह समय आया जब घर के द्वार पर ताला लटकता देख कान्ति को कुढ़न न होती। मिस्त्री काकी के घर अब वह बोर न होता। शिवेन्द्र भइया गौना कराकर अपनी दुल्हन घर ले आए थे। कान्ति ने श्यामा भाभी के रूप में एक बिलकुल ही मुफ्त और नया मित्र पा लिया। अब वह ताले को देखकर खुशी से उछलता-फाँदता, काकी के घर दौड़ जाता। उसे बूढ़ी काकी के पोपले दुलार से अधिक मूल्यवान लगनेवाला श्यामा भाभी का स्वागत-भरा स्नेह मिलता। वे कान्ति के संग खूब हिल-मिलकर हँसती-बोलतीं। वह रिश्ते में उनका देवर लगता, इसलिए भाभी उसे 'आप' कहकर सम्बोधित किया करतीं, इस बात पर कान्ति फूला न समाता। यदि वह उनके यहाँ स्कूल से सीधा आता तो वह उसे हठकर पहले आँगन में ही रोकतीं। वहाँ आँगन के किनारे चलती, खुली नाली में जब तक उसके हाथ-पैर न धुलवा लेतीं, उसे ओसारे पर चढ़ने की अनुमति न देती। इस नियम-पालन के बाद वे एकदम पसीज जातीं, तुरन्त उसे पीढ़ा देकर चौका में बिठातीं। उसकी थाली में गरमागरम रोटियाँ अथवा दाल-भात संग साग्रह तरकारी, अचार, प्याज, जब घर में जो हो, वह परोस देतीं। भोजन-समाप्ति से पहले घी में डूबी गुड़ की ढेली जरूर देतीं। इस तरह भइया के साथ भाभी भी उसके आदर्श में शामिल हुईं।

कान्ति के लिए श्यामा भौजी अजूबा है। उसने अपनी माँ को कभी जवान नहीं देखा। वह जब दिखीं, चाहे उसकी स्मृति में ही क्यों नहीं, वे उम्रदराज सी ही दिखीं। लेकिन वह जब भाभी को देखता है, उसे लगता है जब उसकी माँ पहली बार उसके पिता के घर आई होगी, तब ठीक ऐसी ही दिखती होंगी।

खाना राँधते हुए श्यामा भाभी की कलाइयों में आड़ी-तिरछी पड़ी चूड़ियाँ किसी रोज लाल हुआ करतीं तो किसी रोज नीली। उनकी पहनी हुई धोती कभी गुलाबी होती तो कभी पीले रंग की। रसोई की अलमारी में ऊँचे रखे डिब्बों को उतारने के लिए वे उचकतीं तो उनकी बारीक एड़ियों पर पड़ी चाँदी की मोटी पायल चमचमा उठती। उनके तेल-सने केश बहुत ही सुन्दर, वे स्वयं दुनिया की सबसे सुन्दर नारी...ऐसा कान्ति को महसूस होता। भाभी पर्याप्त पढ़ी-लिखी थीं यानी वे बारहवीं पास थीं। कान्ति बच्चा था। इसलिए नई दुल्हन पर रहनेवाली ससुराल की बन्दिशों के बीच वह सहजता से श्यामा भाभी का आँख-कान बन गया। चाहे अपने पिता या पति के नाम डाक डालनी हो अथवा बाजार से कोई निजी सौदा-सुल्फ मँगवाना हो, तो भाभी बेझिझक कान्ति से कह देतीं। वह भी भाभी का कोई काम करने में खुद को गर्वान्वित महसूस करता। एक दोपहर तो कमाल ही हो गया। श्यामा भाभी ने कान्ति का उलझा हुआ गणित का सवाल सुलझा दिया।

कान्ति ने चमत्कृत होकर कहा, "भौजी मैं बिलकुल तुम्हारी जैसी लड़की से ही शादी करूँगा, जिसे तुम्हारी तरह गणित के सवाल भी आते हों।"

यह सुनकर भाभी लोट-लोट कर हँसी थीं और बोलीं, "देवर जी क्या तब तक आप गणित में ही उलझे रहेंगे? हा-हा-ही-हो-हो..." उन्हें यूँ हँसते देख बेचारा कान्ति असमंजस में पड़ गया था। शायद उसने कुछ गलत कह दिया?

'मंजिल'—यह शब्द बहुत जाना-सुना हुआ है, न जाने कितनी कविताओं व कथनों में इसे दुहराया जाता है? इस शब्द के पहलू और मायनों से कान्ति ठीक-ठीक वाकिफ न था, फिर भी यह धुँधला खयाल वह रखता था कि मंजिल कहीं आगे होती है, जिसे पाने के लिए अथक चलना होता है, अपनी नाक की सीध में। कान्ति नजरें उठाता तो अपनी नाक की सीध में पुस्तकों को पाता, दिशा-दिशा में। वह बड़ा हो रहा था, साथ समझदार भी। उसकी जानकारियाँ बढ़ रही थीं। वह न ही सिर्फ अपने घर-गाँव की खस्ताहाली के

बारे में जानता था, बल्कि अन्य दुनियाओं के होने का इल्म भी रखने लगा था। इतना ही नहीं वह खुद को जिस घूरे पर पाता था, वहाँ से उठने का ख्वाब भी देखने लगा था। वह वर्ग-भेद जान गया था और हर निम्नवर्गीय संसाधन रहित युवा की तरह नौकरियों में भविष्य तलाश रहा था। वह तमाम नौकरियों व पदों के बीच के ऊँच-नीच को परखने-भाँपने लग गया। शिवेन्द्र भइया का आदर्श उसकी आँखों से कब लोप हुआ, उसे याद नहीं। ख्वाबों का क्या है? हींग लगे न फिटकरी रंग चोखा! कान्ति चोखे-रंग का ख्वाब देखने लगा। माँ रोज सवेरे आरती गातीं, "निर्बल को बल दे राम...।" निर्बल कान्ति बलवान होना चाहता है। वह मन-ही-मन प्रार्थना करता है, 'बल दो, हे भगवान!'

3

'होनहार बिरवान के होत चिकने पात।'—यह कैसे हो सकता था कि बाबूजी की अनुभवी आँखें अपने पुत्र की ही प्रवृत्ति न पहचानतीं? फिर उन्होंने अपने हाथों से कई छात्रों को गढ़ा जो था। बाबूजी ने मुनासिब समझा कि उन्हें अब कान्ति को गाँव छोड़, शहर के उच्च माध्यमिक विद्यालय में पढ़ाना चाहिए। लेकिन शहर में उनका अपना कोई न था। इस तरह कान्ति शहर के हॉस्टल में रहकर पढ़ने लगा। शहर क्या था?—हिन्दी पट्टी का पिछड़ा जिला-मुख्यालय था। लड़कों का हॉस्टल क्या था?—वह एक विशाल सीलन-भरा, स्याह दड़बा था। घुटे-घुटे कमरों के नन्हें झरोखों में लगी जालियों से धूप बमुश्किल किसी पहर अन्दर झाँक पाती। जिसे वहाँ 'मेस' कहा जाता था, वह महज कच्चे फर्श वाला बहुत बड़ा रसोईघर माना जा सकता है। वहाँ अक्सर दिन में चूल्हों पर बड़ी-बड़ी देगों में भात और दाल डबकते रहते। छिले बाँस की टोकरियों में कभी कद्दू और आलू की फाँकों का ढेर रखा रहता अथवा बीते मौसम की पिल्लुओं वाली गोभी का बदबूदार अम्बार लगा होता, जिन्हें शाम में मंडी उठने के वक्त नौकर सस्ते दामों में खरीद लाया करता। चूल्हों से दूर दीवार से अड़ाईं बोरियों में आलू और प्याज रखे होते। पास ही अपनी उम्र से बदरंग हुए और सड़ चले प्लास्टिक के जालीदार टोपलों में लहसुन-अदरक-मिर्च रखे रहते तथा अपनी ही सफेद गर्द में सने आटे के कनस्तर, डालडा और सरसों-तेल के टिन भी! इस मेस के दो 'स्थायी फीचर' थे। एक—उबलते भात और सड़ते प्याज की मिली-जुली गन्ध, दूसरे—महाराज खुद! महाराज अपनी मोटी कमर पर मैली-सी धोती पहनते। उनका ऊपरी बदन नंगा रहता जिस पर वे जनेऊ-मात्र सूत धारण

करते। उनकी पुराने पड़े लोहे-सी काली त्वचा सदानीरा थी—उनके ढीले कन्धे, झूला सीना और तोंद का बढ़ा हुआ घेरा सदा पसीने से लथपथ रहता, जिससे उनके बदन के खिचड़ी बाल चिपचिपाए रहते। महाराज, चूल्हों से उठते गाढ़े धुएँ में अन्दाज और आदत से टटोल-टटोलकर अपना काम करते रहते, उनके फेफड़े अभ्यस्त थे। वहाँ दृष्टि का क्या काम था भला? मेस में धुएँ से होनेवाले प्रदूषण के निकास की पर्याप्त व्यवस्था नहीं थी और कुछ हो न हो, इस इमारत के बनने के समय, बनवानेवाले ने इस स्थान पर रसोई की परिकल्पना अवश्य न की थी। गाँव से आए नये लड़कों को शुरुआत में मेस में पीढ़े पर बैठकर इस प्रकार भोजन करना एक बेहद हतोत्साहित करनेवाला अनुभव लगता। लेकिन धीरे-धीरे वे भी महाराज तथा अन्य लड़कों के मानिन्द अभ्यस्त हो जाते। गरीबी उन्हें विकल्प न देती।

हॉस्टल में जो हालात थे, जाहिर है उनमें लड़कों के मनोरंजक कार्यकलाप अथवा अन्य गतिविधियों के लिए कोई गुंजाइश न थी। वहाँ कृष्णकान्त जैसे इक्के-दुक्के लड़के ही थे, जो अपने आप को पठन-पाठन में डुबोए रखते। अधिकांश लड़के शहर में शोहदे बने फिरते या लड़कियों की फिराक में आवारा घूमा करते। लड़कियाँ कम, उनकी बातें अधिक हुआ करतीं। यदि किसी लड़की को चिट्ठी फेंकने की ऐवज में लड़का उसके लोगों द्वारा नहीं पीटा जाता तो उस लड़की को लड़के की प्रेमिका मान लिया जाता—कि लड़की ने वह चिट्ठी नहीं पढ़ी/ न पढ़ पाई/ बदनामी के डर से नजरअन्दाज कर गई, इन बातों का 'डिस्काउंट' भाई लोग अपने यार को दे दिया करते। दरअसल, लड़कियाँ सिर्फ लड़कों के सपनों में आया करतीं। इसका खामियाजा कुछ लड़के आपस में पूरा करते। वे बेहद बदनाम थे। लड़के सिनेमा देखने के शौकीन थे, वे देसी ब्लू फिल्में भी देखते! यह शौक महँगा था, इसलिए लड़कों में पैसा चुराना आम था। यहाँ तक कि कुछ जाँबाज शहर के बस-अड्डे, रेलवे स्टेशन जैसी भीड़वाली जगहों पर जेब-कतरी भी कर लिया करते।

हॉस्टल का माहौल बस यही था। जैसे पंक में कमल के फूल खिलते हैं, वैसे ही इस माहौल में भले लड़के भी जी रहे थे या जीने को मजबूर थे।

मृदुल स्वभाव का मालिक होने के बावजूद कान्ति बहुत मिलनसार लड़का नहीं था। उसका काम यारों के बिना भी बखूबी चल जाया करता। उसे अब अपना ध्येय स्पष्ट दिखाई देता था। उसने खूब सोच-समझकर अपनी दिनचर्या तय की। सबसे पहले उसने पुस्तकालय की सदस्यता प्राप्त की। वह रोजाना स्कूल से लौटकर दोपहर का भोजन मेस में खाता, फिर भरी धूप में पैदल ही लायब्रेरी के लिए निकल जाता। साढ़े पाँच बजे शाम को लायब्रेरी बन्द होती, तब वह अध्ययन की किताबें जमाकर, अपने नोट्स समेटकर हॉस्टल को वापिस लौटता। लेकिन यह जरूरी नहीं था कि वह सीधे अपने कमरे पर ही पहुँचे। उसके रास्ते में एक कच्चा मैदान पड़ता। मैदान के किनारे चकत्तों में घास उगी होती, जिसे भटके हुए पशु चर रहे होते, वहीं आवारा कुत्ते गश्त मारा करते। साल में कभी-कभी झाड़ू बनानेवाले या गधे पालनेवाले बनजारे-समूह मैदान में अपनी झुग्गियों का डेरा डालते। शहरवासी अचानक किसी सुबह इन्हें मैदान में पाते, यह कुछ हफ्तों रहते, फिर किसी रोज रातोंरात गायब हो जाते, कहाँ, कोई न जान पाता! शायद इसी कारण मैदान का अनौपचारिक नाम गधेड़िया फील्ड था? मैदान के पास की सड़क पर एक बूढ़ा भूँजे हुए चने और खस्ता मूँगफलियों का खोमचा लगाता। सन्ध्या-प्रवासी मच्छरों को भगाने के लिए अपने खोमचे पर वह धूप जलाता। मूँगफलियों और चनों के स्वाद के अलावा दाम में भेद था। चने स्वाद और दाम में कम होते, किन्तु वे हाजमा दुरुस्त रखते। वहीं महँगी मूँगफलियाँ हाजमा बिगाड़ सकती थीं। सो कान्ति अक्सर ही चना-भूँजा फाँकते हुए मैदान में क्रिकेट खेल रहे लड़कों का खेल देखने रुक जाया करता। धीरे-धीरे उन खिलाड़ी लड़कों से उसकी जान-पहचान हो गई, खिलाड़ी कम पड़ जाते तो वे उसे भी खेलने के लिए बुलाते।

"ओय!!! खेलेगा?" वह अध-फाँके चने के ठोंगे की पुड़िया बना, जेब के अन्दर ठूँस लेता और हथेली पर लगा चने का नमकीन बुरादा जेब पर हाथ घिसकर साफ करता। किताबों का झोला किसी सुरक्षित जगह पर रखकर वह लड़कों के पास दौड़ा चला जाता।

"फील्डिंग कर! उधर खड़ा हो जा।"

"ओके!" वह जितना दिखाता दरअसल उतना उत्साहित न होता। इस तरह वह उनके खेल में शामिल होने लगा। क्रिकेट में ऊँच-नीच थी। सबकी तरह वह भी इस भेद का सम्मान करता—जिसका बल्ला, वह कप्तान। फिर कोई बॉल वाला, स्टम्प वाला...। तब सिद्धू भारतीय क्रिकेट का ताजातरीन 'सेंसेशन' था, कभी न मुस्कुरानेवाला छरहरा दढ़ियल सरदार प्लेयर जो अर्धशतक बनाने से पहले आउट ही न होता, गेंदबाज गेंद पर जितनी मर्जी चाहे, अपना थूक रगड़ ले! वाह, उसकी क्या बात थी! उन दिनों गधेड़िया फील्ड में हर शाम भारतीय क्रिकेट-टीम अवतरित होती और खूब गर्द उड़ाती। कान्ति मामूली खेल पाता लेकिन क्रिकेट खेलना उसे बहुत पसन्द है। खेलने से उसका मन और शरीर तरोताजा हो जाते हैं। खेल में किसी से अधिक बातचीत करने की गरज भी नहीं पड़ती। चूँकि लड़कों की बातें जल्द ही घूम-फिर कर लड़कियों पर आ जातीं और कान्ति उनके रोमांच से कतराने लगता। हृदय के जिस स्थान में लड़के, लड़कियों को बसाते होंगे—यदि ऐसा कोई स्थान होता होगा, तो निश्चय ही कान्ति के हृदय में पहले से ही वहाँ बजरंग बली प्रतिष्ठित थे। लड़कियों से वह बचता फिरता और लड़कों के स्कूल में उनसे बचना भी कैसा? वे कौन सा उसकी राह में खड़ी रहती थीं? अपने सहपाठियों द्वारा दिये 'भोंदू' के लेबल को वह बिना प्रतिकार स्वीकार कर लेता। उसकी मंजिल और थी। उसकी प्रार्थना एक—'बल दो, हे भगवान!'

पहले-पहल अपने घर लौट जाने के लिए कान्ति का मन छटपटाते रहता। जब वह स्कूल की छुट्टियों में गाँव आता, तो प्रफुल्लित रहता। अँधेरे पिंजरे से उजले आसमान में छूटे पक्षी की तरह वह खुले खेतों में घूमता, नदी में नहाता। माँ के हाथों बनी मीठी मुलायम रोटियों का स्वाद लेता और पूरे मन से गइया की सेवा किया करता, मानो उस निबोली के वियोग की भरपाई दुलार से करता हो। वह गली के बच्चों को इकट्ठा करता और कपड़े धोने के धोखे का बैट बनाकर उन संग क्रिकेट खेलता। परन्तु इंटर पास करते-करते कान्ति बदलने-सा लगा, उसका मन गाँव से उचटने लगा। वह गाँव के लड़कों को अपनी तुलना में बेमेल पाता।

ना ही वह गाँव की राजनीति से अपना कोई सरोकार बैठा पाता था। उन लोगों के किस्से उसे रुचते नहीं। शिवेन्द्र भइया भी आखिरकार पूरा परिवार लेकर शहर चले गए थे। यहाँ तक कि मिस्री काकी और मिस्र काका भी बेटे के साथ रहने लगे। भइया को छोड़, भाभी और बच्चे कब तक गाँव में बूढ़े-बूढ़ी की सेवा करने को पड़े रहते। उन लोगों ने अपने खेत अध-बटैया पर उठा दिये और दो कमरों में ताला मार, घर यादवों को किराये पर दे दिया। क्या सिर्फ कान्ति ही बदल रहा था? गाँव भी तो बदल रहा था। लोगों में माटी का मोह छूट रहा था, यह मोह, देह और उसके सुख से जुड़ रहा था। शहरों में सुख गुच्छे-गुच्छे खिलता था। इसमें कान्ति क्या कर सकता था?...किसी सदी में इसी तरह लन्दन व पेरिस बसे होंगे, इसी तरह कलकत्ता व मुम्बई बढ़े और अब दिल्ली फैली जा रही है...लेकिन 'हनूज दिल्ली दूर अस्त'।

कान्ति तो बस यह करता कि छुट्टियों में दो-तीन दिन माँ के पास रहता फिर बाबूजी के पास कस्बा पुनिया जाने की जिद पकड़ लिया करता। वहाँ उसका मन लगता। बाबूजी के साथ दुनिया जहान की बातें करते, वह खुद को वयस्क महसूस करता, जो वह हो चला था। माँ उसे बालक समझती। वह बेचारी उसके पेट की थाह जानती, प्यार से भोजन खिलाती। पुरुष हो चले पुत्र के मन की थाह वह क्या जाने? मुई किताबों ने उसके दिमाग में जगत भर की बातें ठूँस डाली हैं, उसके मन में महत्त्वाकांक्षाएँ सिर पटक रही हैं, इसका गुमान उसे कैसे हो? फिर वह ठहरी सन्तनी! जैसे जीवन-भर पति-वियोग झेला, वैसे अब पुत्र-वियोग भी! विलक्षण के पग की बाधा न बनना चाहिए, यूँ सोच वह गुमसुम रह जाती।

अब छुट्टियों का एक बड़ा हिस्सा कान्ति पुनिया में रहकर बिताया करता। गाँव की अपेक्षा वहाँ अध्ययन-अभ्यास की बेहतरीन सुविधाएँ व माहौल थे। प्रदेश पिछड़ा था, रोजगार के लिए व्यवसाय और उद्योग सीमित थे। बेरोजगार युवक या तो हल जोतते, मजदूरी करते अथवा शिक्षित बेरोजगार सरकारी नौकरियों की घात लगाते, तब तक, जब तक उम्र और प्रयास चूक न जाते, आगे उनका भगवान मालिक था! यही कारण है कि पुनिया जैसे छोटे सब-डिविजनों के बस-अड्डों पर भी स्तरीय प्रतियोगी पत्रिकाएँ व

समाचार-पत्र सहज उपलब्ध थे—उनके खरीदार बहूतेरे थे! हर शाम बाबूजी और उसके बीच मानीखेज विषयों पर चर्चाएँ छिड़तीं। पुनिया में उसकी ही तरह महत्त्वाकांक्षी युवा और भी थे। अधिकतर उससे ज्यादा अनुभवी थे। छुट्टियों में जब यह समान परों के परिन्दे मिलते तो उनमें बड़ा उत्साह रहता। अपने-अपने स्तर पर वे एक दूसरे की मदद करने को तत्पर रहते। वे आपस में सिर्फ पढ़ाई सम्बन्धित तरह-तरह के 'डाऊट्स' ही नहीं 'सॉल्व' करते, वे अमूमन मटरगश्तियाँ भी करते। वे सिनेमा देखते अमिताभ वाली, तमाम हिरोइनों पर उनका दिल आ जाता। दबी-सी पसन्दवाला एक आलोक ही था, जो नसीरुद्दीन शाह का कायल हुआ करता।

उम्र के इसी दौर में कान्ति का माँ से अलगाव होना शुरू हो गया। कुछ तो वह बैरागिनी थी और उससे कहीं ज्यादा कान्ति दुनियावी हुआ जा रहा था।

4

कान्ति बी.ए. पास हो गया। उसने बाबूजी से कहा, "मैं शहर के कोचिंग इंस्टिट्यूट में नाम लिखवाना चाहता हूँ। घर पर जैसी चाहिए, वैसी तैयारी न हो सकेगी।" बाबूजी भी सब्ज-बाग के ख्वाब देखने लगे थे, रह-रहकर घबरा उठते। वे ग्रामीण परिवेश के निहायत मामूली शिक्षक जो ठहरे। एक ऐसा शख्स, जिसका बेटा जवान हो गया है और पेट में अंगारे लिए घूमता है। वे स्वयं अब उसका मार्गदर्शन करने लायक नहीं रहे थे।

वे झटपट बोले, "जरूर। ठीक से देख-समझकर नाम लिखवा लो। पूरी मेहनत से तैयारी करो। जो तुमने ठाना है वह यज्ञ है।" उन्होंने मन-ही-मन पहले का कई बार जोड़ा हुआ हिसाब ताबड़तोड़ दुहराया—'सेवानिवृत्ति को अभी इतने वर्ष रहे...कोचिंग फीस-किताब-कॉपी के इतने रुपये पकड़ लें, रहने-खाने का खर्च...सेवा से निवृत्त होने से पहले...माने खींच लेंगे वे? उन्हें कौन सी बेटी ब्याहनी है! लड़का लक्षणवान है, बेफिक्री से पढ़ा तो बड़ी नहीं तो छोटी प्रतियोगी परीक्षा जरूर पास कर सकता है। जो न कर पाया तो?... तो टिचरई धरी ही है!'—देश के शिक्षित रोजगार का सबसे निचला पायदान!

मानो कुछ याद कर, बाबूजी चौंके, "और रहोगे कहाँ?"

कान्ति बोला, "देख रहा हूँ। जल्द ही इन्तजाम हो जाना चाहिए। एक प्रोफेसर हैं, उनके यहाँ किराये का कमरा खाली है, जो वे पेइंग गेस्ट रख लें तो फिर कोई चिन्ता नहीं रहेगी।"

बाबूजी ने पूछा, "खर्चा?"

"प्रो. यदुनाथ मिश्र सज्जन हैं। दो पैसे कम न भी करें, ज्यादा हरगिज नहीं लेंगे।"—कहते हुए कान्ति जरा-सा हँस दिया। हँसी की ओट में वह अटपटापन छुपा गया।

पिता ने पैसे माँगते जवान बेटे का हौसला बढ़ाया, "हाँ-हाँ, उनका नाम शहर में किसने नहीं सुना? सुना है बड़े विद्वान आदमी हैं!" इस प्रकार बाबूजी सहजता का जामा पहने चर्चा करते रहे।

खुदा की मार, तिस पर भ्रष्ट सरकार और युवा बेरोजगार, बदहाल प्रदेश की कानून-व्यवस्था क्या होगी? वहाँ के लोग पूछें 'कला' किस चिड़िया का नाम है, किस डाल पर रहती है? जिन नगरों में अमीर सेठ और उद्योगपति नहीं रहा करते—कलाकार वास नहीं करते, उन नगरों के चमकते सितारे, वहाँ के नौकरशाह और युनिवर्सिटी प्रोफेसर हुआ करते हैं...नौकरशाहों का तबादला हो जाता है और प्रोफेसर किंवदन्ती की तरह बने रहते हैं।

आचार्य द्रोण ने पूछा, "हे अर्जुन, तुम्हें क्या दिखता है?"

अर्जुन बोला, "मुझे मछली की आँख दिखती है।"

कान्ति स्थानीय आर्ट्स कॉलेज के प्रोफेसर यदुनाथ मिश्र के यहाँ रहकर प्रतियोगी परीक्षा की तैयारी करने लगा। प्रोफेसर साहब का बँगला खूब बड़ा था लेकिन था एक मंजिला। छत के ऊपर सिर्फ एक कमरा बना था, जिसके सामनेवाले कोने में छोटा-सा शौच-गुसल था, जिसकी छत पर पानी की टंकी बनी थी, जिससे घर-भर के नलों में पानी जाता था। कमरे और शौच-गुसल के बीच पड़नेवाले छत के विस्तार में डोरियाँ बँधी थीं, जो परिवार के धुले कपड़ों को धूप-हवा में सुखाने के काम आती थीं। बँगले का मुख्य द्वार बैठक में था। एक दूसरा अनौपचारिक द्वार बँगले के किनारे से होकर था, जिसका घरवाले अधिक प्रयोग किया करते। कान्ति के लिए यह दूसरा वाला द्वार ही मुख्य था। इससे घुसते ही दाहिने तरफ उसके कमरे को जाती सीढ़ियाँ थीं, जिनसे वह चुपचाप ऊपर-नीचे आ जा लेता था। न वह किसी की बाधा बनता, न कोई अन्य उसकी। हाँ, यूँ आते-जाते उसे उस परिवार के जीवन की जरा-बहुत झलकियाँ मिल जाया करतीं, खाना उसे पहले अपने कमरे में ही मिला करता। बाद में कई बार डाइनिंग टेबल जो सीढ़ियों के पास ही रखा था, पर भी वह जीम लेता। धीरे-धीरे वे लोग उसकी अध्ययन-निष्ठा से प्रभावित हुए बगैर न रह सके।

यदुनाथ मिश्र उसके प्रति स्नेहिल व्यवहार रखते और आंटी उसके होने से आश्वस्त रहतीं। जिल्द चढ़ी मोटी पुस्तकों, पत्रिकाओं और पुराने मुड़े-तुड़े नोट्स की बासी कागदी गन्ध से भरे, भिड़े-बन्द कमरे में पढ़ाई की समय-सारणी 'पकड़' कर प्रतियोगी परीक्षाओं की तैयारी करते हुए, ऐसा नहीं है कि कृष्णकान्त का मन कभी उलझा ही न हो!

कान्ति यूँ उलझा—

फरवरी का महीना रहा होगा। ठीक वह समय जब सर्दी टा-टा-बाय-बाय कर चुकी होती है और गर्मी का अता-पता नहीं होता। मौसम की खुशनुमाई स्कूली बच्चों को सालाना परीक्षा से नहीं बचा पाती। वह परीक्षा उन्हें बसन्त से बचाती है। कान्ति 'डिस्टर्ब' हुआ, उस झील की तरह, जिसकी सतह को छूकर कभी हवा भी नहीं चली थी लेकिन, जिसके किनारे किसी पौधे ने उग आने की हिमाकत कर दी हो—उस गुस्ताख पौधे के फूल से जंगली पराग झील के पानी में झर-झर जाते हों? आजकल सीढ़ियाँ चढ़ते-उतरते कान्ति के शरीर के रोंए से मानो वे परागकण चिपक जाते हैं, उनका भीनापन छूटता नहीं। उसे नीचे वाला घर अलग-अलग क्यों लगने लगा है? आंटी किससे इतना बतियाती हैं दिन-भर? सीढ़ियों पर मोहन के साथ कौन दौड़ता-फिरता है? नीचे रसोईघर से बेसमय ही पकवानों की खुशबू क्यों उठती है? दोपहर में वह कोचिंग से लौटा तो बँगले के फाटक पर मोहन से टक्कर हो गई। हमेशा की तरह मोहन जबरदस्ती बन्दर की तरह उछलकर उसकी साइकिल के पीछे करियर पर बैठ गया। कान्ति ने एक हाथ से फाटक लगाया और साइकिल घसीटते हुए भीतर करने लगा लेकिन मोहन के वजन से वह डगमगाती थी। मोहन बदमाशी से हँसता और शोखी करता, वह जानता है कान्ति उसे गिरने नहीं देगा।

"उतर जाओ!"—कान्ति ने झूठमूठ डपटा।

"साइकिल चलाने दोगे?"

"नहीं।"

"दे दो न, भइया। सिर्फ एक राउंड मारूँगा...प्लीज।"—मोहन साइकिल से उतर कर चिरौरी करने लगा।

"अभी बहुत धूप है। आंटी डाँटेंगी मुझे। शाम में ले जाना।"—कान्ति ने साइकिल को स्टैंड पर लगाया।

मोहन बताता रहा—"मेरी दीदी आई हुई है साहिबगंज से, मौसेरी बहन।... तुम मिलोगे?"

कान्ति झुककर साइकिल को ताला लगाता रहा। तभी भीतर से मोहन को किसी लड़की ने पुकारा। मोहन दहलीज फाँदते हुए अन्दर गायब हो गया। कान्ति मोहन के सवाल का जवाब देने से बच गया।

लेकिन रसोईघर से आंटी ने उसे सीढ़ियों पर ही आवाज देकर रोक लिया—"कान्ति?...नीचे डाइनिंग टेबल पर ही खा लो बेटा, गर्म कचौरियाँ छान रही हूँ। ऊपर काहे को भेजूँ? समय पर आए हो तो यहीं बैठ जाओ!"

कान्ति झिझक गया, फिर बीच सीढ़ियों पर अपना बैग रखकर दुबारा नीचे उतर आया। वॉश-बेसिन पर हाथ धोकर वह टेबल पर बैठ गया। वह खाना खाता रहा। रसोईघर में मेहमान लड़की की चहल-पहल उसकी जिज्ञासा बढ़ाती रही। लड़की साफ-साफ दिखाई न पड़ती, परन्तु घर में उसके वजूद का आभास साफ प्रतीत होता। एक-दो बार कान्ति को वह कमरे की खिड़की से बाहर ढलती दोपहर में मोहन के साथ सूखते हुए कपड़े उठाती भी दिखाई दे गई। हवा में फरफराते चादर व साड़ियों के परदे के कभी आर, कभी पार जाती हुई, मानो बादलों से आर-पार आँख-मिचौली खेलता पूनम का चाँद हो। हाँ, उसका नाम पूनम है! उसके चाचा जी सड़क दुर्घटना में गम्भीर रूप से घायल होकर एम्स, दिल्ली में भर्ती हैं। उसके मम्मी-पापा दिल्ली गए हैं। वह कुछ हफ्तों अपनी मौसी के घर यानी यहाँ रहेगी। ऐसे कुछ तथ्य कान्ति बिना पूछे ही जान गया था। वह गोल भरे गालों वाली, भरी-पुरी कायावाली लड़की है, जो अक्सर लम्बी फ्रॉक पहना करती और कभी-कभी सलवार-कमीज भी।

एक दिन की बात है, वह लड़की छत पर आई।

उसे जिद करके मोहन लाया है, जो अब भी उत्साहित होकर शोर मचा रहा है, "चलो न दीदी बड़ा मजा आएगा! देखो तो आज हवा कितनी मस्त है। यह लो, इसे ऐसे पकड़ो...उधर, उस कोने में जाओ और दूर...बस-बस! रेडी? हाँ, छोड़ो!!!"

कान्ति को कमरे में आवाज सुनाई दी 'सर्रर...ठप्प!' पतंग छत पर गिर गई। 'सर्रर...ठप्प!' मोहन निर्देश दिये जाता और लड़की शायद अनमनी सी उसका पालन करती—'सर्रर...ठप्!'

"तुम्हें 'छूट' देनी आती ही नहीं।"

"मानो तू बड़ा पतंगबाज है? मैं नीचे जा रही हूँ बाबा!"

"अरे रुक जाओ दीदी!...मेरी लटई कौन पकड़ेगा?"

लड़की बोर हो गई थी, लेकिन मोहन उसकी बाँह पकड़कर चिरौरी करने लगा। तभी कान्ति जो उनकी बातें सुन रहा था, बिना सोचे-समझे अपने कमरे से बाहर निकल आया। लड़की अनायास छिटककर किनारे खड़ी हो गई। कान्ति चुपचाप मोहन के पास गया और उससे पतंग लेकर उसका कन्ना परखने लगा। मोहन दीदी की जगह भइया को पाकर शेर हो गया। वह जानता है, अब उसकी पतंग खूब चढ़ेगी। कान्ति ने कन्ने की गाँठ चुटकी में पकड़ी और पतंग को तोला। पतंग एक ओर जरा-सा झुक गई।

"बैलेंस करना पड़ेगा। गोंद-पट्टी है?"

मोहन ने चट से जेब से गोंद-पट्टी निकालकर दी। कान्ति ने पट्टी का इक नन्हा टुकड़ा दाँतों से काटा और पतंग के उठे हुए पहलू की तरफ कमानी के पास चिपका दिया। दुबारा जाँचा तो पतंग बराबर तुली। दोनों लड़के छत की सीमेंट वाली फर्श पर उकड़ूँ बैठे, पतंग पर झुके अपना काम कर रहे थे। थोड़ी दूर खड़ी लड़की कौतुहल से लम्बे लड़के को देख रही है। लड़के ने एक बार भी उसकी तरफ नहीं देखा है, इसलिए वह निर्भीक हुई जा रही है।

मोहन पतंग उड़ा रहा है, तभी कान्ति ने उसे आसमान दिखाते हुए कहा, "वह देखो! उस नीली पतंग से पेंच लड़ाते हैं..." उड़ती हुई पतंग की डोर न जाने कब कान्ति के हाथ में आ गई, किसी को पता न चला, खुद कान्ति को भी नहीं। लटई लड़की के हाथ में है। अब लड़की और कान्ति के बीच एक डोर है जो आसमान में जाकर गुम होती है। कान्ति की आँखें पतंग पर गड़ी हैं लेकिन उसका पूरा वजूद लड़की के पास खड़े रहने से तनाव की जद में है। लड़ गई! कान्ति ने तेजी से माँझा खींचना शुरू किया। मोहन, भइया की बाँहों की विद्युत गति को देखकर हैरान है।

मोहन उछलकर चिल्लाया, "ब-काटा! ब-काटा!" कान्ति बहुत हल्के से मुस्कुराया। धूप में चुँधियाई बाज निगाहों से उसने आसमान का मुआयना किया। उसके कानों में लड़की की हँसी की आवाज पड़ी, वह विजयी हुआ। उसने पतंग की डोर मोहन को वापिस थमा दी। माँझा खींचते हुए उसकी उँगली जरा-सी कट गई है, उसने अपनी उँगली दबाई तो लड़की के मुँह से "स्सि..." निकला। लड़की ने उसे सहानुभूति से देखा।

इस बीच कान्ति की झिझक कब और कैसे कम हो गई! वह अपने कमरे में गया और चट से जाकर दो गिलासों में शरबत घोल लाया। शर्बत बिलकुल भी ठंडा नहीं था, उसके पास फ्रिज थोड़े ही था! आश्चर्य, शरबत के गर्म होने से उसके आत्मविश्वास में जरा भी फर्क नहीं आया। इस वक्त पूनम को अपनी सहृदयता और मेहमान-नवाजी का सबूत देना ही उसका सर्वोपरि उदेश्य है। इस तरह उसने 'फोकस्ड' होकर शर्बत परोसा। मोहन धाराप्रवाह कोई किस्सा सुनाए जा रहा है, मानो नेपथ्य में। पूनम गर्म शरबत की चुस्कियाँ हौले-हौले ले रही है। लगता है उसे कोई जल्दी नहीं, फिर भी उसकी निगाहें शरबत के भीतर किसी अतल में गड़ी जा रही हैं। कान्ति अपनी बादामी रंग की पतलून की जेबों में दोनों हाथों को डाले उसके यूँ शरबत पीने को आँखों से पी रहा है। हवा उनके शरीर को छूकर बह रही है। आसमान में 'खींच' दिये पतंग ऊपर की ओर सरसरा रहे हैं और वही ढील दिये जाने पर बदमस्त गोता लगा रहे हैं।

कान्ति और पूनम के बीच दोस्ती ने जन्म लिया। ऐसी बेजुबान दोस्ती, जहाँ आँखों के मार्फत दो मन के बीच सतत संवाद चलता रहता है। यदा कदा मौका लगता तो उनमें जरा-सी बात भी हो जाती। जैसे, कान्ति उससे उसकी पढ़ाई के बारे में कुछ पूछ लेता—वह उत्तर दे देती। कभी वह कोई 'डाऊट' पूछ लिया करती। माने पढ़ाई के अलावा कुछ और पूछने की हिम्मत कान्ति कभी न जुटा पाता।

एक सुबह घर में हुल्लड़-सा मचा। आज आंटी रसोईघर में अल्ह-सुबह से ही भिड़ी हुई हैं। मानो युद्धस्तर पर तैयारियाँ चल रही हैं। गरम घी में छनते हुए पकवानों की मीठी खुशबू ने कान्ति को देर तक सोने नहीं दिया। कल शाम ही मोहन बता रहा था—"चेन्नई से प्रवीण भइया आ रहे हैं।"

उसने पूछा था—"तुम्हारे भइया चेन्नई में क्या करते हैं?"

"वे फर्स्ट इयर बी.टेक. में पढ़ते हैं।"

"अच्छा!"

सिलबट्टे पर पिसते मसाले, चलते बेलन व छोलनियों की नीचे से आती हुई ध्वनि कान्ति को आश्वस्त कर रही है कि अब दावतों का, न थमनेवाला दौर चलनेवाला है। उधर प्रोफेसर साहब भी अपनी गाड़ी सर्विसिंग कराने के लिए गराज गए हुए हैं।

दूसरे ही दिन पूनम का जन्मदिन पड़ गया। ऐन मौके पर कान्ति को यह बात पता चली। आज दोनों भाइयों ने पूनम को हाथों-हाथ लिया हुआ है। भइया और आंटी उसे लेकर बाजार कराने गए हैं। बहन पर निछावर हो रही हर चीज और प्यार में छोटा मोहन अपना जायज हिस्सा पा रहा है। आंटी के जोर देने पर कान्ति ने दोपहर का भोजन नीचे ही खाया। अपने पास से गुजर रही पूनम को वह बस इतना ही कह सका—"हैप्पी बर्थ डे टू यू!"

उस शाम वह अपने मित्रों के पास नहीं गया। वह अकेला ही बाजार निकल पड़ा। लेकिन उसे कुछ समझ नहीं आता था कि वह क्या चाहता है? अलावा इसके कि कुछ तोहफा उसे अवश्य लेना है। वह दुकानदर दुकान भटकता रहा। उसने चाबी के खूबसूरत छल्लों को टटोलकर छोड़ दिया...उंहु: सस्ता हो जाएगा! हाथ के कामदार कड़े अथवा कंगन? इतने सुन्दर! लेकिन इन्हें देना ठीक न होगा। उसने सिल्वर क्लच-पर्स की कीमत पूछी तो सुनकर चकित रह गया। वह हतप्रभ देख रहा है इन 'लेडीज कॉर्नर' छाप दुकानों में, इफरात में अजूबा चीजों की बिक्री हो रही है। ऐसी वस्तुएँ, जिनकी वह कल्पना भी नहीं कर सकता था। लड़कियाँ और औरतें लिपस्टिक खोल-खोलकर उनके रंग देख रही हैं। लड़कियाँ अपने नाखूनों पर नेल पॉलिश लगाकर, रोशनी में उँगलियाँ नचाकर रंग का असर परखती हैं। कोई आईने में पहना हुआ झुमका जाँच रही है कि फबता है या नहीं? उन सबके होने से दुकान में खुशबू है। कान्ति सामान से ज्यादा उन्हें मुँह बाए देखने लगा। दुकानदार ने ताड़ लिया, यह अजनबी छोकरा ग्राहक नहीं है। यह जरूर लड़कियों की ताक में दुकान में घुस गया है।

"कनखिया क्या कर रहे हो जी?" दुकानदार ने कान्ति को घुड़का।

इससे पहले कि कान्ति कोई उत्तर दे पाता, दुकानदार ने उस पर और लानत बरसाई, "चलो-चलो यहाँ से! टाइम न खराब करो!"

कान्ति घबरा गया। लज्जित होकर वह तीर की तरह दुकान से निकलकर सड़क पर आ गया। कान्ति ने मन-ही-मन खुद को दिलासा दिया—तो क्या हुआ जो उसमें हिम्मत नहीं, न पास हैसियत ही है। जो चकमक चीजें उसके आँखों के रास्ते दिल में उतरीं, उन सबको उसने तोहफा दिया और पूनम ने खुशी-खुशी सारे तोहफे कुबूल लिए! यह समझ लेने में क्या हर्ज है? कल्पना की पींगें भरने में उसे मजा आने लगा और वह यूँ ही मजे-मजे में घर लौटा।

रात की दावत में शामिल होने के लिए जब कान्ति तैयार होकर नीचे उतरा, तब केक कटने की तैयारी पूरी हो चुकी थी, मोहन मेज की चक्करें लगा रहा था। पूनम ने हाथ में चाकू लिया और उसकी निगाहें पल भर को कान्ति के चेहरे पर टिकीं। केक कटा, सबने बर्थडे गीत गाया। तालियों की आवाज और केक के लाजवाब टुकड़ों के आदान-प्रदान के बीच कुछ गफलत-सी महसूस करते हुए कान्ति ने 'सफलता की कुंजी' नामक छोटी-सी पुस्तिका पूनम की ओर बढ़ा दी, जन्मदिन का तोहफा!—वह आज दिन-भर इसी उधेड़बुन में रहा था कि वह पूनम को क्या दे? उसे कार्ड देने का खयाल आया तो चिन्ता हुई कि कार्ड में लिखेगा क्या?...फिर अपने नाम से किसी लड़की को कार्ड देना कितना वाजिब होगा? वह तय नहीं कर पाया। तब क्या फूल दे दे? नहीं-नहीं! उसके संकुचित संस्कारों ने इस खुशनुमा उपाय को भी अटपटा पाया। हारकर, उसने अपने दराज में पड़ी 'सफलता की कुंजी' पूनम को दे डाली। जबकि उसे देने के साथ ही वह खुद को असफल महसूस करने लगा है। पूनम को यह तोहफा पसन्द आया या नहीं, वह नहीं जान पाया लेकिन प्रवीण भइया पर इस तोहफे का गजब सकारात्मक असर पड़ा।

उन्होंने कान्ति से प्रभावित होकर घोषणा की—"भई, क्यों न कान्ति रोजाना पूनम को एक घंटा पढ़ा दिया करे? यहाँ आने से इसके स्कूल व

ट्यूशन छूट गए हैं। हर्ज हो रही पढ़ाई का, कुछ भरपाया होगा। कुछ दिनों की ही बात है!"

प्रोफेसर साहब को यह सुझाव एकदम से जँच गया। वे बोले—"प्रवीण सही कहता है। लेकिन कान्ति से पूछो। कहीं उसकी अपनी पढ़ाई का न हर्ज हो?"

कान्ति क्या कहता भला? उसने जवाब दिया—"जी सर। जैसा आप कहें। मैं वक्त निकाल लूँगा।"

इस पर प्रोफेसर ने टोका—"नहीं-नहीं, मेरे कहने पर नहीं। तुम देख लो, तुम्हारी पढ़ाई का हर्ज न हो। ऐसे थोड़े ही दिनों की बात है। इसके मम्मी-पापा लौटेंगे तो यह चली जाएगी। वहाँ जाते ही वार्षिक परीक्षा देगी। सो साइंस-गणित में मार्गदर्शन मिल जाए तो अच्छी बात रहेगी...।" इस तरह उन्होंने दोनों बातें कह डालीं—'चाहो तो मना कर दो लेकिन मना करना मत!'

कान्ति—"जी। पढ़ा दूँगा।"

अब आंटी के खुश होने की बारी थी। वे उत्साह से बोलीं—"और नहीं तो क्या! इसी बहाने बहन संग मोहन भी होम वर्क करने बैठ जाया करेगा। वरना यह बदमाश बड़ा दिक् करता है!" इस तरह आंटी ने एक गुलेल से दो निशाने मारे। मोहन को बिठाकर वे पूनम की चौकसी कराएँगी और मोहन को पढ़ाने से खुद छुट्टी मनाएँगी।

परन्तु कान्ति का हर्ज हुआ, बहुत हर्ज हुआ। वह सीढ़ी के पास वाली डाइनिंग टेबल पर ही बैठकर, रोजाना एक घंटा शाम में पूनम को पढ़ाने लगा। मोहन भी अपना बस्ता खोलकर साथ बैठ जाया करता। उनके सामने ही रसोईघर का दरवाजा पड़ता था, जहाँ आंटी और नौकरानी की मिली-जुली चहल-पहल सदा बनी रहती। लेकिन क्या कोई मन पर पहरा बिठा सका है? कान्ति पूनम को पूरे मनोयोग और संयम से पढ़ाता। वह लड़की भी उससे बड़े अदब से पढ़ती। किन्तु भीतर ही भीतर कान्ति में गजब परिवर्तन होने लगा। वह रात-दिन उसी के बारे में सोचता। सोते हुए उसके सपने देखता और जागते हुए हवाई कल्पनाओं में डूबा रहता। शाम को जब पूनम उसके सामने बैठी पढ़ती, वह गहरी ग्लानि से गड़ जाता।

यह भटकाव कान्ति के लिए नया था। इस प्रकार की चुनौतियों के बारे में उसने सुन रखा था, किन्तु झेला नहीं था। पहले ही वह कम बोला करता था, परन्तु अब वह चुप्पा ही हो चला। सैकड़ों मर्तबे वह एहसास और ग्लानि के बीच झूला झूल चुका—हर बार यही तय जाना कि उसे ऊँचे सोपान चढ़ने है, वह यूँ थक-थकाकर बैठ नहीं जा सकता। वह पथभ्रष्ट हो ही नहीं सकता।

लड़का सूखा स्पॉन्ज था, लड़की उसके लिए पानी। वह दो ही हफ्ते में भारी हो गया। पूनम के चाचाजी का एक ऑपरेशन हो चुका था, एक पुन: होनेवाला है। दिल्ली की खबरें रोजाना आती हैं, लेकिन पूनम के मम्मी-पापा के लौटने का तयशुदा दिन उन्हें भी पता नहीं। ऐसे में कान्ति ने माँ की बीमारी का झूठा बहाना गढ़ दिया, यूँ कहकर कि उसके गाँव के लड़के ने उसे घर पहुँचने का संदेशा दिया है और वह अपने घर चला गया। वह अपने साथ अपनी किताबें भी लेता गया। वे दिन उस पर बहुत कठोर बीते।

दस दिन बाद जब कान्ति घर लौटा, तब पूनम जा चुकी थी। मन-ही-मन उसने यही मनाया था लेकिन मन्नत पूरी होने पर उसे घोर निराशा हुई। पूनम के साथ ही घर में रहनेवाला जश्न का माहौल भी चला गया। घर अब मानो कान्ति को काटने दौड़ता। जो मर्ज जड़ नहीं पकड़ पाया था, वह समय के साथ धीरे-धीरे उखड़ गया। फिर कभी कान्ति की मुलाकात पूनम से न हुई सिवाय एक बार—

उन्हें जुदा हुए बहुत महीने बीत गए थे। वह प्रतियोगी परीक्षा दे चुका था। वह गाँव जानेवाला था, उसके एक दिन पहले ही पूनम का पूरा परिवार प्रोफेसर साहब के यहाँ पहुँच गया। उस दिन एकान्त पूनम ने ही ढूँढ़ा था और मौका मिलते ही वह पहल कर बैठी थी। बेशकीमती पलों को जाया न करते हुए उसने दन से अपनी गुलाबी हथेली कान्ति के चेहरे के सामने फैला दी और जल्दी-जल्दी साँसें लेती हुई बोल गई, "पता है पंडित जी ने मेरा हाथ देखकर क्या भविष्यवाणी की है? उन्होंने कहा...मेरी शादी किसी सिविल सर्वेंट से होगी!"

कान्ति का दिल जोर से धड़का। वह चुप रहा। पूनम ने चंचल होकर कहा, "दिखाइए जरा आपका हाथ! देखूँ, वह क्या कहता है?"

कान्ति ने खिन्न होकर एकदम से अपना हाथ पीछे कर लिया। उसके मुँह से निकला, "पंडित क्या बताएगा? मेरी शादी किसी करोड़पति की बेटी से होगी! आई.ए.एस. लड़कों की शादी, बैंक-रेलवे कर्मचारियों की बेटियों से नहीं हुआ करतीं!"

मानो पूनम को साँप डस गया! उसके पिता रेलवे में हैं। उसकी आँखों में बादल घुमड़ पड़े, लेकिन बरस न सके। वह मासूम थी लेकिन मानिनी भी। उस वक्त कान्ति को अपनी क्रूरता पर गर्व हुआ। इस लड़की ने उसका बहुत वक्त बर्बाद किया है। यह स्वयं पर विजय पा लेने का दर्प भी था।

उम्र और प्रौढ़ता ने पूनम का वह चेहरा, अब बिलकुल धुँधला कर दिया है। लेकिन जब-जब जीवन में कृष्णकान्त ने चोट खाई, वही मृग-छौने सी जोड़ी आँखों का आहत भाव, उसकी स्मृति में कौंध गया—बिलकुल साफ-साफ!

5

यू.पी.एस.सी. का परीक्षाफल घोषित हुआ—कृष्णकान्त मेंस में अनुत्तीर्ण रहा।

कितनी गहरी हताशा और मायूसी के दिन हैं यह! वह अवसादग्रस्त जी रहा है। यूँ, कि जीने का पता नहीं। अभी तो उसने शुरुआत की है, उसके तीन प्रयास बाकी हैं। कइयों को उसने आगे चलकर असन्तुलित होते देखा है। अखबारों-पत्रिकाओं में टॉपर्स के इंटरव्यू छप रहे हैं। सफल प्रतिभागियों की तसवीरें, उनके नाम बधाई सन्देश, उनसे सफल होने की टिप्स माँगी जा रही हैं। जो लोग विषाद में डूब गए, उनमें से कुछ सदा के लिए परिवार से खो जाएँगे—उनकी सुध कोई नहीं लेगा। प्रशासनिक सेवा रोजगार नहीं, सत्ता की राह है। इस देश के डी.एन.ए. में सामन्तवाद है—कुछ का बहुत पर राज!

अनुत्तीर्ण होने से इज्जत नहीं घटती। वह चार प्रयासों तक बनी रहती है। जब तक सम्भावना है कि आप पद पा जाएँ, प्रत्याशी अपने नाम के आगे 'आई.ए.एस. पदाभिलाषी' जोड़ता है—इस तरह सम्मान चखता है, मानो किसी केक में चुपके से उँगली लगा, क्रीम चुराकर कोई चाट लेता है। केक सबके मुकद्दर में जो नहीं?

कान्ति ने अन्ततः खुद को संयत किया। करना ही जो था! अरमानों के बल पर लड़ने से जीत नहीं होती, दिमाग चाहिए! उसने बाबूजी से कहा—"अब मैं शहर नहीं रहूँगा। कोचिंग में सिखाई जानेवाली युक्तियाँ जान चुका हूँ। कमी मेरी पढ़ाई में रह गई। मैं घर रहकर तैयारी करूँगा।"

"गाँव में कैसे रहोगे?"

"नहीं। मैं पुनिया में रहूँगा। स्टडी मटेरियल मँगाता रहूँगा।"

"लेकिन...मैं चन्द महीने में सेवानिवृत्त हो जाऊँगा। फिर घर..."

"जैसा अब तक घर रहा, आगे भी रख लेंगे?"

बाबूजी को सोच में पड़ा देख, कान्ति ने उन्हें याद दिलाया, "कोचिंग फीस और शहर में रहने की बचत भी तो होगी?"

"हाँ-हाँ। सो तो है।" बाबूजी राहत से बोले।

"सब देख, समझ लो।" उन्होंने अपनी निराशा पर पर्दा डालते हुए जोड़ा।

कान्ति शहर छोड़कर पुनिया आ गया। उन दिनों बाबूजी ने जवान बेटे की वह सेवा की, जो शायद कोई माँ अपने छोटे बालक की भी न कर पाए। सारी दुनिया से कटकर दोनों पिता-पुत्र जीवन जीते रहे। घर का सारा काम बाबूजी किया करते। रसोई भी वही बनाते और हर चीज के लिए बाजार भी वही दौड़ा करते। शाम में अक्सर जब बिजली कट जाया करती, तो कान्ति को अपना लालटेन पहले ही तैयार मिलता—साफ, पोंछा हुआ काँच, चढ़ी बत्ती और किरासन भरा। उस साल, उसके संग एक तप बाबू ने भी किया।

कान्ति मानो साल-भर भाव-समाधि माने 'ट्रांस' में रहा...पढ़ता, वह इतना पढ़ता कि डर जाया करता कि वह सब कुछ भूल रहा है...वह दुबारा पढ़ता! उस किराये के छोटे से घर की दरो-दीवारों पर वह कागज के पन्नों पर हाथ से लिखे पॉइंट्स सेलो-टेप से चस्पाँ करता। मानों घर के कमरे, फड़फड़ाती पतंगों की दुकानों में तब्दील हो गए! वह चलते-फिरते, उठते-बैठते, हिलते-डुलते भी उन पर नजर डालता और तमाम उत्तर फौरन उसके दिमाग में ताजा हो जाते।

प्रिलिम्स...मेंस...इंटरव्यू...परीक्षाफल...रोल नं....कृष्णकान्त दुबे...सफल!!!

अखबार में खबर छपी है। उससे इंटरव्यू लिए जा रहे हैं—वह आकांक्षी प्रत्याशियों को टिप्स दे रहा है...बधाइयों के बादल फट पड़े हैं। चयनित होने पर कान्ति बाबू से लिपट कर रोया था, फफक-फफक कर...खुशी से नहीं, राहत से! खबर सुनते ही बाबू को मानो काठ मार गया था। वे न कुछ समझ पा रहे थे, न सँभल पा रहे थे। उसके बाद माँ न जाने अरसों-बरसों तक कितने ही देवालयों, मजारों, नदी-पहाड़ों, ब्राह्मण-फकीरों, बाबाओं की देनदारी चुकाती रही, कितनी ही मन्नतें पुराती रही हैं—याद कर-करके।

6

मसूरी।

मिस्टर कृष्णकान्त दुबे, प्रशिक्षु अफसर, ने मसूरी एकेडमी में ट्रेनिंग के दौरान दो वर्ष बिताए। तत्पश्चात यदि उनके सामने पुराना कान्ति खड़ा हो जाता, तो वे स्वयं उसे पहचानने से इनकार कर देते। सिलेक्शन-ट्रेनिंग वह दर्पण है, जिसमें सामने खड़ा गँवई कान्ति, कृष्णकान्त दुबे दिखाई देने लग जाता है—उसकी बाजुएँ सत्ता की डोर थामने के लिए फड़फड़ाती हैं!

अव्वल गहन सफलता पर सिखाए गए अभिजात्य तौर-तरीकों व मसूरी की रूमानी फिजाओं की कलई चढ़ गई है। कृष्णकान्त अकेले नहीं हैं, उनकी ही तरह कई अन्य, तेज किन्तु निम्न परिवेश से आनेवाले प्रशिक्षु अफसर वहाँ हैं। इन युवाओं ने वर्षों तक मर-मर परिश्रम कर पुनर्जन्म हासिल किया है। वे इस नये जन्म को रज-रज जी रहे हैं।

प्रशासनिक सेवा के प्रशिक्षण के साथ-साथ अनजाने स्पोर्ट्स, पार्टियाँ, मनोरंजन, दिल-बदलाव, लड़कियाँ, सिगरेट, शराब, सिनेमा...सब कुछ अचानक ही बेलौस सा! जिसे आज तक आँखों से नहीं देखा, होठों से जो सदा दूर रहा, जीवन का वह जाम एकबारगी एक घूँट में पी जाने की शिद्दत जाग उठी है उन सबके मन में।

कृष्णकान्त को साथी आगाह करते हैं, "दुबे, मसूरी की अमीर और खूबसूरत लड़कियों से बचकर रहना! वे मॉल रोड पर घूमते प्रशिक्षु अफसरों के घात में रहती हैं...रेशमी रूमाल डाल, जंगली कबूतर की तरह फाँस लेंगीं। पंजाबी लड़कियाँ...अहाहा! इधर 'लव-वव' हुआ, उधर पानी फिरा!"

कृष्णकान्त सिर उठाकर हँसते हैं—लव-वव? इतना कमतर कोई नहीं!

उनकी हँसी में हिकारत है, मॉल रोड पर घूमनेवाली उन बेवकूफ-नीयत हसीन लड़कियों के लिए। अलावा उनकी हँसी में है बहुत ज्यादा आत्मविश्वास।

यह प्रशिक्षु अफसर जो 'क्वालिफाई' न कर पाए होते, तो अपनी मामूली स्नातक डिग्रियों के साथ इनका बेरोजगारों की भीड़ में दब जाना तय था। पीछे छूटे साथियों में अधिकांश का यह हश्र होगा, अफसर साथियों को वे अब याद नहीं आया करेंगे। जबकि वे जो छूट गए, बालों में सफेदी आने तलक और उससे आगे भी उन्हें याद रखेंगे। खोई आवाज में, स्वप्निल आँखों से वे बयान करेंगे—फलाना आई.ए.एस., ढिकाना सेक्रेटरी, उनका यार हुआ करता था, वे प्रैक्टिस टेस्ट में उससे ज्यादा अंक लाया करते थे लेकिन किस्मत...! वे कभी 'सिस्टम', कभी तथाकथित भ्रष्टाचार को अकेले कोसते रह जाएँगे, जबकि उनकी बीवियाँ चाय के जूठे खाली कप समेटकर ले जाया करेंगी।

कृष्णकान्त दुबे के हाथों में हर महीने सिलसिलेवार तनख्वाह आने लगी है। उनके कपड़े पहनने का सलीका बदल गया है। पहले जिसे देख उनके माथे पर पसीना छलक आता था, ऐसे 'छुरी-काँटे' उनकी उँगलियों के बीच से अब फिसला नहीं करते हैं। हिन्दी माध्यम से शिक्षित कृष्णकान्त के मुँह से निकली भटकी अंग्रेजी भी, अब बात के मर्म पर चोट करती है। वह राह नहीं भटकती।

मसूरी से बहुत दूर गाँव दगड़िया में कृष्णकान्त के माँ-बाबूजी के पास उनकी शादी के रिश्ते की झड़ी लग गई है। यह रिश्ते पहले की तरह रिश्तेदारों व परिचितों के बताए हुए नहीं हैं—उनकी क्या बिसात कि अब वे पंडित रमाकान्त के घर की दहलीज टप लें? यह रिश्ते ऐसे घरानों से हैं, जिनके नाम व दौलत से अब तक नितान्त नावाकिफ रहे हैं वे लोग! गाँव दगड़िया अनायास ही रईसों के मानचित्र पर प्रकट हो गया है। जिस गाँव की राह पर राज्य परिवहन की खटारा बसें सलीके से नहीं पहुँच पाती थीं,

उस गाँव की नामालूम सड़कों पर रेडियल टायर्स पर दौड़तीं, नियन हेडलाइटस्वा ली महँगी कारें, आए दिन गर्द उड़ाने लगी हैं। ऐसी-ऐसी गाड़ियाँ, जिसे गाँव वालों ने तसवीरों में भी कभी नहीं देखा था! पंडित जी संग पत्नी, बौराए-बौराए से रहने लगे हैं। वे सबके प्रस्ताव का स्वागत करते हैं परन्तु 'जवाब' किसी को नहीं देते। वे कृष्णकान्त की ट्रेनिंग पूरी होने के इन्तजार में हैं। उनके मन में कोई उलझन नहीं। उनकी नीति सफा-सफा है—जो सबसे ज्यादा दहेज देगा रिश्ता वहीं पक्का होगा। लड़की को लेकर उनकी कोई शर्त नहीं, खूबसूरती की भी नहीं। आधुनिकता-उन्मुख लड़के वाले यह पूछने पर कि "लड़की कैसी है", अक्सर यह जवाब देते मिलेंगे—"लड़की, लड़की जैसी है! लड़की का क्या है? किसी की बेटी बुरी नहीं होती, हम नहीं मानते!" इस तरह वे लड़कियों के प्रति अपने उदारमना होने का सबूत देते हैं। तात्पर्य यह कि योनि है तो प्रजनन करेगी ही। जब सामान है तो सब समान है। विवाह करना है तो लड़की नहीं, लड़की के बाप को देखो! जो बाप 'रेट' दे पाएगा, उसकी बेटी को रमाकान्त अपनी बहू बनाएँगे। 'रेट'?—शादी के बाजार में आई.ए.एस. दामाद का रेट लाखों में चल रहा है, वह रेट जल्द ही करोड़ चूमेगा!

सरल-सादे जीवन में जन्म पानेवाले और उसकी सीमा में जीने को बाध्य रहते हुए अकल्पनाशील हो चले मनुष्य पर जब ईश्वर की कल्पनातीत अनुकम्पा बरसने लगती है, तो उसके पैर जमीन से उखड़ते ही हैं, साथ वह आततायी भी हो जाता है।

यह क्या कहने की बात होगी कि पंडित रमाकान्त की हैसियत में चमत्कारी परिवर्तन आया है? उनकी राह की धूल को गाँव वाले पलकों से बुहारने को तत्पर हैं। उनके मुख से झरा हर बोल अनायास ज्ञान का मोती बन जाता है। गाँव की चौपाल में बैठे लोगों का, उनकी हाँ में हाँ मिलाते जी नहीं अघाता—"जी, पंडित जी!...जी, पंडित जी!...पंडित जी जैसा कहें...पंडित जी जानें!..." ये उद्गार गाँव में अब आम हैं।—"आखिर बतावो, बिटवा के ऐसा संस्कार डाले, एतना पढ़ाइस-लिखाइस कि बिटवा आई.ए.एस. भए गेल! गाँव दगड़िया के नाम रोशन कर दिहिस!"—इस प्रकार की चर्चा गाँव

के घर-घर में हो रही है। आखिर इनसान, इनसान ही ठहरा! अचानक इतनी प्रतिष्ठा पाकर क्यों न पतंग हो जाए? फिर रमाकान्त की बात निराली है, उन्हें यह सम्मान उनके सपूत ने नवाजा है!

इन दिनों रमाकान्त के घर के सामनेवाली सड़क की धूल बैठने ही नहीं पाती है। एक गाड़ी जाती है, तो दूसरी वहाँ आकर रुकती है। शहरों के करोड़पति, ठेकेदार, बड़े व्यापारी, दिग्गज अफसर, आला डॉक्टर-सर्जन आदि का मानो ताँता लगा हुआ है। वे सब पंडित जी से रिश्ता जोड़ने के अभिलाषी हैं। इन गाड़ी-मालिकों को रत्ती भर परवाह नहीं कि गाँव दगड़िया को ढूँढ़ते हुए वे रास्ता भटक जाया करते हैं अथवा अनुपस्थित सड़कों पर चलते हुए उनकी महँगी गाड़ियाँ खराब हो जाती हैं। दोनों ही सूरत में वे अपने गन्तव्य को दुगुने समय में पहुँचते हैं। वे जान-बूझकर नहीं देख पाते हैं कि इस गाँव में बिजली प्राय: गुल रहती है और जब आ जाती है, तब वोल्टेज इतना कम होता है कि पंखे हुकुर-हुकुर चलते हैं। गाँव दगड़िया आधुनिक उपकरणों का ही नहीं, बल्कि तमाम आधुनिकता की कब्रगाह है।

इन बातों के अलावा भी आगन्तुक रईस मेहमान बेहद उदार हैं। वे इन बातों का कदापि बुरा नहीं मानते कि उन्हें बैठने को दी गई चारपाई का नेवाड़ धँसता है अथवा लकड़ी की पुरानी कुर्सी चिकोटी काटती है। उन्हें कतई फर्क नहीं पड़ता कि बाँस के अलने से लटकतीं पंडित जी की बसियाती धोती उनके मुँह पर झूला करती है या उन्हीं की लाई मिठाइयाँ, उन्हें ही खिला दी जाती हैं। रईस पंडित रमाकान्त के ऊल-जलूल सवालों का धैर्यपूर्वक उत्तर देते हैं तथा उनके टेढ़े जवाबों को सुन गर्वान्वित महसूस करते हैं। भारतीय प्रशासनिक सेवा के अफसर के पिता का हर पैंतरा उन्हें कुबूल है। स्वेच्छा से 'मंडी' में घुसनेवाला खरीदार भला दुर्गन्ध और भिनभिनाती मक्खियों की शिकायत कैसे कर सकता है?

7

एक दिन शहर से मंत्री जी की गाड़ियों का काफिला गाँव पहुँचा। उन्हें देखते ही, गाँव वालों के बीच तरह-तरह की सरगोशियाँ फैलने लगीं। मोड़ पर नये लड़कों का हुजूम खड़ा था। उनमें से एक बोला, "देख रे! बजाप्ता अनिल कपूर वाली कार! सिनेमा में लाल थी, यह नीली है...बस रंग का ही फर्क है!"

दूसरा लड़का हैरत से बोला, "देख, साथ कितने बॉडी-गार्ड हैं!"

तीसरे ने इंगित किया, "उनकी बन्दूकें देखो, असली हैं—क्यों?"

"चलकर पूछें?"

"स्साले...मारेगा तुम्हें!"

"फिलिम में विलेन भी गार्ड के साथ चलता है।"

फिसिर-फिसिर हँसी की लहर तैर गई। गाँव दगड़िया के लिए 'सिनेमा' हकीकत में तब्दील हो रहा है, मानो सम्भावनाओं के मंच से शनैः-शनैः पर्दा उठ रहा है।

जाहिर सी बात है राजनीतिक काफिले का अन्य प्रतियोगियों के बनिस्पत अधिक रूआब पड़ा। सत्तारूढ़ पार्टी की टिकट पर दो टर्म से विजयी चले आ रहे विधायक देवकीनन्दन पांडे, स्वयं पंडित रमाकान्त की कुटिया में पधारे हैं। वे अपनी ज्येष्ठ पुत्री प्रमिला पांडे के वास्ते कृष्णकान्त का हाथ माँगने आए हैं। "न" करने का सवाल ही नहीं उत्पन्न होता। पंडित जी ने चट् से अपनी हाँ की मुहर लगा दी। विधायक ने किसी अनहोनी-सी प्रतीत होनेवाली रकम बतौर तिलक, दूल्हे के पिता को प्रस्तावित की। विधायक क्या अकेले थे? उनके साथ उनकी सरकार भी हाथ बाँधे नतमस्तक पंडित रमाकान्त के समक्ष खड़ी हो गई। देवकीनन्दन पांडे ने गाँव दगड़िया के लिए रातोंरात तमाम

सरकारी योजनाएँ बहाल कर दी हैं—जो बरसों से मुल्तवी थीं, वे भी तथा अन्य कई 'आउट ऑफ टर्न' भी। आपात स्थितियों के लिए एम.एल.ए.-फंड टटका हाजिर है। सड़कें, बिजली, पेयजल, शौच व जलनिकाय व्यवस्था...रोका से शादी तक के वक्फे के दरम्यान गाँव की सारी नोक-पलक दुरुस्त कर दी गईं!

पंडित रमाकान्त की फरमाइशों की समय-समय पर जोड़ी हुई फेहरिस्तें देवकीनन्दन बाबू का सेक्रेटरी अपनी फाइल में रख लिया करता है। पंडित जी जानते भी नहीं कि रिश्तेदारों और ग्रामीणों से मशविरा करके तैयार की गई उनकी 'डिमांड लिस्ट' को देवकीनन्दन बाबू पढ़ते भी नहीं। उनकी हर माँग को पूरी करवाने का निर्देश सेक्रेटरी को प्राप्त है, इस काम के लिए उनका सेक्रेटरी ही पर्याप्त है। किसी नव-नौकरशाह के अदने बाप की औकात नहीं कि वह मंत्री जी के अकूत धन-भंडार को नाप ले! विधायक देवकीनन्दन ने ताउम्र अपने दाँतों तले राजनीति की सुपारी तोड़ी है, उनके मुँह में दगड़िया के ग्रामीण 'मगही' पान की तरह घुले जा रहे हैं।

मंत्री जी को पता है कि उनकी पुत्री प्रमिला के विवाह में गाँव दगड़िया का बच्चा-बच्चा ही नहीं बल्कि वहाँ के चील-कौवे भी शामिल होने को लालायित हैं। वे निछूह देहातियों की बारात को विधायक-आवास के द्वार उतारकर शहर में अपनी भद्द नहीं पिटवाना चाहते। उन्होंने बारातियों की सहूलियत का बहाना बता कर विवाह-स्थल गाँव में ही रखने का प्रस्ताव दिया, तो पंडित रमाकान्त को लगा अन्धे को क्या चाहिए, दो आँख! 'अब लोग उनकी शान देखेंगे'—सो लोग देख ही रहे हैं। वर व वधु पक्ष दोनों तरफ के इन्तजाम की जिम्मेदारी देवकीनन्दन बाबू के पार्टी-कार्यकर्ता व कारिन्दों ने उठा रखी है।

वह शादी थी या कोई जीवन्त किंवदन्ती?

"दगड़िया, दगड़िया न रहा ए हो...छावनी बन गया है! छावनी नहीं समझे?"

घनश्याम ने ताँगा खोलते हुए ऐलान किया। उसका मरियल घोड़ा घास में मुँह मारने लगा। उसने बात बताई—"हम कृष्णकान्त भइया के ससुराली खेमे में अबहीं सवारी पहुँचाकर आ रहे हैं।" इतना सुनना था कि गाँव के गपोड़े, उसके नजदीक आ गए और उसे घेर लिया।

बूढ़े बिच्छू ने कौतुहल से पूछा, "सुने हैं, टीले पर का डाक-बँगला खूब चकाचक रँगाया-पुताया है? कुम्हार-पाड़ा के लोगों को सर उठाने की मोहलत नहीं है। सैकड़ों गमला रचने का ऑर्डर मिला है! ईंटा सब भी रँगा रहा है...रातोंरात बागीचा तैयार करने का आदेस हुआ है!" बेचारा बिच्छू! जबसे बुढ़ापे में वह अपनी टाँग तुड़वा बैठा है, तब से आठों पहर खटिया पर पड़े-पड़े दिन गुजारा करता है। "सुने हैं—सुने हैं...?" की टेर लगाकर वह दूर-दूर तक देख लेता है, तो क्या हुआ जो वह कहीं जा नहीं पाता, खबरें उसे खोजते हुए खुद उसके पास चली आती हैं।

वहीं पास में परचून की दुकान पर सौदा लेने बतकही काकी खड़ी है। वह अपना झोला सँभालते हुए झट से मुड़ीं। भला बिना छींटाकशी किये उनके पेट का पानी कब पचनेवाला था?

"जिस दुआरी मजदूरी खटने जाते हो, उसी दुआरी साफा बाँधकर बाराती बनकर जाना...हीः-हीः...हीः!" काकी कुटिलता से हँसी।

"तू कितना जलती है रे?"—बिच्छू ने तुरन्त टोका।

"एम.एल.ए. साहब कोई गैर हैं? हमारे माय-बाप हैं...अपने हैं। हमने वोट नहीं दिया था क्या? बोलो! क्यों भाई लोग, क्या कहते हैं?" बिच्छू ने सबको देखा। सबने अपनी सहमति जताई। किसी ने काकी को तिनका घास भी न डाला।

किशोर वय पप्पू ने घनश्याम की कोहनी झिंझोड़कर अधीरता से पूछा, "भइया की दुल्हिन को देखे, चचा?"

"अभी थोड़े ही! बहूजी तो राजकुमारी मेमसाहब हैं। वे विवाह के दिन पधारेंगीं।" घनश्याम ने श्रद्धापूर्वक कहा। फिर अपने मैले दाँत निपोरते हुए उसने पप्पू से दिल्लगी की—"एगो छोटी सहेली दिखी थी उनकी, तेरी बात चलाऊँ?"

"धत्त-धत्त!" कहता हुआ पप्पू पानी-पानी हो गया। सब लोग हँस पड़े। पप्पू अपनी सरकती हुई पैंट को उचकाते हुए वहाँ से दौड़ा चला गया।

पूरे दस रोज तक मानो गाँव दगड़िया किसी चाबी भरी रंगीन चक्करघिन्नी-सा उचककर नाचते रहा...गोल-गोल-घूम-घूम-झूम-झूम... "छन्नन्नन्न-छनन्नन्नन्नन्न...!"

ऐसा तमाशा, ऐसी रोशनी, ऐसी रौनक लोगों ने किसी मेले या सर्कस में भी न देखे थे! मुफ्त के भोज और दावतें उड़ाकर भी लोग अपनी इज्जत में इजाफा ही पा रहे थे...दुत्कार की आदी जनता का स्वागत शेष ही न होता था? झुंड के झुंड मर्द, बच्चे और औरतें डाक बँगले पर आते-जाते, लड़की पक्ष वालों के टपकते सौन्दर्य और आधुनिकता को घूरते न थकते थे। यह गाँव वालों का नया शगल है। उन बेचारों का भी क्या दोष? उनके गाँव का तो नाम भी किसी ढंग-शऊर का नहीं है। इस गाँव में घुसते ही चलनेवाली हवा भी सुस्त पड़ जाया करती है, बहते पानी की चाल तक थसक जाती है।

अन्ततः सिर पर ऊँची 'मौरी' बाँधे कृष्णकान्त अपनी नववधू प्रमिला को विदा करवाकर अपने घर ले आए। माँ ने पारम्परिक रस्मों-रिवाज के अनुरूप नई बहू का घर में प्रथम स्वागत किया। मुँह-दिखाई की रस्म भी सम्पन्न हुई—"बहू चाँद का टुकड़ा है"; "आह, कितनी सुशीला"; "मानो मुँह में जुबान ही नहीं"; इत्यादि जैसे युगों से चले आ रहे घिसे-पिटे अर्थहीन उद्गारों को माँ अपने आँचल में बटोरकर खुद को गर्वान्वित महसूस कर रही हैं। उनका गर्व भी उतना ही अर्थहीन है। बहू देखने आनेवालों का ताँता मन्दा भी न पड़ पाया था और माँ अपनी आँखों के बूढ़े फ्रेम में बेटा-बहू का तसव्वुर ठीक से फिट भी न कर पाई थीं कि नवदम्पत्ति को शहर लिवा जाने के लिए द्वार पर मंत्री जी की गाड़ियाँ आन लगीं। मालूम पड़ा बेटा-बहू को सुबह की प्लेन से दिल्ली रवाना होना है, फिर वहाँ से वे कश्मीर के लिए उड़ेंगे...उसे क्या कहते हैं, हनीमून? हाँ-हाँ, माने वही घूमना-फिरना!

'बाप रे बाप! एकदम हवाई जहाज से?'—सोचकर माँ का मन काँप-काँप उठता है। अभी तो रस्में बाकी हैं, पूजा-पाठ होना है, समधी जी क्या इतना भी नहीं समझते? बाहरी में बहू का भाई और मंत्री जी के सचिव बैठे हैं, ड्राइवर-आदमी जन वगैरह को गाड़ी के पास ही चाय भिजवा दी गई है। वे पति को देखती हैं, वे लाचार दिखाई दे रहे हैं। इतने लोगों के बीच क्या बोलें, कैसे बोलें? मंत्री जी की बात उठाने की अथवा उनके पुत्र को खाली हाथ लौटा देने की उनकी हिम्मत भला कहाँ पड़नेवाली है? कान्ति को ही मना करना चाहिए...लेकिन वह तो ससुराल से आए नौकर से बहू और अपना

सामान बाहर निकलवा रहा है। नौकर एक-एक कर गाड़ी की डिकी में उनके बैग रखता जा रहा है। बेशकीमती गुलाबी साड़ी का जरा-सा घूँघट काढ़े, अनायास ही बहू अपने कमरे से निकली और उसने झुककर सास-ससुर के पैर छूकर प्रणाम किया, अर्थात विदा माँगी। मानो उसकी देखा-देखी उनका पुत्र भी उनके चरणों पर दोहरा हो गया। बिना सोचे-समझे रमाकान्त और उनकी पत्नी के मुँह से अस्फुट आशीष वचन निकल पड़े। वे मन-ही-मन छह-पाँच जोड़ते रह गए और मंत्री जी की गाड़ियाँ उनकी आँखों में धूल उड़ातीं हुईं ओझल हो गईं।

दूसरे दिन से लोगों ने देखा, पंडित रमाकान्त हर मिलने-जुलनेवाले को जोर देकर समझा रहे हैं, कुछ इस तरह—"बेटा-बहू वैष्णो देवी के दर्शन को गए हैं। हम ही ने भेज दिया! मन की इतनी बड़ी साध पूरी हुई है। बिटवा आई.ए.एस. हो गए और अब दुल्हिन भी ब्याह लाए...। अरे! उनकी माँ की तबियत का हाल किसी से छुपा है? हम बूढ़ा-बूढ़ी इतनी दुर्गम यात्रा पर कैसे जाते भला, सो बच्चों को ही भेज दिये..."

परन्तु पंडित अपनी पत्नी को क्या दिलासा देते, जबकि दोनों मियाँ-बीवी जानते थे कि बेटा गाँव के चौरे पर भी माथा टेकने नहीं गया है। सुबह ही विदा होकर आई बहू और शाम ही घर में सन्नाटा पड़ गया। मानो इस घर में बेटा का नहीं, बेटी का ब्याह हुआ हो। सब पराया-पराया-सा लग रहा है।

रमाकान्त ने किसी से कुछ नहीं कहा लेकिन लक्ष्य किया है—मंत्री जी और उनके परिवार के साथ बैठा कान्ति कितना जँचता है, बिलकुल उनका कुटुम्बीजन! जो वह है। कुटुम्बी अब वे भी हुए, किन्तु उन लोगों के बीच फब नहीं पाते हैं। शादी में कान्ति ने जिद करके अपने पसन्द के कई जोड़े महँगे कपड़े माता-पिता को दिलवाए लेकिन बात बनी नहीं, उनकी शक्लें बंजर लगती हैं, मानो अभाव और बलिदान वहाँ अपने खूँटे गाड़कर बैठ गया हो, मानो गरीबी चुनौती देती हो मुझे 'चमका के देख लो, जो चमक गई तो अपने बाप की नहीं!'—क्या चेहरों का भी वर्ग होता है?...वर्गानुसार चेहरे?

ख्वाब देखना एक बात है और उसका हकीकत बन जाना अलग बात है। पुत्र की रफ्तार यकायक तेज हो जाए, यह सदा उनकी मनोकामना रही। परन्तु वे इतनी जल्दी उससे बिछड़ जाएँगे, यह वे पहले नहीं सोच पाए थे। बीच रात में रमाकान्त नींद से अचकचा कर उठे। घबराहट से उनकी छाती तेज चल रही है। आँखों के कोर भीगे हैं।

'आँय? वे नींद में रो रहे थे क्या?...दुत्त!'

"क्या हुआ जी?" पत्नी भी जाग गईं।

रमाकान्त ने अपनी दुश्चिन्ता बताई तो वे बोलीं, "पगला गए हो क्या? सारी जिन्दगी फकीरी में कटी, अब भाग खुले हैं तो अपशकुन बकने लगे?"

पत्नी की झिड़की ने मल्हम का काम किया, वे आश्वस्त हुए। नींद ने उन्हें फिर घेर लिया। उनकी लयबद्ध साँसों को पत्नी देर तक सुनती रहीं, फिर उन्होंने खुद दुबक कर करवट बदल ली—उनकी आँखों में नींद कहाँ?

8

कृष्णकान्त और प्रमिला ने दिल्ली हवाई-अड्डे से दूसरी फ्लाइट बदली। इस बार उन्होंने श्रीनगर के लिए उड़ान भरी। हवाई सीट पर कृष्णकान्त का बदन ढीला होता चला गया। मानो किसी गुब्बारे से हवा निकलती हो और वह तनाव रहित हुआ जाता हो। पिछले चन्द रोज बदतर कटे हैं। गाँव में रहते, न जाने क्यों वे माँ-बाबूजी से नजरें चुराते रहे, मन में ग्लानि का भाव बना रहा। वहीं भीतर कोठरी में बैठी, गाँव की स्त्रियों से घिरीं, वैभवी व्यक्तित्व की मालकिन प्रमिला जी से भी नजरें मिलाने से वे कतराते रहे। जीवन में पहली बार गाँव दगड़िया—'अपना' घर पीछे छोड़ते हुए, उन्होंने घोर राहत महसूस की।

इसके ठीक विपरीत, कृष्णकान्त का ससुराल-आगमन शानदार रहा। उनकी ऐसी आरती उतारी गई कि पलक झपकने से पहले ही वे अपना आगा-पीछा सब भुला बैठे। जाहिर है वहाँ प्रथम रस्म आयोजन नये दामाद की मुँह-दिखाई का था, जिसमें प्रमिला जी के रिश्तेदार व निकटजन शरीक थे। सबसे पहले उनकी सास ने बतौर मुँह-दिखाई उन्हें पाँच सोने की गिन्नियाँ गिनकर नवाजीं। फिर तो सोने की चेन, हीरे की अँगूठियाँ, बेशकीमती घड़ियाँ, विदेशी कैमरे, गिफ्ट चेकस्, नकद रुपयों की मानो उन पर वर्षा होने लगी। दावत के दौरान रिश्ते के साले-सालियों ने उन्हें पलकों पर उठाए रखा तथा रिश्ते के साढ़ू-जीजाओं ने एक से बढ़कर एक, विदेशी शराब का पान कराया। कृष्णकान्त इस कदर आकर्षण का केन्द्र होना 'एन्जॉय' कर रहे हैं।

जब बाहरी मेहमान रुखसत हो गए तो सिर्फ रिश्तेदारों का जमावड़ा लगा। घरवालों ने मिलकर तोहफे खोलने का लुत्फ उठाया। खुलते ही तोहफा सबसे पहले कृष्णकान्त को दिखाया जाता, फिर अन्य लोगों में घूमता हुआ

वह प्रमिला जी के पास पहुँचता। पीछे खड़ा सचिव तेजी से तोहफे का सामान और देनेवाले का नाम नोट करता जाता। कृष्णकान्त मसनद के सहारे अधलेटे से सुकून फरमा रहे हैं। उनके रेशमी 'स्लीपिंग सूट' के खुले गले से छाती की घनी रोमावली के बीच पहनी हुई नई सोने की मोटी सिक्कड़ रह-रहकर चमक उठ रही है। उनके मुस्कुराते हुए पतले होंठ पान-रंजित हैं।

ठीक उसी पल प्रमिला जी की छोटी फुफेरी बहन ने अपनी बहन का हैंड-बैग खोल लिया और यह कहते हुए, "आओ देखें दीदी को क्या मिला?" उसने उस बैग को गद्दे पर उलट दिया। वहाँ लिफाफों का इक नन्हा-सा ढेर लग गया। इससे पहले की बात सँभलती, लिफाफे फटाफट खुलने लगे—शायद ही कुछ लिफाफों से सौ रुपये का नोट निकला, अधिकांश से इक्कीस और इक्यावन रुपये निकले और कई लिफाफों से ग्यारह रुपये भी मिले।—इस्तेमाल किये मुड़े-तुड़े नोट। पल भर के लिए महफिल अप्रतिभ रह गई। तुरन्त ही सबने कोई व्यस्तता ढूँढ़ ली और सब अनजान बनने लगे जैसे उन्होंने कुछ देखा ही नहीं। प्रमिला जी उदासीन बनी रहीं। कृष्णकान्त का सुरूर एकबारगी उतर गया। उन्हें पहली बार मालूम पड़ा, वे गलत पते पर बैठे हुए हैं।

भविष्य की आस-उल्लास ने पिछली मनोदशा से कृष्णकान्त को छुटकारा दिलवाया। वे श्रीनगर के ऊपर उड़ रहे हैं। प्लेन की अंडाकार खिड़कियों के बाहर, हवा से भी हल्के बादलों के ऊदे फाहे तैर रहे हैं। नीचे पहाड़ों के ढलानों पर बस्तियों का विस्तार दिखाई पड़ता है। घरों की टप्परों पर से छिटकती सूर्य की किरणें और तेज हो जाती हैं, जिससे आसमान से वे घर असंख्य चाँदी की माचिस-डिब्बियाँ जैसे दिखाई पड़ रहे हैं। आह...अदभुत् नजारा!

कृष्णकान्त जरा-सा झुके और प्रमिला जी के कान में अपना मुँह सटाकर एक पुरानी धुन गुनगुनाई, "हम दोनों दो प्रेमी..."। उनके होंठ प्रमिला जी की कनपटी को सहला गए। दोनों की पीठ में एक सिहरन दौड़ गई...गुंजाइशों भरी।

विमान श्रीनगर की हवाई पट्टी पर उतरा। हवाई सुन्दरी ने उद्घोषणा की कि श्रीनगर का तत्कालीन तापमान 19 डिग्री सेल्सियस है। प्रमिला जी ने पहने हुए बेबी पिंक रंग के कॉलर वाले, जालियों डले स्वेटर के दोनों पल्ले अपने सीने पर करीब कसे और बटन लगा लिए। दूर खड़े पहाड़ों के नीले सायों को उन्होंने बड़ी उत्सुकता से देखा। मानों निगाहों के रास्ते कश्मीर के सौन्दर्य को अपने अन्दर समा लेना चाहती हों और कश्मीर का सौन्दर्य भी कैसा! जो देखते ही पोर-पोर में समा जाए। स्याह 'टारमैक' के किनारे बनी क्यारियों में पहले कभी न देखे, ऐसे नन्हे-प्यारे फूलों को निहारते हुए वह धीमे कदमों से चलने लगीं। अवश्य दूर खड़े पहाड़ों के नीले सायों ने भी झुककर गौर से उन्हें इस तरह चलते हुए देखा होगा।

कृष्णकान्त के लिए कश्मीर के सौन्दर्य के अलावा भी बहुत कुछ अप्रत्याशित था। कहाँ वे इस रमणीय प्रदेश के एकान्त में साहचर्य की मधुर शुरुआत करने आए हैं और कहाँ हवाई अड्डे पर दो कश्मीरी स्टाफ ने उन दोनों का स्वागत फूलों के गुलदस्ते से किया! स्टाफ के पीछे एक वर्दीधारी-शोफर चालित कार भी उनकी सेवा में हाजिर है। कृष्णकान्त यह सब देखकर दंग हैं, किन्तु सबके सामने उन्होंने खुद को सँभाल लिया। गाड़ी में बैठते ही प्रमिला जी ने हौले से बताया, "पापा ने यहाँ के स्थानीय पार्टी-दफ्तर में हमारे प्रोग्राम की खबर कर दी है, ताकि हम लोगों को यहाँ कोई असुविधा न हो।...हाऊ ब्यूटीफुल!" दौड़ते हुए नजारों ने प्रमिला जी का ध्यान अनायास आकर्षित कर लिया। कृष्णकान्त चुप रहे।

स्टाफ—प्रमिला जी! ड्राइवर—प्रमिला जी! गाड़ी—प्रमिला जी! रिसेप्शिनस्ट—प्रमिला जी! होटल मैनेजर—प्रमिला जी! गाइड—प्रमिला जी...!

कृष्णकान्त को गहरी कोफ्त हो रही है। लेकिन वह देख रहे हैं कि पत्नी बहुत खुश हैं। उनके सिर में हल्का दर्द उठ रहा है। रूमान से पहले उन्हें कुंठा घेर रही है, क्या वे इस युवती के साथ यहाँ सिर्फ रात में कमरा बन्द करके सोने आए हैं? क्या दिन का उजाला उनका अपना नहीं है? क्या यहाँ की खूबसूरत हवा ही उसकी देह को छूकर बह पाएगी, वे नहीं? कृष्णकान्त को प्रमिला के बाप पर गुस्सा आ रहा है। इतने इन्तजामात?...

मानो लैंडमाईन बिछा रखी है! वह रह-रहकर उनके पौरुष के परखच्चे उड़ा रही है। यह हनीमून है या बेटी को 'बियाने' भेजा है? वे मानो खरीदे हुए 'स्टड' हैं! गुस्सा उन्हें प्रमिला पर भी आता है, इस कदर सुविधाओं से हमेशा लैस रहने में क्या 'एक्साइटिंग' है? ऐसी स्त्री को कोई पुरुष क्या खाक प्रभावित कर पाएगा? जब-तब वितृष्णा से जी भर उठता है, कृष्णकान्त खुद को चेतावनी देने लगते हैं—'तुम्हें क्या पता हाई सोसायटी के शऊर, तुमने तो जुम्मा-जुम्मा कलमा पढ़ा है, इस परिजाद को तुम गँवार लगते होगे, तुम्हारे गाँव और घरवाले इसे कैसे लगे होंगे, यह भी तो सोचो!' वे खुद को यह याद दिलाते हैं। अपने गाँव और घरवालों की याद आते ही वे गरजू से हो उठतें हैं, 'ईगर टू प्लीज' यानी नवोढ़ा पत्नी को प्रसन्न करने को तत्पर। यह रूमान नहीं, 'वर्ग' है।

होटल के नीचे बने शानदार रेस्तराँ में नव-दम्पत्ति बैठे हैं। कृष्णकान्त पत्नी को मेनू कार्ड देते हुए बोले, "इसे देखिए, क्या ऑर्डर करना पसन्द करेंगी?"

प्रमिला जी—"मुझे यह सब समझ नहीं आता, प्लीज आप ऑर्डर करें।" वे यहाँ-वहाँ देखती हैं। कृष्णकान्त कार्ड ध्यानपूर्वक पढ़ रहे हैं। वे पर्स से फोन निकालकर बात करने लगती हैं। बेयरा नोट पैड लिए, जरा बाँकपन से झुका ऑर्डर ले रहा है।

कृष्णकान्त निर्देश दे रहे हैं—"दिस...दैट...नो...यस-यस!...ओके?"

"ओके, सर।" बेयरा रेस्तराँ की मद्धिम रोशनी में गुम हो गया।

खाना मेज पर लगाया जा रहा है। कृष्णकान्त ने कश्मीरी बेयरा से मशविरा करके चुनिन्दे कश्मीरी व्यंजन ऑर्डर किये हैं। तब से प्रमिला फोन पर बात कर रही हैं। कृष्णकान्त को कोई हर्ज नहीं। वे फुर्सत से उनके सौन्दर्य को निहार रहे हैं। वे सायास अपनी किस्मत पर यकीन करने की कोशिश कर रहे हैं। प्रमिला बैंड से छूट आई अपनी रेशमी लट को गोरी उँगलियों से पीछे ठेलती हुई अपनी बातों में मशगूल है। वह अपनी माँ से बात कर रही है—

डल झील, परी महल, शहर के बाजारों और एम्पोरियम के दिलचस्प ब्यौरे बयान कर रही हैं वे। उनका सलोना मुखड़ा एक ओर हल्का झुका, आँखें झुकी हुईं तो कभी शून्य में खोई हुईं...लो! अब अचानक हँस पड़ीं—मोतियों-सी दन्त-लड़ी! कृष्णकान्त उनके चेहरे के सुरुचिपूर्ण मेकअप को मुग्ध-भाव से निहार रहे हैं। लिपस्टिक से स्निग्ध हुए होंठ, सेंट, कन्धों पर डला मरून शॉल, गले की चेन में अपने ही भार से झूलता पुखराज का 'टियर ड्रॉप' पेंडेंट...जो कृष्णकान्त की ही तरह गहराइयों में 'ड्रॉप' होने के लिए न जाने कब से थरथरा रहा है...

"खाना ठंडा हो जाएगा, यार!"—कृष्णकान्त ने आखिरकार प्रमिला जी का ध्यान खींचा।

लेकिन पहली बार में वे असफल रहे, तब उन्होंने दुबारा टोका—"प्रमिला जी, खाना!"

"ओह! ऑफकोर्स!" प्रमिला जी हल्का-सा चौंककर मुस्काईं और फोन से मुखातिब हुईं, "मैं बाद में बात करती हूँ...हाँ...हाँ, बिलकुल...ठीक है। बाय!" उन्होंने फोन काट दिया।

कृष्णकान्त ने व्यंग्य से पूछा, "प्रमिला जी, आपको प्रमिला जी बुलाऊँ?"—इस बात पर दोनों साथ हँस पड़े।

उन्होंने खाना खाना शुरू किया। वे 'रीश्ता' और 'गोश्ताबा' की नाजुक लज्जत का अपनी जीभ पर लुत्फ उठा रहे हैं और आपस में मीठी चर्चा कर रहे हैं।

इतने में होटल-मालिक मिस्टर असलम बेग स्वयं चलकर उनकी टेबल तक आए और उन्हें अपना परिचय दिया। कृष्णकान्त ने औपचारिकता-वश उनसे हाथ मिलाया। मिस्टर बेग ने तपाक से पूछा, "क्या आप हमारी सेवा से सन्तुष्ट हैं सर? आपकी कोई आवश्यकता..."

कृष्णकान्त ने बीच में ही कोई उपयुक्त-सा उत्तर दे डाला। मिस्टर बेग की हैसियत का ध्यान रखते हुए उन्होंने पूछा, "हमारा साथ दें प्लीज?"

मिस्टर बेग ने तुरन्त कहा, "जी नहीं, आपका शुक्रिया सर! खलल डालने के लिए मुआफी चाहता हूँ। आपकी सेवा हमारी 'प्रिविलेज' है, सर!..."

"बहुत शुक्रिया बेग साहब।"

बेग साहब चले गए। 'गोश्ताबा' की मुलायम गोलियों को निर्दयता से अपने हाथ के काँटे से घोंपते हुए कृष्णकान्त बुदबुदाए, "नो प्रायवेसी एट ऑल!"

प्रमिला जी ने कहा, "वे दस्तूर निभा रहे थे। आप ख्वामखाह 'टची' हो रहे हैं।"

कृष्णकान्त ने भँवें उचका कर पूछा, "आपका मतलब है, मैं स्पर्श-कातर हूँ?"

प्रमिला जी पल भर को चकराईं, फिर खिलखिलाकर बोलीं, "हाँ-हाँ, बिलकुल वही। स्पर्श-कातर!"

कृष्णकान्त ने जवाब दिया, "मैं आपके स्पर्श से स्पन्दित हूँ...।"

प्रमिला जी की आँखें जरा विस्फारित हुईं और एकदम से लज्जावश झुक गईं।

प्रमिला के सीने के बीच, डुलता हुआ पुखराज का पेंडेंट मुखर होते-होते, आखिर अपने गन्तव्य में पैठते गया। वैसे ही जैसे रातें गहराती जाती हैं।

दस दिन बाद कृष्णकान्त अपने मूल पौरुष अर्थात नये चार्ज—एस.डी.एम., हापुड़ की पोस्टिंग पर तैनात हो गए। प्रमिला जी दिल्ली में ही कुछ दिनों के लिए अपने प्रियजनों के पास रुक गईं। माँ-बाबूजी को कुशल-क्षेम का संक्षिप्त सन्देश भिजवा दिया गया। इधर क्वार्टर प्राप्त होते ही, उनकी नई गृहस्थी को बसाने में सहायक होने के वास्ते प्रमिला जी के संग उनके मायके के परिवार-सदस्य भी हापुड़ पहुँच गए। घर से बिलकुल बेफिक्र होने की सुविधा पाकर कृष्णकान्त ने खुद को पूरे मनोयोग से अपने काम में झोंक दिया। दिन मजे में गुजरने लगे।

9

कृष्णकान्त-प्रमिला के विवाह-विदाई उपरान्त घर सूना-सूना हो गया। जब नये दूल्हा-दुल्हन ही रवाना हो गए तो मेहमान किसका मुँह देखने बैठे रहते? और बात सिर्फ रमाकान्त के घर की ही थोड़े ही है, दरअसल पूरे गाँव में सन्नाटा पड़ गया है। महीने भर की घुड़दौड़ से हारा गाँव दगड़िया पुनः अपनी सुस्त चाल पर लौट आया है। गप्पें रच-रच कर जमाने की भी आखिर एक सीमा होती है, फिर यहाँ तो पूरा गाँव ही बारात में गया था, जो आँखों देखी मेरी, सो आँखों देखी तेरी! तब सबकी आँखों देखी का बखान कितना बढ़ाया जा सकता था?

इसमें कोई सन्देह नहीं कि विधायक के समधी बन जाने से पंडित रमाकान्त की इज्जत की कोई सीमा न रही, परन्तु जैसे एक दिन बेटे के आई.ए.एस. होने की खबर बासी पड़ गई, वैसे ही उसके विवाह-सम्बन्ध के शानो-शौकत के किस्से भी अन्ततः गाँव के चौपाल में दम तोड़ने लगे। दगड़िया गाँव ठहरा तो क्या हुआ? वह जमाने से जुदा थोड़े ही है! जमाने की तरह ही गाँव में भी होनी-अनहोनी पुराने पड़ जाया करते हैं।

इन दिनों रमाकान्त अनमने रहने लगे हैं। कोई इनसान जितने सपने देखने की हिमाकत कर सकता है, ऐसे उनके सारे सपने ईश्वर ने पूरे कर डाले हैं। उम्र और सुखहाल ने करने के लिए उनके पास पहले ही कुछ न छोड़ा, अब 'देखने' को भी कुछ न बचा...स्वप्नों से रीती आँखें, पूर्ण कामनाओं से भरी जेब और बूढ़ा तन—इन तीन अभिशापों को वही जानता है, जो भुगतता है। इन दिनों कभी बहुत आजिज होने पर वे उखड़ जाते हैं—"एक कान्ति है! जो गया है तो माँ-बाप की तरफ झाँकने का होश नहीं। बाबू साहेब नौकरी

पर चले गए! तो क्या साल-साल-भर छुट्टी नहीं मिलती? यही बिरले हैं, जो इनकी अर्जी सरकार नहीं लेती?" वे जोर-जोर से बड़बड़ाने लगते हैं।

पत्नी के हाथ से गर्म चाय का प्याला लेकर मानो उन्हीं को घुड़कते हैं, "हम भी एक सरकारी मुलाजिम रहे!"

माँ बहुत देर तक चुपचाप सुनती रहती, मानो वही अभियुक्त कान्ति हो। जैसे जली-कटी बातें सह लेना ही सही हो। लेकिन जैसे ही रमाकान्त सरकारी मुलाजिम होनेवाली बात कहते हैं, वे अभियुक्त नहीं, अभियुक्त की माँ यानी पंडित की पत्नी के रोल में आ जाती हैं। वे हुँकारती हैं—"हूँऽऽऽ...? देखे नहीं ऐसे-ऐसे सरकारी मुलाजिम, फितना से मास्टर ही तो थे?"

फिर वे अपनी आँखें तरेरतीं और हाथ आसमान की ओर उठा कर बोलतीं, "मेरा बेटा आई.ए.एस. अफसर है। वह साक्षात सरकार है! वह काली पाटी पर खड़िया से क-क-हरा लिखते हुए दिन नहीं काटेगा। न बहू मेरी तरह खेत कोड़ेगी, गोबर ढोएगी।" कहते-कहते वे रुँआसी हो जातीं, मानो मन में रंजिश जाग उठी हो कि क्यों कर उनकी बहू उनसे अलग होगी? अभागा होना क्या उन्हीं की किस्मत में बदा है?

पत्नी से डाँट खाकर, पंडित बिगड़ती बात को सँभालने की गरज से कोई सूत्र टटोलने लगते कि तभी अग्निबाण से वेध दिये जाते—"...मेरे बेटे के तिलक में आए रुपये गिनते तुम्हारी मास्टरी मुँह बा देगी!" लो, अब बेटा भी मेरा-तेरा हुआ! इस तरह पंडित जी पत्नी के आगे पूर्णरूपेण ध्वस्त हो जाते। अब वे क्या बोलें? चुप रहने में ही सलामती है। वे चुपचाप चाय सुड़क-सुड़क कर पीने लगते।

पत्नी बड़बड़ाती हुई अन्त:पुर में चली जातीं। वह गर्विणी माता जरूर हैं, परन्तु भीतर ही भीतर उनका मन भी फटता है। बेटे की माँ होकर भी उसके विवाहोपरान्त वे अकेले ही अपने रिश्तेदारों को विदा करते रहीं। उनका सारा पानी उतर गया समाज में। विवाह का सारा पसारा, उन्होंने अकेले ही समेटा। अपने खट्टे मन को समझाते-बुझाते रहीं। इस तरह बहुत आस और थोड़े उल्लास में शुरुआत के महीने कट गए। वे पिटारों को खोलकर नये सामान को देखा-परखा करतीं, फिर खूब सँभालकर वापस रख दिया करतीं।

एक से एक रेशमी, जरीदार बनारसी साड़ियाँ व घर के सामान, वे आने-जानेवालियों को दिखातीं, सबको खूब जलातीं। लोगों की सौ बातों का, उनके पास यही एक जवाब था। लेकिन खाली चीज-सामान से किसका मन भरा है? वह तो मानो गुड़िया का खेल है—कोई कब तक खेले?

जब दोनों पति-पत्नी में दोस्ती रहती, मेरा-तेरा न होता, तब माँ उदास होकर कहतीं, "मन उकता गया जी।"

"काहे?"

"जैसे कि जानते ही नहीं?"

"काहे?...इतने पर भी मनुष्य का मन न लगे तो कोई क्या कहे?" बाबूजी ने उदास जवाब दिया।

"वस्त्राभूषण को कोई कब तक चाटेगा?...न मेरी उम्र ही है, न मेरे लिए उनका कोई प्रयोजन ही।"

बाबूजी चुप रहे।

माँ बोलीं, "कान्ति को फुर्सत नहीं तो कम-से-कम यह तो सोचना चाहिए कि बहू को कुछ दिनों के लिए गाँव पहुँचा दूँ। बहू की माँ को न चाहिए कि बेटी को सिखाएँ कि सास-ससुर की सेवा करें...उनका भी एक बेटा है।"

बाबूजी टोकते, "कोसती काहे रहती हो? फोन पर बतिया ही लेती हो उससे।"

माँ ने मुँह लटकाकर कहा, "उस दिन फोन पर बात हुई तो मैंने एतना कहा कि बहू, घर भर सामान से पटा हुआ है। सब अलना-फलना यहीं छोड़ गई हो। तनिक हमारे पास भी आकर रहना चाहिए तुम्हें, हमें भी अच्छा लगेगा, लौटती बेर अपना सामान भी लेते जाना। वहाँ तुम्हें दिक्कत होती होगी, यहाँ सब बेकार पड़ा है, हम बूढ़ा-बूढ़ी के किस काम का?—तो बोली कि हम लोग ने यहाँ घर का सब सामान खरीद लिया है। हमें कोई दिक्कत नहीं। वह सब सामान आपका ही है, आप उनका उपयोग करें।...बतावो?"

उन्होंने लाचारी से घर के कोने-कोने में ठूँस रखे तरह-तरह के चीज-सामान को देखा—अजीबोगरीब कल-पुरजों वाली, बिजली से चलनेवाली मशीनें...'कपड़ा धोने के मसीन, ए.सी.-उ.सी., मिक्सी-उक्सी,

अभन, न जाने कौन-कौन सी मसीन'! उन्हें क्या पता, इन्हें कैसे चलाना है और वे क्यों कर सीखें? शहर से बिजली-मिस्त्री आया था, सब लगा गया। उसने सिखाया भी था लेकिन अब उन्हें ठीक से याद नहीं। इतनी सारी अद्‌भुत चीजों को छूने-छाने में डर भी लगता है। बच्चों के बिना किस बात का शौक?

अब तो घर के बाहर कदम रखना भी मुश्किल जान पड़ता है। गाँव की औरतों की जिज्ञासा शमित ही नहीं होती? उनके सवालों की बौछार थमती नहीं—बहू कब आएगी?, बेटा अब तक क्यों नहीं आया?, बहू दो दिन भी न रही?, बहू मायके तो आई ही होगी?, फिर गाँव क्यों नहीं आई?...माँ का सिर घूमने लगता है और जलाओ लोगों को—इसी को लोक-प्रतिशोध कहते है! यह लोग साँस भी नहीं लेने देंगे। वे रोज लोगों को कितने नये बहाने गढ़कर सुनाएँ? वे जितना ढाँपती हैं, लोग उन्हें उतना उघाड़ते हैं। वे खामोश रहने लगी हैं। अब वे पंडित जी से भी शिकवा नहीं करतीं। उनके एक शिकवे में वे अपने सौ शिकवे जोड़ेंगे। हर हाल में दर्द बढ़ेगा ही, गम खा लेने में भलाई है। यदा-कदा, जब्त नहीं होता तो बरस पड़ती हैं पति पर लेकिन पुत्र के पक्ष में ही! है न अचरज की बात?

आज चार बजे भोर से ही बूँदा-बाँदी हो रही है, तब से रुक-रुककर हो ही रही है। भला कर रहे हैं भगवान, जो इस जलती हुई धरती पर अपनी कृपा बरसा रहे हैं। कृष्णकान्त की माँ ने अन्दर से गुसलखाने का किवाड़ खोला और दो पायदान नीचे आँगन में उतरीं, सँभलते हुए...काई जमी है, कहीं पैर न फिसल जाए! मुँह में "बुद्-बुद्-..." मंत्रोच्चारण करते हुए उन्होंने आँगन पार किया।

फिर बरामदे पर चढ़कर अपनी गीली धोती कमली दाई को थमा दी और सूखे फर्श पर अपने पैरों के गीले छाप छोड़ती हुईं वे देव-घर की ओर बढ़ गईं।

बरामदे की खपरैल से झूल रहे बाँस पर कमली ने उनकी धोती का एक छोर फेंका...एक बार—दो बार। फिर 'सर्र...' से खींचकर धोती फैला दी। उसने एक नजर देव-घर की ओर देखा। वहाँ से धूप-बत्ती की सुगन्ध उठने लगी है और सुन्दर कांड बाँचने का मद्धिम स्वर भी।

कमली ने सुना, माँजी ने उसे पुकारा है। वह मसाला पीसना छोड़कर उठ खड़ी हुई। उसने नाली पर लोटे से जल ढालकर अपने हाथ धोए और उन्हें आँचल से पोंछती हुई पूजाघर की तरफ चली।

"हटिए-छोड़िए...मैं किये देती हूँ!"—यूँ कहते हुए कमली ने माँजी के हाथ से लोहे का बक्स छुड़ाया और उसे विपरीत दिशा में घसीटते हुए ले जाकर रख दिया। वहाँ और भी बहुत सामान हैं, जैसे—दरी-जाजम, ढोल, फूल के परात व बर्तन। बारी-बारी से कमली सब चीजों को माँजी के निर्देशानुसार नये ठिकानों पर लगाने लगी। बारिश में यहाँ की छत टपकती है, माँ अफसोस से भर उठीं और बोलने लगीं, "मकान ही जर्जर हो चला है। अब तो चप्पा-चप्पा मरम्मत चाहता है...।"

बाबूजी ने सौदा-सुल्फ का झोला उठाए जैसे ही आँगन में पैर धरा कि देवघर से आती हुई "ढन मन्..." की आवाज तथा पत्नी के दबे प्रलाप स्वर ने उनका ध्यान आकर्षित किया। वे वहीं बरामदे में पड़ी चौकी पर बैठ गए और बाँस से सूखा अँगोछा उतार कर अपने सिर और चेहरे का पानी पोंछने लगे। वे साहू की दुकान पर देश-दुनिया की गप्प में ख्वामखाह ही न उलझे होते तो वर्षा में बेकार ही उन्हें भीगना न पड़ता!

बाबूजी ने भीगे कपड़े बदलकर सूखे कपड़े पहने और वह रसोईघर में पीढ़ी पर जा विराजे। तब तक पत्नी ने उनका व अपना नाश्ता परोसा तथा संग दो प्याली चाय रख दी। रमाकान्त ने निवाला तोड़ते हुए कहा, "अब इस घर की क्या मरम्मत करवाएँ! इसे तुड़वाकर, नये ढंग से घर बनवा लिया जाए। कान्ति भी इसी बात पर जोर दे रहा है। मैं यही ठीक समझता हूँ। तुम क्या कहती हो?"

बाबूजी ने माँ को देखा, परन्तु वे आगे कुछ न बोलीं।

तब बाबूजी ही कह उठे, "गौहाल छोड़कर जहाँ-जहाँ खपरैल है, वहाँ उसे हटवाकर पूरी छत पक्की बनवा दी जाए। ऊपर पानी की टंकी बिठा देंगे जैसे शहरी घरों में होता है। चाँपा नल के साथ बिजली का मोटर भी जोड़ दिया जाए। नये मकान में नये तरह का सब कुछ हो, तमाम सुख-सुविधाएँ हो। कान्ति भी तो यही चाहता है!"

"जब इतनी दौड़-धूप आप को ही करनी है, तो उसकी शादी से पहले ही बनवा लेना चाहिए था। कम-से-कम नये घर में बहू रुकती तो?"

"घर का रंग-रोगन तो कराया था। यह जानता कि बेटे को फुर्सत ही न मिलेगी तो मैं खुद ही लग जाता इस काम में। अभी कौन सी देर हो गई है? मैं कान्ति से बात करता हूँ।"

आखिर पत्नी की काया में सुगबुगाहट हुई। वे बोलीं, "ठीक कहते हैं आप। घर बनाना कोई खेल थोड़े ही है जो शादी से पहले रातोंरात हो जाता? लेकिन अब भी देर नहीं हुई। आप दोनों मिलकर योजना बना लें। बड़े घर की बेटी है। इतने ठाठ-बाट में पली है। समधी जी ने तिलक देने में कोई कसर नहीं छोड़ी, फिर हम ही क्यों देर करें...?"

इतना कहकर वे फिर गुमसुम-सी हो गईं। उन्हें रामराखा की बात रह-रहकर सालती है। वह शहर से लौटकर कल ही बता रहा था कि 'बहूजी अपने मायके रहकर गई हैं'! शहर आई तो गाँव क्यों न आई? कान्ति ने भी फोन पर कुछ नहीं कहा—ऐसी कोई बात होती तब तो बताता? फिर भी जब से यह बात सुनी है, वे बुझ-सी गईं हैं लेकिन पति को अभी बताना उन्होंने मुनासिब नहीं समझा। बाहर के आदमी का क्या भरोसा? लोग जलते भी तो हैं। दूसरे के घरों में लाई-लुतरी लगाने में कुछ लोगों को मजा आता है। हालाँकि रामराखा भला आदमी है। तब...वे कान्ति से ही पूछेंगी। लेकिन न जाने क्यों उन्हें हिम्मत नहीं पड़ती है?

वे एक बार फिर मन-ही-मन तोलने लगी कि बात पंडित जी से कहूँ या न कहूँ? कह देने से बतंगड़ बन जाएगा, जबकि बात अकेले मन में रखने से सही नहीं जा रही। अपने में बहुत संयम जगाकर वे चुप रहीं। अन्ततः वे अपनी देह झटककर वहाँ से उठ गईं। इस बार उन्होंने कमली को नहीं पुकारा। वे स्वयं हुलसकर जूठे बर्तन समेटकर आँगन में धुलने वास्ते रख आईं। जैसे वे किसी बात या व्यक्ति पर निर्भर ही न हों!

बरामदे में बिछी आरामकुर्सी पर बैठते हुए पंडित रमाकान्त ने दैनिक अखबार खोल लिया और चैन से पढ़ने लगे। वे घर के बाबत निर्णय ले चुके हैं। आज एक मुद्दत बाद उनके चेहरे पर फिर से सन्तोष की आभा दिखाई दे रही है।

रमाकान्त की सारी शिथिलता हवा हो गई है। मानो उन पर जवानी पलटकर आई है। इतना स्फूर्तिमय तो वे पहले कभी न रहे?—अपनी नौकरी के कार्यकाल में भी नहीं। भला शिक्षक और फुर्ती का आपस में क्या पाला पड़ सकता है? शिक्षक की नौकरी भले-भलों को आरामतलब बना देती है। निरीहपर सत्ता भला कब चुस्ती की माँग किया करती है? जीवन-दरख्त की सूखती जड़ों में नवीन रस संचार हो रहा है—घर-निर्माण के इस प्रोजेक्ट के रूप में। ऐसा जरूरी नहीं है कि हमारे जीवन में उल्लास, सुख के बाने में ही प्रवेश करे। अक्सर वह कार्य-व्यस्तता तथा चिन्ता के चोले में ही प्रकट होता है और हमारी जिजीविषा कायम रखता है। इसलिए इन दिनों हाल-चाल पूछे जाने पर पंडित रमाकान्त पूछनेवाले के सामने अपना दुखड़ा खोल देते—कैसे इस बुढ़ापे में वे घर-खेत और दो प्राणियों के जीवन की देख-रेख करने के लिए निहत्थे ही जूझ रहे हैं! इन दुखड़ों में भी सुख है। उन्हें दस जनों की सहानुभूति प्राप्त है। किसी के ईर्ष्या के पात्र बनने से सहानुभूति का पात्र होना अधिक सुरक्षित होना व सुखकर है। यह बात वह समझ गए हैं।

बिना कान्ति के मशविरे और प्रबन्ध के कोई शुरुआत सम्भव न थी। इस सिलसिले में कृष्णकान्त का घर में आगमन हुआ। वह अकेले ही आए। कहते हैं बहू की तबियत नासाज है, उससे यात्रा सहन नहीं होती। फिर भी माँ-बाबूजी की खुशी का ठिकाना न था। कृष्णकान्त शहर से अपने साथ एक मुंशी जी को लाए थे, जिन्हें वे बाबूजी का मुलाजिम रख गए। वे कॉन्ट्रैक्टर, इंजीनियर, आर्कीटेक्ट, माल-सप्लाई इत्यादि का शहर से ही करार करवाते आए थे। उन सबने मिलकर उनके सामने ही भूमि नपाई, खुदाई और घर के पिछले हिस्से की तुड़ाई भी शुरू कर दी। कृष्णकान्त इतने दिनों बाद घर लौटे हैं। वे चार दिन घर रहे लेकिन इन कामों की वजह से उन्हें पाँच मिनट भी फुर्सत न मिल पाई।

माँ ने आपत्ति की, "अपने बाप की तरह तू भी कोई काम करने से पहले मुझसे नहीं पूछता है। बहू के नहीं रहते हुए तुम दोनों ने भूमि-पूजन कैसे करवा दिया?"

कृष्णकान्त को अचरज हुआ, "अरे! सिर्फ रस्मी-पूजा ही तो है। न करवाते तो काम कैसे शुरू होता? मैं बार-बार नहीं आ सकता। सारे काम अपने सामने लोगों के जिम्मे लगा जा रहा हूँ। मेरे पीछे बाबूजी अपनी देख-रेख में मकान बनवाते रहेंगे। दौड़-धूप के लिए मुंशी जी हैं ही। रुपये भी बाबूजी के एकाउंट में हैं। मेरे न रहने से हर्ज नहीं होगा। पी.डब्लू.डी. वालों को निर्देश देता रहूँगा, आवश्यकता अनुसार आदमी व इन्तजाम भिजवा देंगे वे। बाबूजी को चिन्ता करने की कोई बात नहीं है। पैसा और पॉवर रहते क्या नहीं होता है?" वह मुस्कुराया।

"चिन्ता की बात छोड़! मुझे सिर्फ यह बता कि तू बहू को क्यों साथ नहीं लाया? घर में यज्ञ शुरू हुआ है और घर की बहू ही नदारद है? वह रहती, तो सब कामों में कितनी शोभा बढ़ाती?"

माँ इस तरह बोले जा रही हैं मानो सारा दोष कान्ति का है। जैसे वही न चाहता होगा बहू को लाना। वह चाहता लाना तो वह क्या आने से मना कर देती? दोषारोपण भी अपनों पर होता है। दूसरे से कोई क्या शिकायत करे?

कृष्णकान्त की 'पैसा और पॉवर' वाली मुस्कान कतर-सी गई। वह बोले, "आ जाएगी, माँ। अगली बार जरूर ले आऊँगा। इस बार उसकी तबियत जो ठीक न थी।"

माँ का दिल खिल उठा। वह खुश होकर बोलीं, "उसकी तबियत की चिन्ता तू क्यों करता है रे? उसे मेरे पास छोड़ जा। मैं उसकी खूब सेवा करूँगी। देखना कैसी भली-चंगी हो जाती है!" फिर वे आवाज गिराकर कहने लगीं, "...यह सामान्य बात है, सब पर बीतती है। फिक्र कैसी?"

कृष्णकान्त चौकन्ने हो गए। वे एकदम से माँ को देखकर बोल पड़े, "ऐसा कुछ नहीं जो तुम सोच रही हो!"

"ऐसे कैसे कुछ नहीं? और क्यों किसी की तबियत खराब होती है?"

कृष्णकान्त उखड़ गए, बोले, "रक्तचाप-उक्तचाप की बीमारी है माँ। हापुड़ में बड़े से बड़ा डॉक्टर है। उसकी माँ और बहन वहीं हैं, उसे सँभालने के लिए। तुम बेमतलब ही अपना माथा खराब कर रही हो!"

माँ के मुँह से बस इतना निकला, "आँय?"

उनके जी में आया कि कह दें बहू उनकी है, वे जरूर अपना माथा खराब करेंगी। लेकिन कान्ति के उखड़े तेवर देखकर वे सहम गईं और उन्होंने चुप रहना बेहतर समझा।

कृष्णकान्त ने भोजन समाप्त किया। वे उठ गए। तब माँ धीमे, किन्तु दृढ़ स्वर में बोलीं, "तू मुझे अपने साथ ले चल।"

कृष्णकान्त को झुँझलाहट महसूस हुई। उन्होंने लम्बी साँसें भरकर खुद को संयत किया और कहा, "कैसी बात करती हो माँ? यह वक्त तुम्हारे वहाँ जाने का है, या यहाँ रहने का है? कल ही ईंट-गारा-सीमेंट यहाँ गिरा दिया जाएगा। मिस्त्री-मजदूर काम पर लग जाएँगे। ऐसे में तुम्हें यहाँ रहकर निगरानी करनी होगी, बाबूजी को तुम्हारे सहयोग और देखभाल की जरूरत होगी...न कि तुम घर छोड़ हमारे पास चली आओ?"

"हाँ बेटा, तू हमेशा की तरह ठीक ही कहता है। मेरा हर समय यहाँ ही रहने का है। क्या मैं नहीं जानती? तू दिन-भर का थका हुआ है...जा, सो जा।" इतना कहकर वे बाबूजी के कमरे में उनका बिस्तर लगाने चली गईं।

कृष्णकान्त वहीं ठिठके रहे। वे कुछ दुखित व उद्विग्न-मन हैं। लेकिन उनके बस में क्या है? जिन उम्मीदों को वे जानते हैं कि पूरी नहीं कर पाएँगे, उन्हें झूठ-मूठ में हवा देने से मतलब? वे भारी कदमों से अपने कमरे में पहुँचे। थकान से चूर-बदन, वे अपने बिस्तर से पीठ लगाते ही सो गए।

10

कृष्णकान्त लौट गए। लेकिन इस बार उनके जाने के बाद घर में सन्नाटा नहीं पड़ा। उल्टा, वे अपने पीछे मजमा छोड़ गए हैं। गौहाल से लगा छोटा कमरा, जहाँ पहले वे रात जाग-जागकर पढ़ाई किया करते थे, अब मुंशी जी को रहने के लिए दे दिया गया है। इस कमरे में सुविधाओं के नाम पर एक चारपाई-बिस्तर, मेज-कुर्सी, खुली अलमारी व एक आईना है। यही एक कमरा है जो पहले की तरह जस का तस है, वरना बाकी का पूरा घर और उसके सामान कृष्णकान्त के विवाह उपरान्त चमक गए। अब तक तिरस्कृत और बन्द रहनेवाले इस कमरे में मुंशी जी का वास हुआ। उन्होंने अपना बक्सा-झोला-झंडा सब कुछ यहाँ जमा लिया है। जबसे कान्ति गाँव छोड़कर शहर पढ़ने गया, तभी से गाय बिक गई। तब से गौहाल साफ-सुथरा और सूना बना रहता है। हवा-पानी से सुरक्षित रखने के उदेश्य से सीमेंट की कई-कई बोरियाँ, छड़, गारा, अन्य सामान और औजार गौहाल में रखवा दिये गए हैं। इन सभी वस्तुओं का हिसाब मुंशी जी रखते हैं। उनके कमरे की खिड़की की तरह ही कमरे का दरवाजा भी गौहाल की तरफ ही खुलता है। इस तरह वहाँ की हर वस्तु उनकी निगाहों के सीधी रेख में रखी है।

शुरू-शुरू में मुंशी जी की मौजूदगी का घर में सब पर अपना असर पड़ा। कमली को डर लगा कि उसके काम बढ़ जाएँगे। माँ थोड़ा कोफ्त हुईं। आठों पहर किसी बाहरी आदमी के घर पर रहने से घर की स्त्री की आजादी में पेंच लगती ही है। किसी गैर से भला कोई आश्वस्त हो सकता है? बाबूजी भी न थे। किन्तु वे आशावान जरूर थे कि जो यह आदमी ठीक निकला तो बड़े काम का साबित होगा। यह जितने दिन यहाँ रहेगा,

निर्माण-कार्य की देख-रेख के अलावा उनकी सुबह-साँझ का सहारा भी बन सकता है।

अब पहले वाली बात न रही कि जब जी चाहे रमाकान्त अपने पुराने साथियों के घर गप्प लड़ाने, हाथ डुलाते पहुँच जाएँ। अब वे बहुत बड़े हाकिम के पिता हैं, इस गाँव के सबसे प्रतिष्ठित व्यक्ति! लोग हर पल उनको घेरने की ताक में रहते हैं। बेरोजगारी का यह आलम है कि हर शख्स की उम्मीद उनकी सिफारिश से जुड़ी है—न वे किसी की बहाली करा सकते हैं, न कोई ठेका दिला सकते हैं—दूर स्थित कृष्णकान्त का ईमान गाँव के टुटपुंजिए आसामियों पर ही क्यों कर फिसले? रमाकान्त की न कृष्णकान्त सुनेंगे न गाँववाले। इन्हें कौन समझाए कि वे हाकिम के पिता हैं, खुदा के बाप नहीं! एक पिछड़े कृषक तथा सदा आपदा-ग्रस्त प्रदेश में 'हाकिम की सूरत से अलग खुदा की सूरत क्या होगी'?

कुछ न बन पड़े तो लोग उनसे आर्थिक मदद के लिए हाथ पसार देते हैं, मदद न करें तो कर्ज के नाम पर ही कुछ दे दें। कुछ भी! मानो वे सरकारी ट्रेजरी पर बैठे 'फनियर' नाग हों! सो अब पंडित कान में तेल डालकर हाथ खड़े कर देते हैं।—इस तरह उनका बिना प्रसंग किसी के यहाँ आना-जाना बन्द हो गया है। मन बहुत उकताने पर वे गाँव की चौपाल पर चले जाते हैं। यह सार्वजनिक जगह है। बिना किसी का नमक-पानी लिए दिल-बदलाव हो जाता है। बाकी उनसे घर पर मिलनेवाले लोग आते रहते हैं। लेकिन मुंशी जी के आ जाने से उन्हें किसी 'अपने आदमी' के संग होने का भरोसा बँधा है।

यह अच्छा हुआ कि बाबूजी आशावान बने रहे। उनकी आशा के अनुकूल ही मुंशी जी 'ठीक' आदमी निकले। मुंशी जी का गाँव बंगाल तरफ पड़ता है। उनकी पत्नी का इन्तकाल हुए बहुत बरस बीत गए हैं—कोई लाइलाज बीमारी थी, बताते हैं। गाँव में थोड़ी जमीन है, जिन पर उनके दो बेटे खेती करके अपने परिवारों का गुजारा चलाते हैं। मुंशी जी का घर पर मन नहीं लगता। अभी से घर पर बैठ, बहुओं-बेटों के बीच की रस्साकशी में कौन अपनी उम्र गँवाए? मुंशी जी मस्त-मौला हैं। जब तक ईश्वर की उन पर कृपा है और वह उनके हाथ-पैर सलामत रखता है, तब तक वे घूम-घूम कर नौकरी

किया करेंगे और दुनिया देखा करेंगे। वे एक नम्बर के घुमक्कड़ आदमी हैं, लेकिन फक्कड़ कतई नहीं हैं। खुद के खर्च से जो कमाई बचती है, उसे वे अपने पोस्ट ऑफिस खाते में नियमित जमा कराते हैं तथा होली-दशहरा जरूर अपने कुनबा से मिलने गाँव जाते हैं। ऐसे में उनका खूब स्वागत भी होता है। उनके पोते-पोतियों की कोई न पूछे...जो वे लोट-लोटकर उनके किस्से सुनाया करते हैं कि कृष्णकान्त की माँ भी खूब रस लेकर सुना करती हैं। वे मुंशी जी से पर्दा नहीं करतीं। मुंशी जी सबसे हिल-मिल गए हैं।

कमली का भय जाता रहा। उसने देख लिया मुंशी जी बड़े मन-मौजी इनसान हैं। रोजाना पाँच बजे शाम को अपना काम समेटकर और दिहाड़ी पाकर मजदूर अपने-अपने घर लौट जाया करते, दुबारा सुबह आने के लिए। उनके जाने के बाद मुंशी जी की शामें फुर्सत में कटा करतीं। हालाँकि वे अपने मर्जी के मालिक होते लेकिन अपना वक्त काटने के लिए वे अक्सर चौका में झाँकने चले आते और रसोई-पानी में भी हाथ बँटा दिया करते।

माँ लाख रोकतीं, वे एक ही बात कहते—"काहे घबराती हैं मालकिन? हम आपका सामान नहीं खराब करेंगे। यह तो आपका राज है, जो हमें बैठे-बैठे रोटी मिलती है। वरना कॉन्ट्रैक्टर बाबू लोग के साईट पर हिसाब और सामान की देख-रेख हम अकेले किया करते हैं और अकेले ही रहते हैं। अपना चूल्हा खुद फूँकते हैं, कोई यार मिल गया तो गनीमत है, वरना अकेले बैठकर खाना भी नई बात नहीं होती है। हमें रोककर आप हमारी आदत बिगाड़ देंगी। मेहमान थोड़े ही हैं हम, आपके कारिन्दे हैं।" इतना कहते-कहते वे चिलोही अपनी तरफ खींच लेते और रात के खाने के लिए सब्जी छीलने अथवा काटने लग जाते।

मुंशी जी कमली से कहते, "देखहीं? हमनी केतना तेज काटीहीं!"

कमली बड़बड़ाती, "तूँ ढेर काबिल!" और मुस्कुराती हुई वहाँ से हट जाती। वाकई मुंशी जी के आने से उसका काम बढ़ा नहीं है और यद्यपि बढ़ा भी हो तो भी उसे यह बात अखरती नहीं है। मुंशी जी की सबसे बड़ी विशेषता कुछ और ही है—वे लिट्टी लाजवाब पकाते हैं। वे अपने बारे में इस तरह बताते हैं—"लिट्टी हमारी खूबियालिटी है।" इस तरह हिन्दी-अंग्रेजी का गुल-गपाड़ा करके नये शब्दों की रचना करना भी उनकी खूबियालिटी है।

घर के पुनर्निर्माण ने रमाकान्त पर जवानी का जोश लौटाया, तो बुढ़ापे का दमा भी उकसा गया। घर गुलजार रहा लेकिन मियाँ-बीवी को सिर-दर्द भी अपरम्पार हुआ।

नया मकान बनकर तैयार हो गया। उसका कुल खर्च सात लाख रुपये से ऊपर आया, जबकि जमीन अपनी थी। बाबूजी को इस बात का बड़ा मलाल है। कम-से-कम लाख रुपये जरूर कॉन्ट्रैक्टर और मुंशी जी की मिली-भगत में खप गए हैं। यह मार्बल, टीक वुड, अलना पेंट, फलना चीज सब कान्ति के निर्देशों पर लगे हैं। कॉन्ट्रैक्टर उससे बात कर लेता या वह उससे, सामान घर पर पहुँच जाता, बाबूजी उसके कहे अनुसार भुगतान करते रहते। वे किसी बेटी के बाप न थे, सो इतनी बड़ी रकम को एकमुश्त अपने हाथ से इसी जीवन में खर्च कर देने की कल्पना भी उन्होंने कभी नहीं की थी। अब वे परेशान हैं। घपला जरूर हुआ है!

कृष्णकान्त ने उन्हें फोन पर खूब समझाया, "बाबूजी आप ऐसा क्यों नहीं सोचते कि हर वस्तु आपको अपने ही दरवाजे पर हासिल हो गई? मान लीजिए आप दूसरे पर भरोसा न करके लाख-डेढ़ लाख बचा लेते। लेकिन क्या आपसे अकेले घर बना पाना मुमकिन था? हर चीज वहाँ शहर से मँगानी पड़ती है, तो क्या दाम नहीं लगेगा?"

"तुम मानते क्यों नहीं, मैं जो कह रहा हूँ कि गड़बड़ हुई है..."

कृष्णकान्त ने पिता की बात काटी, "क्यों फिजूल की बातों पर समय बर्बाद करते हैं। इतना बढ़िया मकान बन गया, देखकर खुश होइए! मुलाजिम को बाइज्जत विदा करें। बेबुनियाद तोहमत लगाकर मन खट्टा करने से क्या फायदा होगा? थोड़ा-बहुत कमा भी लिया होगा तो जरूरतमन्द होंगे, आपको दुआएँ देंगे, रुपया ही गया है, आपका भाग्य थोड़े किसी ने ले लिया है!"

'गजब तरह की बातें करने लगा है इन दिनों यह लड़का'—बाबूजी ने सोचा। वे खिन्न मन से बोले—"भाग्य काहे कोई लेगा मेरा? मेरे जैसा भाग्य क्या सबको मिलता है?" उनकी खिन्नता दर्प के सामने जवाब दे गई।

रमाकान्त फिर सँभलकर, सचेत होकर बोले—"देखो गृह-पूजा तुम लोग के बिना न होगी। सबका रहना जरूरी है। और...समधी जी को आना 'मश्ट' है।

उनके और तुम्हारे अनुकूल जो रहे, ऐसी तिथि तुम तय करो। उसी अनुसार आयोजन रखा जाएगा। समझे?"

"जी, ठीक है बाबूजी। मैं बात तय करके जल्द तिथि बताता हूँ। माँ को मेरा प्रणाम कहिएगा। रखता हूँ...प्रणाम!" फोन कट गया।

बतकही काकी ने चुटकी ली, "बाह! आजकल पंडिताइन ललकी-ललकी घूमती है। गाँव की छाती पर दू-तल्ला ललका महल जो ठोंक लिया है। ललकने की बात तो है ही...!"

"लाल कहाँ...गुलाबी है।" महमूद ने टोका। वह खूब जानता है पंडित जी के नये घर में कितने कमरे बने हैं और उनका क्या-क्या रंग है। पेंट मजदूरों में वह भी शामिल था। पंडित जी के घर के बाहर का गुलाबी 'एक्सटीरियर' पेंट उसी ने किया है—स्ट्रॉबेरी पिंक कहते हैं!

एक ने पूछा, "कौन वाला पिंक?"

महमूद ने जोर दिया, "स्ट्रॉबेरी पिंक जी। ओ रंग का नाम है, जो बाहर में लगा है। देख नहीं रहे?"

देख क्यों नहीं रहे हैं भला! सभी लोग अपनी गर्दन उठाकर दूर खड़े नये मकान को ही तो देख रहे हैं। उसकी गुलाबी मुँडेर दोपहर के सूर्य के प्रकाश में झक-झक कर रही है। मानो वह महमूद की बातों का समर्थन कर रही हो—हाँ, स्ट्रॉबेरी पिंक!

काकी बड़बड़ाती रही, "पंडित अलबत्ता भाग्य लिखवा कर लाए हैं... बेटा हाकिम है, नेता की बेटी पुतोहु है...!"

महमूद ने काकी के बजते हुए रिकॉर्ड का कल दबा दिया, "शंकर का कहीं जुगाड़ लग पाया काकी?"

काकी एकदम चुप हो गई। थोड़ी देर बाद जब वह बोली तो उसकी आवाज बदली हुई थी, "हो जाएगा बेटा, हो जाएगा! भगवान किसी दिन मेरे बेटे का भी भला करेंगे।"

सब जानते हैं यह बात टेढ़ी है—काकी का बेटा, शंकर जरा मन्द-बुद्धि है। बरसों कोशिश करते रहने के बावजूद काका उसे किसी छोटी-मोटी चाकरी पर भी न लगवा पाए हैं। कम-से-कम इतना ही कि उसकी दो वक्त की रोटी का

जुगाड़ हो जाए, बूढ़े माँ-बाप उसे खिलाने के वास्ते इस अभागी धरती पर कब तक बने रहेंगे? पंडित से बराबरी काकी नहीं कर सकती, लेकिन वह उनसे रश्क कर सकती है। सो यह मुफ्त की शय—रश्क, वह खुले मन से करती है, जबकि दबे मन में आस भी पालती है। ऐसा वह अकेली नहीं, सभी करते हैं।

शंकर घर पर रहता है, घर के कामों में वह हाथ बँटाता है। वह अक्सर खेतों व चौपाल में भटकता-घूमता दिखाई पड़ जाता है। काकी थोड़ी देर बाद बोली, "अबकी कृष्णकान्त बाबू गाँव आएँगे, तो तेरे काका को उनके पास भेजूँगी। शंकर को किसी दफ्तर में पानी पिलाने की ही नौकरी दिलवा दें... उनका कहा भला कोई टालेगा?" इतने बड़े आदमी से इतनी तुच्छ उम्मीद!...कि उसकी तुच्छता का मनों भार है याचक के हृदय पर। कुछ देर पहले काकी के चेहरे पर जो रौनक थी, वह अब बुझ गई है। उनका चेहरा गमगीन हो चला है।

सलमा अपने बड़े भाईजान को साइकिल का पम्प पकड़ाने घर से बाहर निकली है। उसने वहाँ चल रही बातचीत सुन ली। उससे जब्त न हुआ और वह बोल पड़ी, "जिसके बेटे का भरोसा रखती हो, उसी की सरे-बाजार छीछालेदार क्यों करती फिरती हो? थोड़ा नमना सीखो काकी! वरना अपना भला क्या खाक करोगी?"

छटाँक भर की लड़की की यह जुबान! काकी का चेहरा सौ वॉट के पीले बल्ब-सा जल उठा, "गरीब के नीचे जगह भी हो तब तो वह नमेगा? जो सीधा खड़ा हो वह नमता है। अपनी तो कमर ही टूटी हुई है, धरती पर पड़े हैं, चारों खाने चित्त! और सुनो, मेरे शंकर का भला तुम्हारा अल्लाह करेगा। वह अपने बाप की पेंसन खाता है, तुम्हारे भाई की दी भीख नहीं। समझीं?" काकी ने झपटकर अपनी राह पकड़ी।

"इनके मतलब की बात कहो तब भी यह ततैया-सी डंक मारने को उड़ती हैं...।" सलमा मारे कुढ़न के बड़बड़ाई। वहाँ मौजूद लोगों ने अपनी मुंडियाँ हामी में डुलाईं।

11

रमाकान्त पंडित ने अपने नये मकान का नाम रखा है—'प्रभु-कृपा'। इसमें कोई शक भी नहीं है। गुलाबी मकान पर लाल उभरे अक्षरों से लिखा है यह नाम। साथ ही टँगा है एक काले दैत का मुखौटा, उसे दुनिया की बुरी नजरों से बचाता हुआ। आखिर वह गाँव वालों के द्वेष-अनुराग का बिन्दु है। द्वेष पोशीदा है और अनुराग उघड़ा हुआ, जिसमें बिलबिलाती हैं लोगों की असंख्य उम्मीदें। यह अनुराग मानो खुला घाव है, यह भरता ही नहीं?

आज 'प्रभु-कृपा' तोरणहारों से सजा है। गाँव के मन्दिर और इस घर को जोड़नेवाले पथ पर दोनों तरफ बाँस की बल्लियों के सहारे पतली सुतलियों में गुँथे अशोक-पल्लव व गेंदा के फूल बाँधे गए हैं। इन तोरणों के बीच से गुजरनेवाले को यह तोरण अपनी ताजी गन्ध का आभास दिलाते हैं। पास ही छोटे बच्चे उछल-कूद मचा रहे हैं। देखते ही मालूम पड़ जाता है कि उनके कपड़े नये हैं। किशोर लड़के अपने ही महत्त्व से भरे घर के अन्दर-बाहर हो रहे हैं, वे खुद को दूसरे से अधिक जिम्मेदार और व्यस्त दिखला रहे हैं। उनकी एक चोर निगाह किशोरियों पर है, जो आज अपने धुले केश पीठ पर खुले छोड़े घूम रही हैं। गोया वे जमाने भर की बुरी नजरों को आज पटकनी देकर रहेंगी! किशोरियों के बालों में महक रहे गुलाब घरेलू हैं—अपने या अपनी सखी के घर की क्यारी से तोड़े हुए। इन सबके दिलों के हिसाब का अभी कुछ कहा नहीं जा सकता। गाँव की नवोढ़ाएँ सिर से पाँव तक गहने-गोटे-घूँघट-चूड़ी-पायल में झमक रही हैं। प्रौढ़ाओं को आज नवविवाहिता होने का भ्रम-सा हुआ है। मर्दों ने नये कलफदार पाजामे-कुर्ते अथवा पैंट-शर्ट पहने हुए हैं, कई बुजुर्गों ने धोती पहनी है। किस्सा कोताह यूँ कि आज यहाँ

हर शख्स यथाशक्ति बा-जतन अपने सौन्दर्य के चरम सीमा पर है। इन लोगों में कई रिश्तेदार हैं, बाकी पड़ोसी और गाँववाले।

नये मकान की छत पर लाल शामियाना तना है। एक तरफ हलवाई की टीम भोज की तैयारियों में जुटी है और दूसरी तरफ मंडप सर्विस से भाड़े से मँगवाए कुर्सी-मेज सजे हैं। बाहर, छत पर जानेवाली सीढ़ी के ठीक नीचे एक स्टूल पर स्टीरियो रखा है जो लोकप्रिय फिल्मी धुनों पर बिठाए भजन पुरजोर स्वर में बजा रहा है। घर के फाटक के बाहर खड़ीं चमचमाती शहरी गाड़ियों को गाँव की धूल मलिन कर रही है। एक नहीं, वहाँ तीन गाड़ियाँ लगी हैं। मंत्री साहब के ड्राइवर व गार्ड-जन फाटक के बाहर खड़े चाय पी रहे हैं। कृष्णकान्त सपत्नीक अपने ससुराली परिवार तथा सेवकगण समवेत सुबह सात बजे ही पहुँच गए। नौ बजे पूजा का मुहूर्त है। पूजा करवाने के लिए रमाकान्त ने दूर के अपने ही एक रिश्तेदार पंडित को बुलवा लिया है।

सुबह गाड़ी से उतरते ही जैसे ही प्रमिला और कृष्णकान्त ने माता-पिता के चरण स्पर्श किये...भाव-विह्वल हुईं माँ की आँखें छलक आईं। उन्होंने गद्‌गद्‌ हृदय से बहू को अँकवार में भर लिया। पल दो पल के लिए वे अपने समधियों की सुध बिसरा बैठीं। अचानक उनकी याद आते ही वे एकदम से उनके स्वागत को प्रस्तुत हो उठीं। घर के अन्दर पहुँचने तक वे बहू का हाथ थामे रहीं...गोरी, गुदाज, नाजुक हथेली। वह पहले से 'मुटा' गई है और अधिक सुन्दर लगने लगी है। उनके मन ने गहरा सन्तोष किया। मेहमानों को बैठक में चाय, नमकीन नाश्ता व मिठाइयाँ परोसी गईं। उनके संग आए आदमीजन छत पर नाश्ता करने चले गए। प्रमिला और कृष्णकान्त को पूजा पर बैठना है। इसलिए उन्हें फलाहार दिया गया। जवान बेटा-बहू के 'सहे' रहने पर बूढ़े माता-पिता अन्न-ग्रहण कर लेंगे भला? उन्होंने भी फलाहार किया। अलबत्ता चाय के दौर खूब चले!

पूजा समाप्त होते-होते बारह बज गए। इस दरम्यान आनेवालों का ताँता बँधा रहा। अपने-अपने महत्त्वानुसार लोग बैठक, जहाँ पूजा हो रही है अथवा घर से बाहर फाटक तक बिछीं लाल-नीली जाजम पर बैठे हैं और इस तरह वे सब पंडित रमाकान्त की गृह-पूजा के साक्षी बने। गृह स्वामी व स्वामिनी

उठते-बैठते रहे, कभी आगन्तुकों के स्वागत में, तो कभी इन्तजाम में। हलवाई के आदमियों की माँगों की पूर्ति वे अगाहे-बगाहे करते रहे। अन्ततः लोगों ने मिलकर, बढ़-चढ़कर हवन में समिधाएँ अर्पित की। सारा कमरा धुएँ से भर गया। सबको घुटन महसूस हो रही है। माँ ने देखा उनकी बहू का थकान और धुएँ से हाल बुरा हुआ पड़ा है। यह देख वे प्यार से मुस्कुरा भर दीं। पूजा समाप्त होते ही लोग बैठक से बाहर खुली हवा में आ गए। बहू अपनी माँ के साथ घर के भीतर, सोने के कमरे में आराम करने चली गई। एकमात्र पूजा करानेवाले पंडितजी पूजा पर डटे रहे। वे लोगों का प्रणाम स्वीकारते जाते व उन्हें आशीर्वाद व पंचामृत देते जाते। वे लोगों को रक्षा-सूत्र बाँधते हैं, कुछ लोग दक्षिणा देते हैं। किशोरों ने सभी आगन्तुकों को पत्ते के दोनों में पंजीरी और कटे फलों का प्रसाद बाँटने का बीड़ा खुशी-खुशी उठा लिया है। जल्द ही गृह-स्वामी ने महाभोज के लिए अपने मेहमानों का आह्वान किया।

शुभ-कार्य सम्पन्न हुआ। निपटते-निपटते आखिरी मेहमान साढ़े चार बजे तक विदा हुए। अब जो बच रहे, वे घर के लोग हैं। उनके बीच शाम की चाय का एक दौर चला, चाय संग परोसा गया नाश्ता लेने से सबने मनाही की। किसी को भूख नहीं। तीनों ड्राइवरों ने अपनी-अपनी गाड़ियाँ झाड़-पोंछकर चलने को तैयार कीं। गार्ड-जन अपनी बन्दूकें सँभाल कर मुस्तैद हुए। समधियों की विदायगी का समय आ गया। किन्तु माँ कहीं दिखाई नहीं दे रही? जब पिता के पुकारने पर माँ न आईं, न ही उन्होंने उत्तर दिया, तब कृष्णकान्त स्वयं उठकर अन्दर गए। माँ उन्हें भंडारघर में मिली। वे विदाई के तोहफे निकाल रही थीं। वे उन्हें देखते ही बोले, "क्या कर रही हो माँ? देर हो रही है, हमारे चलने का वक्त हो गया है। बाहर आओ न!"

माँ ने तोहफे के झोले कान्ति को पकड़ाए और खुद अनाज के पीपे से अनछुआ चावल तथा मसाले के डिब्बे से हल्दी के गोटे निकालने लगीं। "अरे! पता है तुझे, सास-ससुर को लेकर जाना है। उसी की तो तैयारी कर रही हूँ। जरा समधन की शुभ विदाई वास्ते खोंची बना लेने दे?...तुझे तो छुट्टी ही नहीं मिलती। तू बहुत बड़ा अफसर हो गया है न?"—वे आप ही हँसते हुए बोलती रहीं।

अपना काम पूरा कर माँ कान्ति की ओर पलटीं और उन्होंने उसे हुलसकर चेतावनी दी, "अबकी जाने दे रही हूँ तुम्हें। इस बार जब बहू को लिवाने आएगा तब कम-से-कम एक हफ्ते की छुट्टी की अर्जी डाल कर आना..." उन्होंने देखा कान्ति असमंजस में खड़ा उनकी आँखों में झाँक रहा है।

"क्या हुआ?"

कृष्णकान्त धीमे से बोले, "प्रमिला हमारे साथ जा रही है।" फिर कुछ झल्लाते हुए उन्होंने पूछा, "उसने बताया नहीं तुम्हें?"

"आँय!" माँ के मुँह से बस इतना निकला और उनका मुँह खुला का खुला रह गया।

फिर खुद को सँभालते हुए वे बुदबुदाईं, "बहू से ठीक से बात ही कहाँ हो पाई, जो वह मुझसे कुछ कहती?" उनका लहजा तल्ख हो उठा, "नहीं-नहीं! बहू कहीं नहीं जाएगी। वह यहीं हमारे पास रहेगी। इतने लम्बे अरसे बाद पहली बार घर लौटी है...!"

"आप यहाँ क्या कर रही हैं? भई, आपका बाहर इन्तजार हो रहा है। हम लोग बस अब निकलेंगे।" भंडारघर के द्वार पर आकर खड़ी हुई बहू की माँ ने मीठा टकोर लगाया। उन्होंने अवश्य ही माँ-बेटे का संवाद सुन लिया होगा? माँ समधन के सामने संयत हो उठीं। सास को वहाँ आया देख, कृष्णकान्त कमरे से बाहर हो गए। दामाद को वहाँ न पाकर, वे समधन के पास खिसक आईं और उनके हाथों को अपनी मुट्ठियों में भींचते हुए उन्होंने उन्हें हौले से 'खुशखबरी' सुनाई। कृष्णकान्त की माँ पल भर पहले के क्षोभ और तत्क्षण के अपार हर्ष के सम्मिश्रण से बौखला उठीं...!

मौके की नजाकत भाँपते हुए बहू की माँ ने कहा, "पम्मी को हम साथ लिए जा रहे हैं क्योंकि दो दिन बाद ही डॉक्टर का एपॉइंटमेंट है। वह यहाँ आने से भी डरती थी, शुरुआत के महीने जो हैं। तबियत बहुत नाजुक रहने लगी है उसकी। फिर आप ठहरे दो प्राणी, इस उम्र में इतनी मुसीबत क्यों उठाएँगे। वहाँ उसकी देख-रेख करने को बहुत जन हैं।"

माँ ने मान भरे स्वर में कहा, "बहू की सेवा में यहाँ भी कोई कसर न रहती।...लेकिन आप जैसा ठीक समझें!" माँ ने लाचारीवश हथियार डाल दिये।

वे अलमारी की ओर मुड़ गईं और इस बार एक की जगह उन्होंने दो नये रूमाल निकाले। उन्होंने एक रूमाल में नये चावल, हल्दी के गोटे, सिन्दूर की नई डिबिया संग पाँच सौ का नोट व एक रुपये का सिक्का डाला और यह भरा रूमाल समधन के आँचल में दिया। इस तरह माँ ने उनके पुनरागमन की कामना की। तब तक बहू भी वहाँ आ पहुँची। दूसरे रूमाल में उन्होंने वैसी ही शुभ खोंची तैयार कर बहू के आँचल में दी। बहू ने झुककर प्रणाम किया तो उनकी जिह्वा से आशीर्वचन झरने लगे।

बहू की माँ ने हँसकर कहा, "हम दोनों जल्द ही साथ मिलकर बच्चा खिलाएँगे, जी।" माँ डबडबाई आँखों से मुस्कुरा दीं। औलाद की हसरत ने पल भर के लिए उनके बीच की प्रकाश-वर्ष दूरी को मिटा दिया और दोनों समधन सहेलियों की तरह गले मिलकर विदा हुईं।

अकेले में माँ बाबूजी के सामने बिफर पड़ीं, "जब आपको सुबह से ही मालूम था कि वे बहू को अपने संग लौटा ले जाएँगे, तो आपने समधी जी पर दबाव क्यों नहीं डाला कि यह रीत नहीं। उसे हमारे पास भी कभी रहना चाहिए। आखिर हम लड़के वाले हैं! मैं तो जानती ही न थी? अचानक चलने के वक्त बताया कान्ति ने...यह भी कोई तरीका है? कोई कितना बर्दाश्त करे?"

रमाकान्त पत्नी से बोले, "इसमें नहीं जाननेवाली कौन सी बात थी? रुकने का इरादा होता तो क्या वह अपना सामान साथ नहीं लाती? अपने लाड़ले को भी कभी देख लिया करो! उसके मुँह से 'बकार' नहीं फूटती। ऐसा मर्द होता है? काहे का अफसर कहाँ का अफसर! जब लड़का ही उनके हवाले हो गया, तो हम काहे के लड़के वाले और काहे का हमारा जोर? पहली बार समधी घर पधारे, अब क्या उनको मैं नाराज ही कर देता? जब देखो मेरे सिर दोष थोपती रहती हो।"

"अच्छा? इतने काम-धाम में मैंने तो गौर ही नहीं किया, उन लोगों के सामान पर।" माँ को अफसोस हुआ कि क्यों उन्होंने पति को बातें सुनाईं? जबकि वास्तव में मौका खुशी का है। उन्होंने झट पति से वह 'खुशखबरी' साझा की। रमाकान्त की बाँछें खिल उठीं। दोनों पति-पत्नी आनेवाले बच्चे

की मधुर कल्पना में अपना असन्तोष भुला बैठे। बिना अपना वक्त गँवाए वे तरह-तरह के मंसूबे बाँधने लगे।

एक मंसूबा यह था कि वे हर महीना बहू को देखने शहर जाएँगे—यह उनके अख्तियार में था। उन्होंने ऐसा किया भी। परन्तु शहर के दो ही फेरे लगाने में उनका यह मंसूबा रेत के किले की तरह भुरभुराकर ढेर हो गया। वे समझ नहीं पाए जो लोग उनके घर मेहमान होकर आने पर इतने नर्म और आत्मीय प्रतीत होते थे, उनकी मेजबानी इतनी ठंडी और संग क्यों है? बहू उनसे अजनबी क्यों है? वहाँ उनके साथ कोई घटना न घटती, फिर भी उनके भीतर कहीं अपमान पेसता रहता। वहाँ उनकी दी वस्तुएँ, लाए हुए विशिष्ट खाद्य पदार्थ...खुद उनकी कोई कद्र न थी।

वह साफ और पारदर्शी शीशा जो उनके दरम्यान था, न जाने किसका निर्माण था, जो बँधी मुट्ठियों के घूँसे व लात बरसाने पर भी टूटता न था। शीशा आवाज न करता। वह खिसकता नहीं। शीशा खुद दरकता भी नहीं और उन्हें लहुलुहान कर देता! उसके पार का सब कुछ दिखता था, बस उसके पार जाया नहीं जा सकता था। सो वे फिर न जा पाए।

भाग-2

12

इस देश का एक महान कवि कह गया—'यह देश हर दस साल पर बदल जाता है!' भला कवि ने यह क्यों कहा? जबकि वह बीती सदी के मध्य भाग का कवि था। उसका घर एक पिछड़ा प्रदेश था और उसकी मौत के छह दशक बाद, आज भी पिछड़ा प्रदेश ही है। इस दरम्यान उसके प्रदेश का नाम बदल गया है। दिल्ली में सरकारें बदली हैं, एकदलीय से बहुदलीय व प्रादेशिक-दलीय सत्ता का उदय हुआ है, अब यही अस्तगामी हैं। बन्द अर्थव्यवस्था खुल गई है और विदेश हमारी सड़कों पर दौड़ते हुए हमारे घरों में घुस रहा है। फिर भी पिछड़े प्रदेश अब भी वहीं हैं—यथास्थान बने रहना उनकी निशानी है, तथा यह निशानियों का देश है, जहाँ निशान मिटा नहीं करते। जिस दौलताबाद को छोड़कर तुगलक दिल्ली लौट गया था, वहाँ आज किसान जीवन से कूच कर रहे हैं। दरम्यान इन सदियों के कोई माई का लाल न हुआ जो विदर्भ में पानी के सोते फोड़ निकालता। न कोई ऐसा पैदा हुआ जो कवि के प्रदेश के नक्सलियों को उनकी बन्दूकों के बदले रोजगार दिला देता!

कवि के प्रदेश के मानिन्द ही गाँव दगड़िया भी नहीं बदला। बस, पंडित रमाकान्त गुजर गए। उन जैसे कुछ और भी। वहीं कई बच्चे पैदा हुए...।

तब क्या वह महान कवि दिल्ली-बम्बई जैसे शहरों की बात कर रहा था, जहाँ का वह खुद वासी न था? क्या कवि चन्द मेट्रोपोलिटन शहरों के बदलाव के हवाले यह सारा देश कर गया? जबकि 'मेट्रो' नाम भी हमारा अपना नहीं। बहरहाल, कवि का रहस्य वही जाने! कुछ लोग अवश्य बदलते जा रहे हैं...जबकि देश उन्हें अचम्भित देख रहा है।

"ट्रीं-ट्रीं-ट्रीं-ट्रीं..." अलार्म बजता जा रहा है...अपनी कर्कशता पर मानो वह आप ही झल्लाया हुआ है।

बादामी रंग के दोहर के नीचे कोफ्त-सी हरकत हुई। एक लोमश हाथ बाहर निकला और अन्दाज से घड़ी टटोलते हुए उसने बटन दबाया। घड़ी चुप हो गई। कमरे में सकते भरी खामोशी व्याप्त हो गई। कृष्णकान्त कोहनी के सहारे अधलेटे से बिस्तर पर उठ बैठे। उनका सिर हल्के दर्द से टनक रहा है। मन में गुस्सा भर रहा है...लगता है, आदत से मजबूर नौकर दिन में ही अलार्म लगा गया। आज छुट्टी है, वह शायद भूल गया होगा। कृष्णकान्त गाली देना पसन्द नहीं करते। वे अधिक से अधिक उन्हें सोच सकते हैं लेकिन अपने निजी सेवकों के सम्बन्ध में वह भी नहीं। अलबत्ता वे कुढ़ते खूब हैं।...कमबख्त इन दिनों उन्हें शराब सूट नहीं करती! इस उम्र में इस तरह पीना भी वहशत ही है। नई जगह और पुराने एकाकीपन का दूसरा इलाज भी तो हो?—कृष्णकान्त ने अपनी पेशानी पर उँगली के पोर मारते हुए सोचा। पोर की टक्-टक् ने याद दिला दिया...प्रमिला जी? वे भोर की गाड़ी से पहुँचनेवाली थीं और ड्राइवर उन्हें स्टेशन से लाने जानेवाला था। वे निःसन्देह आ गई होंगी।

कृष्णकान्त ने चौंककर कमरे का जल्दबाजी में मुआयना किया। ठीक ही तो! उन्होंने देखा वॉर्डरोब के पास लाल रंग का बड़ा सूटकेस और भूरे रंग का ट्रैव्लिंग बैग पड़े हैं। बाथरूम का दरवाजा एक इंच खुला छूटा हुआ है। यानी उनकी पत्नी भीतर नहीं बल्कि कमरे से बाहर हैं। बाथरूम खाली जानकर उन्होंने राहत महसूस की। उनके शरीर में रात भर दारू चक्कर काटती रही है और अब उनका भरा आशय राहत माँगता है। बिस्तर से उठते-उठते उन्होंने साइड टेबल के दराज से दो डिस्पिरिन की गोलियाँ निकालीं तथा उन्हें पानी में घोलने की पाबन्दी तोड़ते हुए सीधे मुँह में फाँककर मेज पर रखे गिलास से दो घूँट पानी पिया। वे हड़बड़ाए हुए बाथरूम में घुस गए।

कृष्णकान्त के लिए छुट्टी अर्थात सुबह की फुर्सत भर ही...। क्योंकि अक्सर किसी न किसी सामाजिक आयोजन में जाने में छुट्टी का दिन गुजर

जाया करता है। और ऐसा भी होता है कि उन्हें कभी दफ्तर जाना पड़ जाता है। आज की फुर्सत अल्पकालिक है। उन्हें ग्यारह बजे एक महोत्सव में बतौर मुख्य अतिथि जाना है।

जब कृष्णकान्त नाश्ता करने डायनिंग रूम में पहुँचे, तब उन्होंने देखा शीश-द्वार के पार, प्रमिला की प्रौढ़ काया हरे लॉन पर चहलकदमी कर रही है। वे फोन पर किसी से बात कर रही हैं। उनकी चाल और हाव-भाव से आवेश छलक रहा है? उन्होंने वहीं से देख लिया कि पति खाने की मेज पर बैठ चुके हैं फिर भी चन्द मिनट का वक्त उन्होंने और लिया। तत्पश्चात फोन काट कर वे कुछ आवेग में चलते हुए शीश-द्वार से भीतर प्रवेश कीं और कृष्णकान्त के पास वाली कुर्सी पर बैठ गईं।

दम्पत्ति के बीच अकथित समझौता है कि सुबह के वक्त भरसक कोई विवादास्पद अथवा दुखद प्रसंग आपस में नहीं छेड़ा जाएगा। कृष्णकान्त की आदत है घर से निकलने से पहले दिन-भर का मोर्चा मन-ही-मन बाँधकर निकलते हैं। इसलिए इस समय वे खामोश रहते हैं या बहुत हुआ तो कोई मनभावन संवाद ही करते हैं। समझौते का मान रखते हुए प्रमिला जी कुछ बोली नहीं, सिवाय..."और टोस्ट लेंगे?" परन्तु उनका चेहरा बता रहा था कि उनकी अवस्था किसी पिन निकले हथगोले समान है।

वे आज सुबह ही पुणे के बीस दिन के प्रवास से लौटी हैं। बेटे के वियोग में उदास होना लाजिमी है लेकिन बात वैसी हो, ऐसा लगता तो नहीं? पल दर पल दूरसंचार से जुड़े रहनेवाले इस युग में वह क्या बात हो सकती है, जो आमने-सामने बैठे हुए रहने पर भी वे कह नहीं पा रहीं?

कृष्णकान्त ने दाँतों के बीच टोस्ट का एक टुकड़ा काटा..."क्रिर्च्च्...!" उनकी निगाहें पत्नी के चेहरे पर कोई सुराग तलाश रही हैं। या यूँ तसल्ली से देखते हुए वे पत्नी को मानो अपने समक्ष खुलने की सम्मति दे रहे हैं। पत्नी की आँखें उनसे उलझकर रह गईं। वे ठिठक-ठिठककर बोलीं—"...आदित्य ने अपने लिए लड़की पसन्द कर ली है!"

जिस कष्ट से ये शब्द उनके मुँह से निकले वह मरीज की चोट का हाल बताते थे। कृष्णकान्त की आँखों में अचम्भा उतरना ही चाहता था कि उन्होंने

फौरन खुद को सँभाल लिया। उन्होंने मुँह का निवाला निगलने में वक्त गँवाया और सायास उदासीनता ओढ़ते हुए बोले, "तो?"—एक लम्बी खामोशी।

"नीच जात की है!"—यह वाक्य प्रमिला जी के विकृत मुँह से किसी आग्नेय अस्त्र-सा फूटा!

पत्नी से अब संयम की आशा करना फिजूल है, यह जानते ही कृष्णकान्त अधिक संयमित हो उठे। उनके चेहरे के भाव अभेद्य हैं। दरअसल वे खुद थोड़ा समय चाहते हैं। प्रमिला जी कुछ आगे बोल पाएँ, इससे पहले उन्होंने हाथ से 'बस' का इशारा किया। वे खुले मुँह अवाक रह गईं। कृष्णकान्त ने अपना पूरा जोर आगे की दिनचर्या सोचने में लगाया—लेकिन रोज वाली बात आज न थी, वे आज महोत्सव में मेहमान बुलाए गए थे। उन्होंने फाइलों व दफ्तरी मसलों पर ध्यान लगाया। कोई फायदा नहीं। उन्होंने पत्नी को बरगलाया—"ब्राउन सूट ठीक लगेगा?"

प्रमिला जी चौंकी—"जी..." यह जवाब कम सवाल ज्यादा था।

समय लेकर भी कृष्णकान्त इसी नतीजे पर पहुँचे कि पिता के नाते उन्हें इस नये मसले को नजरअन्दाज करना चाहिए, फिलहाल। बात को गौण बनाए रखने का यही एक नुस्खा है। बाकी, मसले की तफ्तीश समय खुद करेगा।

नजरअन्दाज करना एक कला है। कृष्णकान्त इस हुनर में पारंगत हैं लेकिन यही बात उनकी भार्या के सन्दर्भ में नहीं कही जा सकती। उन दोनों के सामने मुआमला उनकी इकलौती सन्तान के प्रेम-जीवन का है। इस मुआमले को वे अपने समक्ष समझते हैं या उसमें अपने लिए कोई सन्दर्भ पाते हैं, यही उनकी घोर और गाढ़ी भारतीयता का प्रमाण है, वरना प्रेम में किसी तीसरे की क्या दखल?

प्रमिला फिर भी माँ है—वह कैसे नजरअन्दाज कर पाएगी? स्त्रियों को सम्भवतः अपने पुरुष पर नियंत्रण रखने से भी ज्यादा उत्कट अभिलाषा अपनी पुरुष-सन्तति पर नियंत्रण रखने की होती है। यह बात शायद शास्त्रप्रदत्त न हो, सो बिना किसी औपचारिक गारंटी के इसे यहाँ पेश किया जा रहा है।

प्रमिला ने आदित्य को अपने रक्त-मांस-मज्जा-दूध से सींचकर जन्म दिया और पाला है, वह अब तक उस पर अपना एकाधिकार समझती आई हैं।

यह कोई अद्भुत बात नहीं, तमाम हिन्दुस्तानी माताएँ खुद को पुत्र से पृथक नहीं मानतीं—पुत्र उनसे पृथक हैं, इसे वे जानना नहीं चाहतीं। दोष उनके अकेले का नहीं। कम्बख्त यहाँ के नदी-पोखर-कुओं में ही भाँग घुली हुई है!—हमारे धर्म, लोक-गीत, लोक-साहित्य...सब शिशु के जन्म लेते ही उसे माँ-बाप का कर्जदार घोषित कर देते हैं। वह भी मामूली कर्जदार नहीं, सनातन 'डिफॉल्टर'! सिवाय उस श्रवण कुमार के, जिसने नस्ल दर नस्ल हमें इतना पकाया कि...!!! कहने का मतलब यह, पृथ्वी के इधर वाले हिस्से पर बहुत भारी रूप से भावनात्मक गुल-गपाड़ा सदा से ही रहा है।

बहरहाल, पुणे से लौटने के बाद प्रमिला जी का ब्लड-प्रेशर, शुगर 'अन-ठिकान' बढ़ा जा रहा है। यह दुगुना कारण है कि कृष्णकान्त 'नजरअन्दाज' की नीति पर अडिग कायम हैं।

13

पुणे।

हड़पसर की मुख्य सड़क की दोनों तरफ ऊँची-ऊँची इमारतों की अनेकानेक मंजिलों पर, कम्पनी और संस्थानों के अनेकानेक दफ्तरों में अनगिनत छोटे-बड़े कर्मचारी दिन-दिन-भर काम किया करते हैं। छुट्टी के दिन यह इमारतें सूनी हो जाती हैं, चलती मशीनें रुक जाती हैं, उस समय इमारतों में संवेदना जागती है...

ऐसी ही दफ्तरी इमारत के नीचे बने खुले पार्किंग स्पेस में चौपहिया मोटर-गाड़ियाँ खड़ी हैं और दूसरी तरफ दुपहिए वाहन खड़े हैं, जिनमें मोटरसाइकिलों की संख्या स्कूटरों से कहीं अधिक है। कुछ दूरी पर बाउंड्री वॉल है, जो पड़ोस के विशाल और चमचमाते काँच-जड़े मल्टीप्लेक्स को इस इमारत से जुदा करता है। मल्टीप्लेक्स पर एक से एक अलहदा फिल्मों के बैनर सजे हुए हैं। पास ही सड़क के किनारे, परिसर की तमाम आधुनिकता से दो-दो हाथ लेता हुआ देशज शरबत-गोले का एक ठेला खड़ा हुआ है। वहीं कुछ बच्चे रंगीन बर्फ का गोला चूस रहे हैं और एक युवती ठंडा शर्बत पी रही है। लोगों की खूब आवा-जाही है।

तभी उस इमारत से एक नौजवान निकला और पार्किंग में खड़ी अपनी मोटरसाइकिल की तरफ बढ़ा। अनायास ही इमारत के गिर्द जाती पतली गली से एक भूरा साँड़ प्रकट हुआ और नौजवान की सीधी रेख में बढ़ा। नौजवान भौंचक्क हुआ—पहले उसने दाएँ या बाएँ होना चाहा। लेकिन साँड़ की बिदकी चाल को देखकर वह घबरा उठा। वह रास्ते से तेजी से हटना चाहता था, परन्तु उसे यूँ हटता देख साँड़ उसकी ओर आकर्षित हो गया।

अब नौजवान के पास क्या चारा था, वह दौड़ पड़ा। साँड़ ने पूरी तबियत से उसका पीछा किया...नौजवान खुद को बचाने के लिए बाउंड्री वॉल पर जा चढ़ा। गनीमत यह रही कि वहाँ खड़ा एक स्कूटर साँड़ से उलझकर धड़ाम से गिरा! साँड़ चौंककर ठहर गया। वह वहशियाने अन्दाज में अपना सिर डुलाने लगा। इस दरम्यान कुछ राहगीर, नौजवान की मदद करने की नीयत से दौड़ पड़े थे। उन लोगों ने मिलकर दूर से ही साँड़ को हड़काया—वह जानवर धीरे-धीरे आगे बढ़ता हुआ ट्रैफिक में खो गया। चन्द लोग जो वहाँ तमाशा देखने रुक गए थे, बढ़ने लगे। नौजवान ने देखा, शरबत पीनेवाली लड़की बेसाख्ता हँस रही है। नौजवान को भान हुआ, वह इस तरह बाउंड्री वॉल पर चढ़ा हुआ कितना हास्यास्पद दिखाई दे रहा होगा—वह फौरन नीचे कूद पड़ा। उस हँसनेवाली लड़की और अपनी गरिमाहीन हालत पर नौजवान को बहुत रोष आया। जब उसने दुबारा लड़की को देखा तो देखता ही रह गया! नौजवान के अन्दर कुछ नया प्रकट हुआ। अनजाने ही उसका रोष चुनौती में तब्दील हुआ। परन्तु जब तक नौजवान अपनी मोटरसाइकिल तक राह बनाता, उसे स्टार्ट कर पार्किंग से बाहर निकालता, तब तक लड़की शरबत वाले को पैसे चुकताकर वहाँ से लोप हो गई थी। युवक ने लापरवाही से अपने कन्धे झटके और मोटरसाइकिल को 'रेज' दिया। जिस जगह जाने के लिए वह निकला था, वह उसी दिशा में हवा हो गया।

बहुत दिन गुजर गए। आदित्य उस बीती हुई घटना को लगभग भुला चुका था कि एक दिन ऑफिस में लंच-टाइम होने से ठीक पहले, सामने बैठे बॉस की पीठ के ठीक पीछे स्थित, विशाल खिड़की के शीशे के पार होते हुई उसकी नजर, नीचे सड़क पर खड़ी उसी लड़की पर पड़ी—वह आज भी शरबत के ठेले पर खड़ी थी। आदित्य ने उसे सहज पहचान लिया, शायद इसलिए भी क्योंकि लड़की ने आज भी उसी दिन वाले कपड़े पहने हुए थे—फेडेड टमाटर रंग का ढीला टी-शर्ट और आसमानी रंग की तंग जींस...।

आदित्य बुदबुदाया, "एक्सक्यूज मी सर, आई नीड टू गो टू लो।" वह उठा और कॉन्फ्रेंस रूम से बाहर निकल आया। मेज के गिर्द बैठे एक्जिक्यूटिव्स इस खलल पर जरा-सा चौंके, फिर जारी मीटिंग में मशगूल हो गए।

अजीब बात है, आदित्य का दिल धड़क रहा है? कहीं उसके नीचे पहुँचने से पहले वह लड़की दुबारा उस दिन की तरह गायब न हो जाए? वह तेजी से लिफ्ट से बाहर आया और बाहरी 5-7 सीढ़ियों को फलाँगता हुआ लगभग दौड़ते हुए सड़क किनारे पहुँचा, तो उसे देर से एहसास हुआ कि इस तरह उस लड़की के सामने आना बेहद असामान्य बात है, बेहद ही! लेकिन अब क्या हो सकता है, वह यूँ बगैर सोचे-समझे ही...?

वह टमाटर टॉप वाली लड़की उसे चकित होकर देख रही है। उसके नारंगी रस लगे होंठ खुले हैं और उसके हाथ के 'ऑरेंज' और 'काला-खट्टा' रसों में आधा-आधा सराबोर बर्फ के गोले से उनका मिला-जुला मीठा रस बूँद-बूँद सड़क पर टपक रहा है।

आदित्य अपनी गफलत दूर करने के लिए बोल पड़ा, "हाय!"

लड़की ने बजाप्ते उसे सिर से पैर तक देखते हुए जरा लहजे में उत्तर दिया, "हाऽऽ...य?!"

उसने पूछा, "दौड़ क्यों रहे थे?"

"यूँ ही!"—आदित्य ने अपनी झेंप छुपाने की कोशिश की।

"तुम्हें दौड़ते रहने की आदत है क्या? उस दिन तुम्हीं दौड़े थे न...जब साँड़ पीछे पड़ा था?" यह कहते हुए उसके होंठों पर मुस्कान थिरकने लगी और वह यूँ आसपास देखने लगी, मानो तसल्ली चाहती हो कि वहाँ कोई बहका हुआ जानवर तो नहीं?

आदित्य को यह याद दिलाया जाना अच्छा नहीं लगा। लेकिन क्या हो सकता था? वह बोला, "हाँ। और तुम ही मुझ पर हँसी थी न?"

लड़की फिर हँस दी। आदित्य के अन्दर कुछ करवट ले रहा है।

"हँसी थी, तो?"

"मुझ से दोस्ती कर लो?"

लड़की ने बेतकल्लुफी से कहा, "हँसी तो फँसी सिर्फ एक जुमला है! उसे इतना सीरियसली नहीं लेते मेरे भाई। क्या? शक्ल-सूरत से तो बड़े शरीफ दिखाई देते हो—फिर वैसे ही रहो न, जैसे लगते हो! तब तो वह साँड़ भी आकर कहेगा, तुम्हें मैंने हँसाया इसलिए मुझसे दोस्ती कर लो? नो लॉजिक, यू सी?"

आदित्य उसकी बात सुनकर अप्रतिभ हुआ। उसने देखा गोले वाले के कान खड़े हो गए हैं, वह बार-बार उन दोनों को देख रहा है। लड़की उसकी नियमित ग्राहक होगी। उसके एक इशारे पर गोला वाला उसकी सहायता को कूद पड़ सकता है।

आदित्य ने सपाट लहजे में कहा, "दोस्ती करना अथवा परिचय बढ़ाना कोई गैर शरीफाना हरकत हुई क्या?" उसने आँखों के मनुहार से उसे ठेले से दूर हटने का इशारा किया। वह थोड़ा आगे बढ़कर रुक गई। आदित्य उसके पास चला गया। उसने पूरी औपचारिकता के साथ अपना परिचय दिया, "देखिए, वह पिछली इमारत की तीसरी मंजिल पर मेरा दफ्तर है। मेरा नाम आदित्य दुबे है, प्रोजेक्ट मैनेजर, इ.वी.एन. कम्पनी..."

"तो?"

आदित्य बीच में बात कहते हुए असमंजस में पड़ गया। फिर उसने सहज हँसकर पूछा, "आपका नाम?"

लड़की ढीठ बनी रही, "इतनी आसानी से?"

आदित्य, "आप भला आसान क्यों होने लगीं?...देखो तुम अपना नाम बता दो प्लीज। तुम यकीन नहीं मानोगी मैं कॉन्फ्रेंस छोड़कर यहाँ खड़ा हूँ। दरअसल मुझे तुम से एक बहुत जरूरी काम है, वरना किसी बिलकुल अजनबी लड़की को इस तरह एप्रोच करूँ इतना अहमक भी नहीं मैं!...नाम?"

मारे अचरज के लड़की बोल पड़ी, "स्मिता...स्मिता तंडेल!"

आदित्य ने कहा, "तुम कल डेढ़ बजे, लंच आवर में मुझे इस मल्टीप्लेक्स के बाहर मिलो।" उसने अँगूठे से पास के मल्टीप्लेक्स की ओर इशारा किया।"

स्मिता ने भौंचक्क होकर पूछा, "अरे! तुम्हें मुझ से क्या काम हो सकता है?"

"कल बताऊँगा।" यह कहकर आदित्य तेजी से निकल गया।

14

आज आदित्य समय से पहले ही ऑफिस पहुँच गया। यह देख, समय धीमे चलने लगा और लंच टाइम तक वह युग में बदल गया। आदित्य की निगाहें बार-बार चेम्बर में सजे काले डिजिटल क्लॉक पर उठतीं। समय के साथ साजिश करती घड़ी और सुस्त हो जाती। उसने अपने मित्रवत सहकर्मी परेश को पहले ही मना लिया है कि वह दोपहर की क्लाएंट मीटिंग के लिए उसकी जगह ले ले।

लेकिन परेश टेढ़ी खीर निकला! उसने पूछा था, "क्या बात हो गई, जो तुम नहीं जाओगे?"

आदित्य ने लापरवाह बनते हुए जवाब दिया था, "कुछ खास नहीं। मेरी बाइक ट्रबल दे रही है, कहीं बीच रास्ते फँस न जाऊँ? कल वीकेंड को गराज में डाल दूँगा, मरम्मत सर्विसिंग के लिए...।"

"बाइक तुम मेरी भी ले जा सकते हो। वैसे ट्रबल्ड तो तुम दिखाई दे रहे हो आज सुबह से! बात क्या है?"

अदित्य गड़बड़ा गया था, "नहीं! नहीं तो?"

"अबे! किसी और को चराना। इस थोबड़े पर दो अदद आँखें हम भी रखते हैं। तुझे अकेले को ही नहीं, खिड़की से बाहर मुझे भी दिखाई देता है! कल शौच का बहाना बनाकर कॉन्फ्रेंस से गायब हुआ तो नीचे सड़क पर क्या करने गया था? कौन थी वह? तेरी मिस जमालगोटा? हा-हा-हो-हो..." वह जोर से हँसने लगा।

"कोई नहीं है।"

"डेट है तेरी?"

"अरे! मैं उसे जानता भी नहीं।"

"मैं भी तुम्हें नहीं जानता फिर, तुम्हारा काम क्यों करूँ?...सीधे ढंग से बता दो, मिस जमालगोटा से मिलने जा रहे हो—हाँ या ना?"

"हाँ! मीटिंग में जाओगे न?"

"यू बेट! जरूर।" परेश ने विजयी मुस्कान दी।

आदित्य के चेहरे पर मुस्कान पसर गई। परेश ने उसकी ओर एक याराना मुक्का घुमाया और कहा, "बेस्ट ऑफ लक ड्यूड!"

ठीक वक्त होने पर आदित्य अपने दफ्तर से नीचे उतरा और लम्बी डेगें भरता हुआ मॉल की तरफ चला। वह आशंकित है कि कहीं वह लड़की उसके बुलाने पर नहीं आई तो? ऐसी सूरत में वह क्या करेगा?, कहीं सारा लंच-आवर उसकी राह ताकते बीत गया तो?, वह इन मनहूस सवालों से दूर होना चाहता है, उसकी नजरें चील की तरह हर आने-जानेवाले में किसी को खोज रही हैं। लो! वह रही—मॉल के ठीक बाहर सड़क पर वह खड़ी है। आज वह अमरूद के ठेले से अमरूद खरीद रही है। धूप से बचने के लिए ठेले पर पीला कन्तान तना हुआ है, जिसके नीचे खड़े होने से लड़की का चेहरा ठीक से दिखाई नहीं दे रहा। लेकिन उसकी लम्ब-तड़ंग देहयष्टि को आदित्य कैसे न पहचानता? उसने ठीक पहले की स्टाइल में ही छोटा-ढीला टी शर्ट पहना हुआ था, जिसका रंग कच्चे सेब-सा हरा था। नीचे पहनी जींस गाढ़े नीले रंग की, जो आम फैशन की थी। हर लड़की और औरत इसी तरह की जींस पहना करती। लेकिन न जाने क्यों उसे देखते ही आदित्य के सीने में साँस कसने लगी।

जब आदित्य लड़की के करीब पहुँचा, वह अमरूद वाले को पैसे चुकाकर अपने कन्धे से झूल रहे बैग के अन्दर अमरूद रख रही थी। फटे हुए कन्तान की छत में छेद था, जिससे छनकर धूप का इक नन्हा टुकड़ा लड़की के टी शर्ट के जरा झूल गए गले में घुसकर खेल रहा था। आदित्य को धूप से रश्क हुआ। वह मुस्कुराकर बोला, "हाय!" लड़की ने अपना सिर उठाकर देखा। उसकी आँखों में अपने लिए स्वागत देखकर आदित्य को अच्छा लगा।

लड़की ने हँसकर उत्तर दिया, "हाय!...यह अमरूद अच्छे दिखे तो ले लिए। मैंने सोचा यदि तुम न आए तो यह मेरे लंच के काम आ जाएँगे।" उसने मानो सफाई दी।

वे लोग सड़क छोड़, मॉल की तरफ बढ़ने लगे। आदित्य ने आश्चर्य से पूछा, "तुमने ऐसा क्यों सोचा?"

"क्यों नहीं? हो सकता है, तुम्हें चाहकर भी फुर्सत न मिल पाती तो? वर्क...यू सी?"

"ह्मम्म। लेकिन जब मैंने तुम्हें यहाँ बुलाया था, तो मैं ही कैसे न आता? इन अमरूदों की अब जरूरत नहीं। आओ प्लीज, हम संग लंच करें?"

"इतना फॉर्मल होने की क्या जरूरत है? हम बर्गर या सैंडविच या कुछ और भी खा सकते हैं।" उसने मॉल की ऊपरी मंजिल पर स्थित रेस्तराँ के लाल-नीले चमकते हुए साइन बोर्ड की तरफ इशारा करके कहा, "यह जगह बहुत महँगी है। मैं नहीं चाहती तुम मुझ पर खर्च करो।"

यह बात उसने इतने सीधे ढंग से और सरलता से कह दी कि आदित्य समझ ही न पाया कि वह क्या कहे? अभी आदित्य के लिए उसका साथ होना ही सबसे बड़ी बात है। वह जो मर्जी चाहेगी वह करेगा। आदित्य चुप रहा।

शीशे के बने दरवाजों पर नीली बुश्शर्ट और काली टोपी-पतलून की वर्दी पहने सिक्योरिटी गार्ड खड़े हैं। 'एंट्री' की लाल तख्ती के नीचे खड़े गार्ड ने तपाक से दरवाजा खोला। मेटल डिटेक्टर के नीचे से होते हुए वे वातानुकूलित मॉल के अन्दर प्रवेश कर गए। वहाँ पहुँचकर उन्होंने गर्मी से राहत महसूस की। भीतर, काले फर्श का विशाल प्रांगण है, जिसके चारों तरफ एक से एक आला ब्रैंड व कम्पनी की अद्‌भुत दुकानें जगमगा रही हैं। उन दुकानों की रोशनी काले फर्श पर सैकड़ों लट्टू बना रही हैं। सामने दाईं और बाईं तरफ सीढ़ियाँ और एस्कलेटर बने हुए हैं, जो लोगों को ऊपर की मंजिल पर पहुँचाते हैं और वहाँ से और ऊपर भी! मॉल की हर मंजिल पर दुकानों की कतारें सजी हुई हैं। सबसे ऊपरी मंजिल पर मल्टिप्लेक्स स्थित है। बीच वाली मंजिल पर वह महँगा रेस्तराँ है, जहाँ खाने से स्मिता ने पहले ही इन्कार कर दिया है। सो उन्हें ऊपर जाने की जरूरत नहीं।

मॉल के निचले विस्तार के ठीक बीचो-बीच आर्टीफिशियल ज्वेलरी का रंगीन काउंटर है, जिसके साथ ही एक फूड काउंटर बना हुआ है। उसके सामने सुन्दर दिखाई देनेवाले टेबल और कुर्सियाँ बिछे थे। वे दोनों एक खाली टेबल के गिर्द बैठ गए। स्मिता ने अपना बैग अपने पैरों पास रख दिया और आदित्य से पूछा, "ओके! अब बताओ तुम्हें मुझसे क्या काम था?"

आदित्य हँसा, "ऐसे थोड़े ही? कुछ अपना परिचय भी दो। कौन हो? क्या करती हो...?"

"आई एम स्मिता तंडेल। मैंने रूरल मैनेजमेंट पढ़ा है। सामनेवाली, सई हाईट्स बिल्डिंग में मेरा ऑफिस है। नौकरी नहीं है, अभी ट्रेनिंग पर हूँ। वह पूरी होते ही कम्पनी मुझे 'एब्सऑर्ब' कर लेगी। पिछले चार साल से इसी शहर में रहकर पढ़ाई पूरी की है मैंने। ऐसे मैं जिला रत्नागिरी से हूँ। चलो, अब बताओ तुमने मुझे क्यों बुलाया है?

"दो मिनट रुको। पहले मैं हमारे लिए दो जम्बो सैंडविच और एस्प्रेसो कॉफी ले आऊँ?" वह उठा और सेल्फ सर्विस काउंटर पर जा खड़ा हुआ। स्मिता उसकी पीठ पर गौर करती रही। ना-दृश्य सी महीन नीली धारियों वाली उजली शर्ट पर नेवी ब्लू पैंट, काले चमड़े की बेल्ट और जूते—एक परम्परागत एक्जिक्यूटिव।

उन्होंने अपनी-अपनी गर्म सैंडविच से फॉईल उतारकर उसे खाना शुरू किया। स्टाईरोफोम के बड़े से कप से कॉफी की चुस्कियाँ भरते हुए आदित्य ने कहना शुरू किया, "काम जिसे काम ही कहा जाए, ऐसा कुछ नहीं तुमसे और देखा जाए तो है भी।"

स्मिता ने सिर हिलाते हुए कहा, "मुझे शक था ही।"

आदित्य ने आपत्ति की, "शक की क्या बात हुई? तुम्हें बेहतर जानना चाहता हूँ। बहुत सम्भव होता कि हम एक इलाके से बढ़कर, एक ही इमारत की एक मंजिल के एक ही दफ्तर में काम कर रहे होते, तो क्या मित्रवत नहीं होते?"

"हम बिना इन बातों के भी मित्रवत हैं। क्या?" स्मिता जब किसी बात पर जोर देती है तो उस बात के पीछे 'क्या' का प्रत्यय लगाती है। यह उसकी स्थानीयता है।

आदित्य मुस्कुरा दिया, "हाँ।"

"बावजूद, अब मेरे पास तुम्हारे लि'ए एक जरूरी काम है।" आदित्य को मानो कोई बात याद आई।

"वह क्या?" सैंडविच भरे मुँह से बोलते हुए स्मिता के शब्द गड्मड् हो गए। लेकिन उसकी आँखें कौतुहल से चमक रही हैं।

"मैं एक कार खरीदना चाहता हूँ। मैं यह चाहता हूँ कि तुम मेरे साथ शोरूम चलो और वह कार पसन्द करने में मेरी मदद करो?"

स्मिता ने आदित्य को यूँ देखा मानो वह कोई बेहद बेवकूफानी बात कह रहा हो। उसके मुँह से निकला, "तुम्हारा दिमाग खराब है?"

"भला क्यों? क्या दिमाग से दुरुस्त लोग कार नहीं खरीदा करते?"

स्मिता जोर से हँस दी। उसने हँसते-हँसते ही आदित्य की बात दुहराई, "तुम कार खरीदोगे? ह:ह:ह:..."

आदित्य ने अपने कन्धे उचकाए, "हाँ, तो? मैं कार खरीदना चाहता हूँ। मैं नहीं चाहता कि आवारा साँड़ मुझे सड़कों पर दौड़ाएँ और खूबसूरत लड़कियाँ मुझ पर हँसा करें!"

"क्या उस दिन मेरे हँसने का बहुत बुरा मान गए?" स्मिता ने संजीदा होने की कोशिश की।

"बिलकुल नहीं। वह साँड़ दुबारा मिल जाए, तो तुम्हें हँसाने के लिए मैं उससे अपने हाथ-पैर भी तुड़वा सकता हूँ!"

"बाप रे! यह तो बहुत ज्यादा हो जाएगा..." स्मिता अब जोर-जोर से हँसने लगी।

'देखा, हँसा दिया न?' आदित्य ने पुलककर सोचा।

"अच्छा, क्या तुम बहुत अमीर हो?"

"मैं कुछ खास नहीं, मेरा बाप है!" उसने आँख मारी।

अपना बैग उठाकर मेज से उठते हुए वह बोली, "जो भी हो, तुम्हारा हास्य-बोध बढ़िया है!"

आदित्य भी उठ गया, "मेरा नम्बर सेव करो।...मिस कॉल देना?"

आदित्य का रिंग टोन जरा-सा बजकर कट गया। यह बात इतनी सहजता से घटी कि स्मिता सतर्क न रही। चलते वक्त वह ठिठककर बोली, "सुनो, यह रख लो!" उसने अपने बैग से अमरूद भरी पन्नी निकाली और दो खुले अमरूद वापिस अपने बैग में डाल लिए। पन्नी में तीन अमरूद बचे, उसने पन्नी को ढीला गाँठ लगाया और उसे आदित्य को थमा दिया। इस दरम्यान वह उसे ही ध्यान से देख रहा था और सोच रहा था कि यह जंगली-सी लड़की, यह करते हुए कितनी घरेलू दिखाई देती है—उसकी गम्भीरता कितनी ही मासूम! कहीं यह अहमक उसे अमरूद देकर सैंडविच का हिसाब तो बराबर नहीं कर रही? यह कुछ भी कर सकती है और उसने महसूस किया वह उसके लिए कुछ भी कर सकता है। वह उसकी दी हर चीज लेना अपनी खुशकिस्मती समझेगा।

उन्होंने आपस में विदा ली। आदित्य उल्लसित मन से दफ्तर लौटा, जबकि स्मिता अपने दफ्तर लौटते हुए मन-ही-मन उलझ गई। वह अपनी लापरवाही पर दुखी होने लगी कि अब यह बन्दा चेप हो जाएगा। कहीं फोन पर दिन रात पीछे पड़ गया तो? इतने फ्रेंडली हो जाने के बावजूद वह शक्की हो उठी। अन्ततः अपनी इस उलझन पर उसे आप कोफ्त होने लगी।

अगले दो दिन सप्ताहान्त के थे। वे आदित्य पर बहुत बुरे बीते। वह स्मिता को फोन लगाने की कोशिश करता रहा लेकिन उसका फोन लगातार स्विच्ड् ऑफ मिला—दो दिन!!! यह लड़कियाँ कितनी धोखेबाज होती हैं। जरा-जरा-सी बात पर असलियत दिखा जाती हैं! यूँ सोचता हुआ वह जलता-बुझता रहा।

15

27 अक्षांश और 30 देशान्तर के बीच पसरे इस देश के भौगोलिक नक्शे में कई ऐसे प्रदेश हैं जहाँ सर्दियों में तापमान 6 डिग्री तक गिर जाता है और बाशिन्दों को यकीन ही नहीं आता कि चन्द महीने पहले, उनके इसी शहर का तापमान 42 डिग्री हुआ करता था और जब तापमान 40 डिग्री को पार कर जाता है तो आस टूट जाती है कि वह अब कभी 20 डिग्री घट पाएगा। मौसम ही नहीं, यहाँ हर दूसरी बात पर यह गैर-यकीन का भाव तारी है। अच्छे दिनों में हम बुरे दिन की कल्पना नहीं कर पाते तथा बुरे दिनों में बीते हुए अच्छे दिन किसी परिकथा से जान पड़ते हैं।

यही हाल इन दिनों पूर्व विधायक बाबू देवकीनन्दन का है। यहाँ 'पूर्व' शब्द गौरतलब है। कई टर्म से विधायक चले आ रहे बाबू देवकीनन्दन का किसी अभागी सुबह चुनाव हार जाना—किसी जमाने में उनके विरोधियों की कपोल-कल्पना रही होगी, जो आज हकीकत बन गई है। यह अपने राजनैतिक कार्यकाल में इतने सफल हुआ करते थे कि वोट की बात दूर, आदमी खरीदकर ढेर लगा दिया करते! इनके भरे कमंडल की पेंदी में मंडल ने सेंध मार दी और सारा पानी रीत गया। आधुनिक भारत में जातीयता का पुनरुत्थान हुआ।

भारत की सनातन संस्कृति पर नाज करनेवाले क्या जातीयता के बने रहने के पीछे के सम्भावित कारणों पर विचार करते होंगे? जब यूनान, मिस्र, रोम व अन्य विश्व की दिग्गज सभ्यताओं का लोप हो गया, तो हम किस अमर-बूटी को चाट कर जिन्दा रह गए? भारत पर दुनिया की अधिकांश नस्लों ने इतिहास के अपने-अपने दौर में चढ़ाई की, उसे लूटा-रौंदा और

जब थक गए, तो खुद भारतीय बन गए। कुछ नस्लें यहाँ व्यापार के लिए आईं तो कुछ बतौर शर्णार्थियों के रूप में आईं। कुछ नस्ल के लोगों को गुलाम बनाकर यहाँ बसाया गया। क्या आर्य, क्या दस्यु, हुण, शक, युनानी, तुर्की, अरबी, मुगल, पारसी, चीनी, हब्शी, सिद्दी, अंग्रेज, पुर्तगाली, डच, फ्रेंच—किसी न किसी रूप में हर कोई आया—सिवाय एस्किमो नस्ल के! इस धरती के परस से शायद ही कोई अन्य नस्ल अछूती रही। इस विशाल भू-भाग में कोई एक दूसरे को नेस्तनाबूद न कर पाया लेकिन खदेड़कर और भेदभाव की नीति पर वे साथ जीने लगे अलबत्ता 'ऊपर और नीचे'। वे भेदभाव भी कैसे रहे होंगे?, सत्ता विजयी-पराजयी, धनवान-निर्धन, गोरे-काले, विशुद्ध-मिश्रित नस्ल, मजदूरी-धन्धे...। इन ध्रुव बिन्दुओं पर जातियाँ-उपजातियाँ बनकर ऊँच-नीच में बँट गई होंगी। शोषण हमारे डी.एन.ए. में है—और हम सहिष्णु कहलाए।

हम मिस्त्र-रोम की तरह मरे नहीं, हम नासूर बनकर जिन्दा रहे।

बाबू देवकीनन्दन दो टर्म से सत्ता से बाहर हैं यानी एक दशक से। पहली बार वे विरोधी लहर में गए, दूसरी बार वे दुबारा हारे और अब हाल यह है कि पार्टी उन्हें टिकट देने के लिए तैयार नहीं होती है। ब्राह्मण नेता का भाव 'फुटहा' बराबर है। उसे विपक्षी भी नहीं पूछते। किसी ब्राह्मण के बच्चे की कूवत नहीं कि चुनाव में निर्दलीय खड़ा हो जाए—इस दौर में डिपॉजिट न जब्त हो जाए तो गनीमत है!

"स्साले हम से अच्छे तो माइनरिटी हैं? इन्हें इफ्तारी तो खिलाई जाती है!"—देवकीनन्दन भड़ास से भरे, मौके की तलाश में बने हुए हैं।

जिन्दगी और राजनीति मौका देती कहाँ है? पहली बार विरोधी लहर में वे अकेले नहीं हारे थे, प्रदेश से पार्टी की पूरी सत्ता पलट गई थी। दूसरी दफे सत्ता से बाहर पार्टी ने टिकट दिया लेकिन चुनाव लड़ने का खर्च उन्हें घर से लगाना पड़ा। मंडल की गणित में वे पिछड़कर हारे, सो आज तक पार्टी टिकट का मुँह देखना नहीं नसीब हुआ है। अब पार्टी-टिकट दलित/पिछड़ी जाति के प्रत्याशी को मिलता है और पार्टी उन्हें दलित-पिछड़े प्रत्याशियों का सहयोग करने कहती है—जले पर नमक छिड़कती है! बाबू देवकीनन्दन जैसों

का नाम इतिहास के सफों में गुम हो जाएगा। उनके पास अब पिछला कमाया भी गँवाने को नहीं बचा है। पुराने लोग आँख का लिहाज रख लेते हैं, वरना उनकी हैसियत छुटभैये की रह गई होती।

तत्कालीन दलित विधायक लाल्टू को आनेवाले चुनाव में फिर टिकट मिलेगा। लाल्टू अवैध शराब का धन्धा करते-करते वैध शराब का विक्रेता बन बैठा है और अब नेता विधायक भी। उस पर सात आपराधिक मुआमले दर्ज हैं। वह दिन दुगुना, रात चौगुना तरक्की कर रहा है।

"शरीफों का जमाना लद गया! लोग नेता को गरियाते हैं। भीतर का दर्द कोई नहीं पूछता। पब्लिक ईमानदार नेता माँगती है, तब जब साली खुद बेईमान हैं! अरे आम आदमी से बड़ा बेईमान कोई हुआ है दुनिया में? उसको दिमाग ही कितना होता है...हाँ पेट होता है, पेट! बिना दिमाग के पेटवाला आदमी। ईमान कतई नहीं। बिलकुल नहीं। जाइए न मुफ्त में ईमानवाला वोट माँगने, देखिए जो एक भी वोट आपके नाम पड़ता है? जनता भी देखती है कि 'दरिद्दर' आदमी है, हमें क्या तारेगा? उसे लाल्टू चाहिए। वोट के बदले पैसा, दारू...वरना डराकर वोट दिलवाओ, करो जातीय-कौमी दंगे, मर्डर, रेप, किडनैप आदि।...पाँच साल की कमाई नेता ने चुनाव में गँवाई! काहे का काला धन भाई? हम लोग का कोई भविष्य तय है? अब क्या आप लोग थाली के मुर्गा-भात पर भी आँख लगाएँगे? कोई खा-खाकर कितना खा लेगा...पेट भर ही न?"—भरोसेमन्द चेलों की टोली के बीच ऐसी भोली तकरीरें सुनाना, देवकीनन्दन बाबू का शगल है।

उनका दरबार अब पहले जैसा कहाँ लगता है? लेकिन मरा हाथी भी सवा लाख का होता है। ठेका, टेंडर, राजनीतिक खेल की जोड़-तोड़, बड़ी-छोटी सिफारिशें आदि अपने-अपने स्वार्थ से लोग आते रहते हैं, देवकीनन्दन बाबू पूरा फायदा पाते हैं। पार्टी में कोई उन्हें सरपट नजरअन्दाज कर दे, इतना जिगर किसी ने नहीं पाया है। पार्टी-टिकट न मिले यह एक बात है चूँकि वह अन्तत: आला कमान का फैसला है और प्रदेश में पार्टी के लोगों की कमजोर नस-नब्ज उनके हाथ में अब भी है, यह बात अलग है। जो वे उन पर अपनी उँगली का पोर भी धर दें तो दूसरे बिलबिला उठें।

देवकीनन्दन बाबू का जब सूर्य-सम तेज हुआ करता, वे उन्हीं दिनों परिवार की मोटी जिम्मेदारियों से निवृत्त हो गए। बड़ी बेटी के लिए आई.ए.एस. दामाद लाए और छोटी का ब्याह दिल्ली के एक उद्योगपति से कराया। उनकी मर्जी के खिलाफ की बात—उनके सबसे छोटे और इकलौते बेटे ने ही कर डाली! वह अमेरिका पढ़ने गया तो उनकी मर्जी से था, लेकिन कुछ ही वर्षों में उनकी मर्जी के विरुद्ध, उसने एक अमेरिकी लड़की से शादी कर ली। बहरहाल देवकीनन्दन अर्द्धश्वेत टिमोथी और देवकी के दादा हैं। अब घरेलू झगड़ा पुराना हो चला है। वे प्यार से पोती को 'लिट्ल देवकी' बुलाते हैं। उन्हें आस लगी है कि एक दिन बेटा उनका कहा मानकर देश लौटेगा।

देवकीनन्दन 'फीनिक्स' के मानिन्द अपनी राख से उठेंगे। जातीय पॉलिटिक्स के गणित में वे वह टाइम बॉम्ब है, जो अपना समय चूक गया है, परन्तु वह लगातार "टिक्-टिक्-टिक्..." कर रहा है...।

16

एक्सटेंशन फोन बज उठा—"ट्रिंग्-ट्रिंग..." स्मिता ने बायाँ हाथ बढ़ा कर चोंगा उठाया "हैलो?" उधर से कम्पनी रिसेप्शनिस्ट ने कहा—"स्मिता तंडेल, आपका पार्सल आया हैं।" स्मिता ने टेबल से उठते हुए याद करने की कोशिश की—नहीं, उसने नेट पर कुछ नहीं ऑर्डर किया! तब क्या घर से...?

"तुम?" स्मिता चौंकी। आदित्य खामोश रहा, उसने एक छोटा डिब्बा उसकी तरफ बढ़ाया और आगे बढ़ा। वह पीछे हटी, वह बढ़ता रहा। इस तरह वे रिसेप्शन काउंटर से दूर जा खड़े हुए।

स्मिता ने धीमी आवाज लेकिन तेज लहजे में पूछा, "तुम्हें यहाँ किसने बुलाया?"

"तुमने।" आदित्य की आँखें उसकी आँखों का पीछा नहीं छोड़ रहीं। वह उनसे पीछा छुड़ाना चाहती है कि इतने में उसकी धड़कन बढ़ गई है... जैसे सब कुछ आउट ऑफ कंट्रोल!

"मैं तुम्हें क्यों बुलाऊँगी...कब बुलाया?"

"अपना नम्बर दिया और फोन बन्द कर लिया। तुम बात नहीं करना चाहती थीं, जरूर मिलना चाहती होगी, है न?"

अब वह क्या कहे? स्मिता ने बात बदलनी चाही, "इस डिब्बे में क्या है?"

"कुछ खास नहीं। ट्रफल पेस्ट्री है। यदि मुलाकाती बनकर आता तो शायद रिसेप्शन पर अपना नाम देना पड़ता और तुम मिलने न आतीं। इसलिए पार्सल डिलीवर करने का बहाना बनाना पड़ा। यह लो।"

"मैं भला मिलने क्यों न आती?" यह कहते हुए स्मिता ने डिब्बा अपने हाथ में ले लिया।

"वैसे ही जैसे तुमने अपना फोन बन्द कर लिया?" आदित्य की आँखों ने फिर उसे धर दबोचा। स्मिता के चेहरे पर एकदम से गुलाबी छाँव उतर आई, इस बार उसने अपनी नजरें झपकाकर अलग कर लीं। आदित्य गम्भीर बना रहा। लेकिन इस लड़की के होश यूँ कबूतर होते देख, उसे मजा आ रहा है। यह खुद इतनी परेशान है कि कोई छोटा-सा झूठा बहाना भी नहीं गढ़ पा रही?

स्मिता ने सहज होने का प्रयास करते हुए कहा—"दफ्तर बन्द होने का समय हो रहा है। तुम दस मिनट यहाँ लाऊंज में बैठो, मैं टेबल समेट कर, अपना बैग लेकर आती हूँ।"

"ठीक है, मैं इन्तजार करता हूँ।"

स्मिता जाने लगी तो आदित्य ने पीछे से पुकारा, "सुनो?"

उसने पलट कर देखा तो आदित्य ने मुस्कुराते हुए कहा, "होशियार न बनना!"

उनकी आँखें मिलीं और न जाने क्यों दोनों को जोर से हँसी आ गई। वे साथ हँस पड़े। वह जो पतली-सी ठंडी बर्फ जम गई थी, तड़क गई और उनके दरम्यान जो कुछ था तरल हो गया।

पिछला वीकेंड बुरा बीता था लेकिन आनेवाला वीकेंड अच्छा कटेगा। इन बुरे-अच्छे वीकेंड के दरम्यान दिन भी अच्छे बीते हैं। स्मिता व आदित्य दो बार लंच पर मिले। उनका साथ बना रहा, अमूमन फोन पर ही। आदित्य ने महसूस किया, शाम में मिलने के लिए स्मिता झिझकती है। उसे कोई हर्ज नहीं, उसे वह खुश अच्छी लगती है। वे अच्छे दोस्त बन रहे हैं। इससे ज्यादा उसे कुछ नहीं चाहिए।

स्मिता आदित्य की मोटरसाइकिल पर उसके पीछे बैठी है और वे इस शहर की सड़कों पर उड़े जा रहे हैं। उसने बड़ी साफ-दिली से कुबूल लिया था कि वह उसकी रफ्तार से घबरा उठी थी और उसने इस प्रकार अपना फोन ऑफ रखने के लिए माफी भी माँगी थी। उसे परेशान करने का उसका

इरादा न था—कितनी मासूमियत से उसने यह बात कह दी थी। यह बातें याद करते हुए आदित्य के चेहरे पर मुस्कान खेलने लगी। किन्तु उसकी दन्त-पंक्ति की उजास हेल्मेट में कैद रही। उसने मोटरसाइकिल को रेज दिया, वह रफ्तार बढ़ाना चाहता है और, और, इतना और कि...!

"ईऽऽऽs..."—स्मिता चीख रही है।

"...रफ्तार कम करो प्लीज...मुझे डर लगता है...मेरे सारे बाल उड़ रहे हैं...मेरी आँखें नहीं खुल रही...मुझे बहुत डर लग रहा है...आदित्य प्लीज... प्लीज...प्लीज..."

खुले हाईवे पर तेज बाइक दाएँ-बाएँ 'जूम-जूम' साँप-सी फिसल रही है...वह सोचता है 'काश यह लिपट जाए'। वह सीट के पीछे लगे हैंडिल को अपनी मुट्ठियों से भींचे, चीखे जा रही है। आदित्य को अनायास अपनी बेवकूफी का एहसास हुआ, उसे इस कदर डराना गुनाह मालूम होने लगा। उसने रफ्तार सामान्य कर दी। थोड़ी देर बाद जब वे शहर के बाहर स्थित गाड़ियों के शो रूम के परिसर में रुके, तब स्मिता के केश बुरी तरह बिखरे हुए थे, जिन्हें वह अपने हाथों से दबाकर समेट रही थी और उसे घूर रही थी। आदित्य हँस दिया।

उन्होंने साथ में बलेनो कार टेस्ट ड्राईव की। शो रूम पर सेल्स टीम से आदित्य ने मशविरा लिया। उसने स्मिता से पूछा, "कौन सा रंग बुक करना चाहिए?"

"मम्मम...लाल?"

"मुहब्बत का रंग? मुझे बहुत पसन्द है।"

"नहीं। यह देखो, यहाँ शेड का नाम 'फायर रेड' लिखा है।" स्मिता ने उसे कार-कैटेलॉग दिखाया।

"उफ्फ...पैश्शन!"

"नो।—ऐंगर !!!"

"मोहतरमा को गाड़ी लाल चाहिए।" यह सुन सेल्समैन मुस्कुरा दिया। उसने आदित्य को कुछ फॉर्मस दिखाए तथा भुगतान व बीमा के नियम समझाए।

"मैं निर्णय कर लूँ फिर आपको सूचित करता हूँ। जैसा हुआ, आकर खरीद-भुगतान पूरी कर जाऊँगा। बहुत शुक्रिया।" वह उठ गया। स्मिता भी उठ गई।

"आपका सदा स्वागत है, सर।"

शो रूम से वह बीच शहर में लौटे। कुछ देर बाजारों में बाइक पर तफरीह की—फास्ट फूड खाए, शेक पिया। स्मिता के कहने पर आदित्य उसे उसके घर छोड़ने चला।

जब बिल्डिंग के नीचे आदित्य ने बाइक खड़ी की तो स्मिता को खयाल आया कि वह तो 'इसे' अपने घर ही ले आई। आदित्य ने मंजिलों को सिर उठा कर देखा और पूछा, "तुम किस मंजिल पर कौन से फ्लैट में रहती हो?"

उसे चुप देखकर वह बोला, "बता दो? वरना तुम्हारे सारे पड़ोसियों से दरियाफ्त करना पड़ेगा मुझे।"

"प्लीज..." और स्मिता ने अपना फ्लैट नम्बर और मंजिल बता दिये।

साथ ही उसने यह भी कहा, "कल संडे है। कल यहाँ चले मत आना।"

"क्यों?"

"मेरी फ्लैट मेट्स भी हैं और मैं बिजी रहती हूँ।"

"क्या करती हो?"

"हफ्ते भर के जमा हुए काम करती हूँ, मसलन कपड़े धोती हूँ।"

"हाऊ एक्साईटिंग! मैं कल आऊँगा।"

"नहीं न! मेरी फ्लैट मेट्स क्या सोचेंगी?"

"क्या उनके ब्वॉय फ्रेंड्स नहीं?"

"हैं तो! लेकिन तुम मेरे ब्वॉय फ्रेंड नहीं।"

"यही तो मैं भी कह रहा हूँ। वे कुछ नहीं सोचेंगी।"

वह दुबारा अपना हेल्मेट पहन चुका था और इसके पहले की स्मिता प्रतिवाद करती, वह बाइक पर निकल गया। लिफ्ट में स्मिता! अकेली है। वहाँ के आदमकद आईने में वह खुद को देखती रही, लिफ्ट के मंजिल पर रुकने तक।

रविवार की सुबह।

वर्षा के अभाव से प्रदेश में अकाल की परिस्थिति है। बड़े शहरों में भी पानी की सप्लाई में कटौती है। इस इलाके में रविवार का दिन अतिरिक्त सप्लाई का दिन है। कामकाजी लोगों को यही राहत है।

पानी की हर बूँद मूल्यवान है। मशीन में कपड़े धोना सम्भव नहीं। तीनों रूम-मेट्स के बीच बाथरूम के उपयोग का समय निर्धारित है, विशेष कर रविवार के दिन। अभी स्मिता का नम्बर है। एक सर्फ घुली बड़ी बाल्टी में बोरे गए हफ्ते भर के गन्दे कपड़े, उसे ललकार रहे हैं। वह टी-शर्ट और शॉर्टस् में अपने पंजों पर उकड़ूँ बैठे ब्रश से कपड़े धो रही है। कम पानी में कपड़े धोना एक परिष्कृत कला है, जो चन्द प्रदेशों के लोगों में ही पाई जाती है—बाकी देश की असंस्कृत जनता इसके मर्म से परे है। कपड़े धुल जाने के बाद स्मिता ने नहाने का उपक्रम शुरू किया। शॉवर की झिरमिर-झिरमिर के पार से घंटी बजने की दबी हुई आवाज आई। कोई आया है। उसने आँखें मीचे सोचा 'कूड़ा वाला'...। जब वह बेडरूम में आई तो उसे बाहर से बातों और हँसी का दबा हुआ गड्मड् स्वर सुनाई देने लगा। कोई मेहमान है...उसने कपड़े बदलते हुए सोचा।

तैयार होकर स्मिता ने फ्लैट की साझी बैठक में झाँका तो उसके मुँह से निकला, "तुम? तुमने आने से पहले फोन क्यों नहीं किया?" उसकी आवाज जरा तेज हो गई। वहाँ बैठीं उसकी रूम मेट्स भी चौंक गईं। आदित्य ने मुलायमियत से मुस्कुराते हुए कहा, "पिछले एक घंटे से तुम्हारी बिल्डिंग के नीचे खड़ा तुम्हारा फोन ही मिला रहा हूँ। तुमने फोन उठाया, वहीं तो हार कर मुझे ऊपर आना पड़ा।"

उसके यह कहने पर स्मिता ने पलट कर अपने कमरे के भीतर, अपने पलँग पर देखा। वहाँ उसका मोबाइल औंधे मुँह तकिए पर पड़ा था—जरूर वाईब्रेट मोड पर होगा। उसके मुँह से निकला, "ओऽऽह...!"

उसने मुस्कुराने की भरसक कोशिश की। इस तरह अपने ही घर में अपनी ही रूम मेट्स के सामने आदित्य से मिलकर वह सहज नहीं हो पा रही है।

उसने सोचा, 'यह इतनी देर से यहाँ बैठा न जाने इन दोनों से क्या बातें करते रहा है? न जाने दीपिका और शैलजा उनके बारे में क्या-क्या कयास लगा रही होंगी। वे आदित्य में जितनी दिलचस्पी ले रही हैं और जितनी रसीली आँखों से स्मिता उसे देख रही है, यह जाहिर है कि उनके पेट में लगे गॉसिप के कलपुरजों को पर्याप्त ईंधन मिल गया है।

लाचार होकर स्मिता ने फटाफट बाहर जाने के लिए दुबारा कपड़े बदले। आदित्य और वह फ्लैट से निकले और वे लिफ्ट में प्रवेश करने के लिए बढ़े। लिफ्ट में घुसते ही स्मिता ने लगभग दाँत पीसते हुए आदित्य से पूछा, "तुमने इन दोनों से क्या कहा?"

"क्या मतलब, क्या कहा?"

स्मिता चिढ़ी, "अरे, माने...तुमने क्या बताया अपने बारे में? तुम क्यों आए हो, कुछ तो कहा होगा न?"

आदित्य ने हँसकर जवाब दिया, "ओह! वह बात...?" उसने स्मिता की बाँह हौले से पकड़ी और सहजता से लिफ्ट के भीतर खींच लिया।

"मैंने उनसे कह दिया, मैं तुम्हारा धोबी हूँ। हर इतवार की सुबह कपड़े धोने आया करूँगा।"

"क्या!!! कितनी बकवास करते हो तुम?"

"यह कितना दिलचस्प काम होगा न..." आदित्य ने स्मिता की आँखों में झाँका। उसे 'इरिटेट' करने में मजा आ रहा है। अनायास स्मिता को लिफ्ट बेहद तंग मालूम होने लगी। उसके पेट में तितलियाँ पर मारने लगीं। उसने परेशान होकर कहा, "डोंट फ्लर्ट!"

"नॉट एट ऑल।" आदित्य संजीदा हो गया। वह मंजिलें उतरती हुई लिफ्ट की बुझती-जलती बत्ती देखने लगा।

बाहर ताजी धूप खिली है। सड़क पर उतरकर स्मिता ने पूछा, "कहाँ जाएँगे अब हम?"

"भूख लगी है न? चलो पहले नाश्ता करते हैं।"

"नाश्ता हम फ्लैट पर भी कर सकते थे?"

"लेकिन तुमने पूछा कहाँ? बताओ मुझे क्या खिलाती?"

"ब्रेड-बटर, मैगी...और पपीता?"

"आओ हम आलू पराँठा खाते हैं। चलेगा?"

"उड़ेगा!"—वह मुस्कुराई।

वे सामने ही एक छोटे पंजाबी रेस्तराँ में घुस गए। बातों-बातों में आदित्य ने उसे अपने बारे में, अपने परिवार के बारे में बताया। होटल का लड़का दो प्लेट गर्मागर्म लहकते हुए पराँठे उनके सामने रख गया। प्रति पराँठे पर पचास ग्राम मक्खन की टिकिया धरी हुई थी, अचार दही अलग। आदित्य ने अपने लिए ठंडा बादाम-मिल्क ऑर्डर किया और स्मिता की मर्जी के मुताबिक उसके लिए एक कप चाय। पराँठे के साथ दोनों ने आधा-आधा बादाम मिल्क पिया और बाद में खाली कप मँगवाकर चाय भी आधी-आधी पी।

"कट्टिंग चाऽऽ..!" स्मिता ने खुश होकर कहा।

आदित्य के किस्से सुनते हुए स्मिता उससे प्रभावित हुए बगैर न रह सकी। कौन न होता भला? उसने कहा—"वाह! तुम्हारा बचपन तो बड़ा शानदार बीता होगा। इतने रसूख वाले परिवार से हो—तुम्हारे पिता इतने सफल और काबिल इनसान...!"

"ऐसा भी नहीं। शान तो बाहर से देखने-दिखाने की चीज है, अन्दर से तो हर कोई साधारण ही होता है। डैडी का तबादला कभी भी हो जाता, कभी छह महीने में भी लेकिन तीन साल की मियाद तो तय थी ही। मैं एक डरपोक बच्चा हुआ करता। शहर-स्कूल बदलते तो मेरे दोस्त छूट जाते... मुझे नये दोस्त बनाने में दिक्कत आती, मैं शर्मीला होता गया और पढ़ाई में कमजोर! बाद में पढ़ाई का हर्ज न हो, इसलिए मुझे बोर्डिंग भेज दिया गया। तुम्हें पता नहीं, इस तरह के घरों में बच्चों पर किस तरह प्रेशर दिया जाता है। आपके लिए दुनिया में एक ही रास्ता होता है—अपने काबिल पिता के कदमों के निशान पर चलना। वरना, आप फेलियर हैं...!"

स्मिता को लगा उसने शायद आदित्य को उदास कर दिया? उसने चहककर पूछा, "गाड़ी पर क्या निर्णय लिया तुमने, घर पर पूछा?"

"हाँ। बलेनो लूँगा।...बुधवार को काम से अवकाश निकालकर जाऊँगा। चलोगी न?

"न हो पाएगा। हमारे यहाँ दो दिन कॉन्फ्रेंस है, मैं निकल नहीं पाऊँगी। कौन सा रंग चुना?"

"तुमने ही तो चुना—लाल!" यह सुनकर वह झेंप-सी गई।

"बुधवार तक कैसे होगा? लोन की अर्जी दोगे, फिर बैंक प्रोसेस करेगा..."

"नहीं। डाऊन पेमेंट—नकद भुगतान करूँगा।"

"कितने अमीर हो भई? इतने साल तो तुम्हें कमाते हुए भी न बीते होंगे?"

"लेकिन अभी मुझ पर जिम्मेदारी भी तो नहीं। रुपये बचाए हैं मैंने। जो घटेंगे...उसके लिए डैडी हैं न।"

"ओह! येस, डैडी!"

17

कृष्णकान्त के जीवन के उत्कृष्ट साल बीत गए हैं, अब प्रौढ़ावस्था भी बीत रही है। मालूम होता है जीवन उनके हाथ के चुल्लू से पानी के मानिन्द बूँद-बूँद रीत गया, हासिल न रहा। वे बार-बार स्मृतियों में पीछे पलटते हैं—बचपन की यादें कब, किसे मधुर नहीं लगती हैं? लोग इससे आगे नहीं सोचते। यदि वाकई बचपन में लौटा जा सकता...तो कोई न लौटना चाहता, चाहे उसका बचपन कितना ही प्यार भरा क्यों न होता? यात्री पीछे जितने भी हसीन मंजर छोड़ आया हो, वह कदम नहीं लौटाना चाहता। यात्रा फिर भला कौन दुहरायेगा...उफ्फ? जिन्दगी भी ऐसी ही है, मिल जाए तो भी दुबारा वही कौन जिएगा? खुदा सयाना है, इसलिए उसने हमें इसका कोई प्रावधान नहीं दिया।

जीवन-भर के हासिल का, वे कुल ये निशान जोड़ पाए हैं—झड़े बालों में सफेदी, कमर का बहुत बढ़ा घेरा, ज्यादा अघाई आँखों में छिपा असन्तोष, हँसी में जोर...उम्र से अधिक ढलाव। विजय की निशानियाँ पराजय की शिनाख्त भी देती हैं। क्या उन्होंने वाजिब हिस्से से अधिक पाया है अथवा उन्होंने अपना हिस्सा ही गँवा दिया है? जो उन्होंने पाया, वह जमाना जानता है, उनसे रश्क करता है, जो उनके पैमाने से छूट गया, वह सिर्फ कृष्णकान्त जानते हैं—जो पाया वह दुनियादारी है, जो छूटा वह जीवन था।

'दृश्य' कुछ ऐसा होना चाहिए—

हमारा नायक कुछ टूटा-सा...हाथों में अनिश्चित मुद्रा में खाली-सा पैमाना उठाए किसी पुराने दागदार आईने के सामने खड़ा है, रोशनी मैली है, वह अपनी कमजोर आँखों को मिचमिचाता हुआ, उन पर जोर डालता हुआ

खुद को पहचानने की कोशिश कर रहा है। माहौल में मद्धिम गजल तिर रही है—"आईना मुझ से मेरी पहली सी सूरत माँगे..."

नायक आईने के भीतर पैर धरते हुए अपनी ही आँखों में उतर जाता है। वहाँ समन्दर नहीं, समय-धारा में बह रहा है। वह इतनी तेज है कि कब किसे किस घाट उतार दे, भँवर में खींच ले, या चट्टान पर पटककर नेस्तनाबूद कर दे, कोई जान नहीं सकता। नायक 'बैक-स्ट्रोक' के अन्दाज में तैरता हुआ स्मृति में पीछे...पीछे जाने लगता है, मानो वह उसके गाँव की नदी हो। लेकिन बात 'बॉलिवुडाना' हो जाएगी? इस ख्वामख्याली से मेलोड्रामा उत्पन्न होगा, जो गलत होगा। चूँकि पहली-सी सूरत भला कृष्णकान्त क्यों माँगने लगे?—पिछला कुछ भी अब कहाँ रहा? वह सारी गरीबी, लाचारी पुँछ गई, मिट गई है। अब कोई नहीं जानता उनका भूत, न कोई अब पूछता ही है। उनका दिमाग मानो 'पेपर बिन' है जहाँ गैरजरूरी दस्तावेज जमा हो रहे हैं। यह बेकली कुछ भूलने नहीं देती।

अंग पर पिता के उतरन—सीने में महत्त्वाकांक्षा की जलन—आँखों का जागरण...और ऐसी पढ़ाई, जिससे शरीर की हड्डियों के जोड़ों से कैल्शियम छीज जाए और विद्यार्थी के जोड़-पोर हमेशा जला करें, यह कौन समझ सकता है? वे याद नहीं रखना चाहते, फिर भी भूल नहीं पाते। जिस पल कृष्णकान्त के हाथों में नौकरी का चयन-पत्र आया था, उसी पल उनका जन्म हुआ—उनका जीवन-उत्सव आरम्भ हुआ।

प्रेत-दिवस पीछे छूटे, उत्सव आगे चला। यह देश उत्सवधर्मी है लेकिन यहाँ की 125 करोड़ जनता में अधिकांश जीवन-उत्सव से इस कदर महरूम हैं कि उसके मर्म से पूर्णत: अनभिज्ञ हैं। हम जानते ही नहीं कि यह उत्सव हमें किसी चरम पर नहीं ले जाता। वह खुद को दुहराता रहता है च्यूइंग-गम की तरह। बिना घटे या बढ़े वह जल्द ही स्वाद-हीन हो जाता है। चाहो तो उसे कितना ही लम्बा खींच कर खुश हो लो, वह छोटा हो जाएगा। चाहो तो फूँक भरकर बुलबुला बना लो, वह 'फट्' की आवाज के साथ फूट जाएगा।

गरीबी ही वह शय है, जिससे आदमी कभी बोर नहीं हो सकता तथा अमीरी वह शय है जहाँ आदमी का मन नहीं लगता। गरीबी जिस रूमान की जननी है, अमीरी उस रूमान का 'वॉटरलू' है। लालसा-रहित जीवन इनसानों का नहीं, पशुओं का है। कृष्णकान्त पशुवत जीवन जी रहे हैं। उनके भीतर सुगबुगाहटें मर रही हैं। कार्य-स्थल की चुनौतियों के वे आदी हो गए हैं। 'सिस्टम'—जिसे सिस्टम कहते हैं, वह उनकी नस-नस में है। काम सिस्टम से चलते हैं। कमबख्त उनका दिल ही है, जो समय-समय पर बेचाल हुआ जाता है।

काश! एक 'ग्रैंड' इश्क ही कर लिया होता उन्होंने जीवन में—एक जीवन जीने के लिए थोड़ी-सी गफलत ही पाल ली होती कभी? अपने मतलब से इतर उनमें कभी किसी के प्रति सख्य भाव ही नहीं पनपा—उनके खटाखट काम करनेवाले दिमाग ने सदा उनका संरक्षण किया। जो जरा भी जाया न हुआ हो, वह जीवन और वक्त किस काम का? शायद वक्त की तरह इनसान की सार्थकता भी थोड़ा बर्बाद हो जाने में है। वे 'व्यक्ति' बने बगैर सामाजिक हो गए—समाज और अर्थ के गुलाम! मानो शाख पर बैठा काठ का उल्लू। उड़ना उसका विकल्प नहीं। वह शाख को अपने पंजों से कसकर पकड़े रहता है।

सत्ता व समृद्धि आजादी की बलि माँगते हैं। गरीब घरों के पढ़े-लिखे लड़के नख-दन्त की लड़ाई लड़कर उम्दा नौकरियाँ हासिल करके धनवान घरों में शादी करते हैं और अपनी कीमत 'मार्केट' में वसूलते हैं। यह वर्ग उन्नयन की उनकी 'मोडस ऑपरेंडी' अर्थात कार्य-प्रणाली है। इस तरह अश्वमेध-यज्ञ विजयी होने के बाद वे स्वयं अपनी नाक में नकेल डलवाकर गुलामी कुबूलते हैं। कृष्णकान्त ने भी यही किया था। सैकड़ों ने उससे पहले यह किया, सैकड़ों आज तक यही कर रहे हैं और करते रहेंगे।

कृष्णकान्त महसूस करते हैं कि उन्होंने ख्वामख्वाह अपने आप को बाजार को सौंप दिया। उनके केस में जल्द ही धन की उल्टी गंगा बहने लगी। भ्रष्टाचार और काले धन की समानान्तर अर्थव्यवस्था ने कुछ वर्षों में ही कृष्णकान्त को अपने खरीदार देवकीनन्दन बाबू के समानान्तर ला दिया

और जल्द वे उन्हें भी पीछे छोड़ गए। गिरते हुए राजनीतिक करियर को बचाने के वास्ते देवकीनन्दन दिन ब दिन लागत बढ़ाते गए और चपत खाते रहे, जबकि कृष्णकान्त इस देश में नौकरशाह हैं—उनके लिए सिफर लागत पर अथाह कमाई धरी है।

धन की गति वायु की गति के मानिन्द है। जैसे वायुमंडल में उच्च वायु दबाव बेल्ट की ओर से हवा निम्न वायु दबाव बेल्ट की ओर बहकर वहाँ वायु की पूर्ति करती है उसी प्रकार आवश्यकता पड़ने पर देवकीनन्दन के घर कृष्णकान्त धनपूर्ति करते। दुराव-छिपाव का कोई कारण नहीं था। क्या इसी तरह किसी जमाने में देवकीनन्दन ने रमाकान्त के घर में पूर्ति नहीं की थी? इस तरह धन का हिसाब बराबर हुआ जाता था लेकिन कृष्णकान्त की आजादी का दूर-दूर तक अता-पता न था...।

नतीजा यह हुआ कि पिता की मृत्यु के बाद भी वे माँ को अपने पास न रख सके, उनके मन की मूल ग्लानि यही है। माँ आज भी गाँव दगड़िया के उसी घर में रहती है, अपने परिवार के वियोग में। बेटे के घर में उन्हें अतिथि का स्थान भी प्राप्त नहीं। असन्तोष का बीज आत्मा की जमीन से पल्लवित होता है। कृष्णकान्त के वजूद पर वह शैवाल-सा स्याह और खामोश फैल रहा है...।

कृष्णकान्त और प्रमिला की इकलौती सन्तान, आदित्य उन्हें बहुत प्यारा है। यह कहने की बात नहीं। किन्तु आदित्य बच्चा नहीं रहा। वह अपने समय पर अपना अधिकार जमानेवाले, अपनी विलग मति रखनेवाले एक प्रबुद्ध युवक में तब्दील हो गया है। यदि पिता-पुत्र की कुंडली पढ़वाई जाए तो निश्चित ही उनके जीवन-योग विपरीत पाए जाएँगे। जिस वर्ग और रुआब में प्रवेश पाने के लिए कृष्णकान्त को एक ओहदा प्राप्त करना पड़ा, वह शान आदित्य को जन्म से सहज ही प्राप्त है।

जिस प्रशासनिक सेवा में आने के लिए पिता ने अपना सर्वस्व निछावर कर दिया, उसे पुत्र चुटकी में खारिज कर देता है—"यह सरकार की नौकरी नहीं, नेताओं की चाकरी है। नेताओं के हाथों में सबकी चुटिया है—स्थान पर बने रहने के लिए, दूरस्थ इलाके या सुस्त विभागों में न फेंके जाने के लिए,

इंक्वाइरी टालने के लिए, अच्छी रिपोर्ट के लिए, अपना नाम जुड़वाने के लिए, अपना नाम कटवाने के लिए...हर किन्तु-परन्तु के लिए एक अफसर अपने मंत्री और उसके छुटभय्यों के इशारे पर नाचता है। क्या मैं गलत कहता हूँ, डैडी?...व्हेर्स द फ्रीडम इवेन टू वर्क?" गोया वह 'फ्रीडम' यानी आजादी की बात करता है! भला काम करने के लिए आजादी किसे चाहिए यहाँ?—कृष्णकान्त चकराते हैं, वे मुस्कुराते हैं।

आदित्य कहता है, "आप जानते हैं भारतीय प्रशासनिक सेवा शायद संसार में सर्वाधिक 'ओवर-रेटेड' होगी? और इसका कारण हमारी रूढ़िवादी सोच है। हमारी रूढ़ि में सामन्तवाद के सिवा क्या है? पहले राजा-महराजा थे, फिर बादशाह-सुल्तान-नवाब आए, फिर आई रानी-वाईस-रॉय-गवर्नर जनरल और अब आप लोग..."

कृष्णकान्त ने उसकी भूल सुधारी, "अब लोकतंत्र है।"

"तब आप लोकतांत्रिक बनिए। मैं अपने व्यवसाय का चयन स्वयं करूँगा। मुझे प्रतियोगी परीक्षाओं की तैयारी नहीं करनी है। मैं यह नहीं कर सकता और इससे दुनिया के दरवाजे मेरे लिए बन्द नहीं हो जाएँगे। आपको यह समझने की जरूरत है।"

"तुम्हें यह समझने की जरूरत है कि यह सर्वोत्तम विकल्प है...दिस इज द बेस्ट इन कंट्री!"

"इतने विकल्पों में यह सर्वोत्तम कैसे हो सकता है, जब इसमें किसी विशेषज्ञता की भी जरूरत नहीं? किसी भी विषय में स्नातक होना पर्याप्त है तथा किसी भी मुख्य विषय को लेकर आपको उत्तीर्ण होना है, फारसी से लेकर फिजिक्स तक कुछ भी पढ़ लें—टके सेर भाजी, टके सेर खाजा?"

"यह सरलीकरण है, तुम जानते हो।"

"व्यापार जो उत्पाद के अलावा रोजगार की उत्पत्ति और बँटवारा करता है, सवास्थ्य सेवाएँ जो दुख-निवारण करती हैं, इंजीनियरिंग जो भौतिक सुविधाएँ देती है, विधि सेवाएँ जो जन-साधारण को न्याय व अधिकार दिलवाती हैं और सबके मूल में शिक्षण है, जो राष्ट्र निर्माण करता है, आदि के होते हुए यह कहना की प्रशासनिक सेवा सर्वोत्तम विकल्प है, क्या यह सरलीकरण नहीं?"

"देखो, मैं देश के सबसे गरीब तबके से नहीं था। उन दिनों गाँव में हमें 'खाता-पीता' कहा जा सकता था, फिर भी मैं इतना अधिक गरीब था कि तुम जैसे लड़के मेरे अभावों व संघर्षों की कल्पना भी नहीं कर पाएँगे। हम तो इस तरह की बातें सोच भी नहीं सकते थे! जब इतने अभावों से मैं उबर गया तो तमाम सुविधाओं से लैस होकर तुम कोशिश भी नहीं करना चाहते...?"

"डैडी, सच है कि आप यह नहीं सोच पाते क्योंकि यह सोचना आप 'एफोर्ड' नहीं कर सकते थे। परन्तु थैंक्स टू यू...आपकी बदौलत मैं यह सोचना एफोर्ड कर सकता हूँ और करना भी! मेरे पास कोई कारण नहीं कि मैं आपकी तरह बनूँ।"

पिता निरुत्तर हैं।

कृष्णकान्त का आदित्य के लालन-पालन में सीधे तौर पर कम ही योगदान रहा। प्रमिला जी के होते हुए कभी यह नौबत ही न आई। लेकिन हाल के वर्षों में जब आदित्य हॉस्टल से लौटा करता तो उसमें आ रहे बदलावों पर वे लक्ष्य किया करते। वह एक प्यारे बालक से दृढ़ व्यक्ति में परिवर्तित होने लगा। उससे इस तरह लम्बे वक्फों पर मिलना और उसका यूँ बड़े होते जाना, उन्हें दिलचस्प लगा करता। आदित्य में खुद को ढूँढ़कर वे उत्साहित होते। हालाँकि वह दिखने में माँ पर गया था लेकिन हाव-भाव उन जैसे बरता करता। वह उनकी तरह शर्मीला नहीं था परन्तु ठीक उनकी तरह ही बहुत संवेदनशील था। उन्हें चुप लगा जाने की आदत थी, उसे बोल देने की।

बच्चे ने सही कहा था—वह वे सारी चीजें एफोर्ड कर सकता है, जो वे नहीं कर पाते थे। वह आज्ञाकारी न होकर भी उन्हें प्यारा है। उसका आजाद मिजाज उन्हें संशय में डालता तो है लेकिन उन्हें एक अजीब-सा सन्तोष भी देता है...उन्हें भरोसा है वह उनसे बेहतर जिएगा! वह उड़ानें भरेगा।

विभिन्न चिड़ियों की अलग-अलग उड़ानें होती हैं, एक चिड़िया भी तरह-तरह की उड़ानें भरा करती है। आदित्य भी कभी ऊपर, कभी नीचे, कभी मार झपट्टा...अपनी उड़ानें भर रहा है...

18

"तुम यूँ वीकेंड में नहीं चली जा सकतीं!"

"जाहिर है, मैं या कोई भी कामकाजी इनसान वीकेंड में ही अपने घर जा सकता है?"

"मैं नहीं बचूँगा!"

"ज्यादा नाटक न करो।"—स्मिता हँस दी, फिर आजिज होकर बोली, "तुम समझते क्यों नहीं? तुम्हारे चक्कर में दो महीने से घर नहीं गई हूँ। इन दिनों पप्पा आए दिन फोन करने लगे हैं और मैं बहाने बनाने लगी हूँ। ऐसा पहले कभी नहीं हुआ, वे मेरा इन्तजार करते हैं। मेरे सिवा उनका कौन है...?"

"ओके, डन! मैं भी तुम्हारे साथ रत्नागिरी चलूँगा।"

"पागल हो गए हो क्या तुम? मैं घर पर क्या बताऊँगी, तुम्हारे बारे में कि कौन हो तुम?"

"पागल तुम हो! घर पर क्या जरूरत है बताने की, कि मैं तुम्हारे साथ आया हूँ? मैं तुम्हारे घर से थोड़ी दूर तुम्हें ड्रॉप कर दूँगा। तुम यूँ बनना जैसे तुम हर बार की तरह अकेली आई हो। अगले दिन अंकल से किसी स्थानीय दोस्त के रूप में मेरा परिचय करा देना। सिंपल।"

"तुम्हारा मतलब है कि मैं पप्पा से झूठ बोलूँ?" स्मिता ने जोर देकर पूछा।

"तुम सच बता दो। मुझे कोई एतराज नहीं।"

"कैसी बातें करते हो?...मैंने पप्पा से कभी झूठ नहीं बोला।"—वह ठुनकी।

"मैं साथ चलता हूँ। उन्हें सच बता दूँगा और उनका मेहमान बन जाऊँगा।"

"पप्पा को हार्ट अटैक आ जाएगा...हार्ट अटैक!!!"

आदित्य ने अपना सीना दोनों हाथों से कसकर दबा लिया और अजीब शक्लें बनाता हुआ अपनी देह ऐंठने लगा—वह 'पप्पा' के हार्ट अटैक का अभिनय कर रहा है। उसे यूँ करते देख स्मिता जोर-जोर से हँसने लगी। फिर नाराज होने का स्वाँग करते हुए वह आदित्य के चौड़े कन्धों पर धौल-धप्पे बरसाने लगी। यह खेल कुछ देर तक चला। फिर अचानक वह बोल पड़ी—"अरे, चलो-चलो! मुझे रूम पर जाना है। पैकिंग जो करनी है?"

वे दोनों नवेली में बैठे—नवेली माने आदित्य की नई चमचमाती लाल-रंग बलेनो। कार का यह नाम दोनों ने मिलकर सोचा है। आदित्य ने स्मिता को उसके रूम पर उतारा, फिर अपने पी.जी. रूम पर लौटा। कार ले तो ली है लेकिन वहाँ पार्किंग का झमेला है। बहरहाल, वह देर रात तक फोन मिलाकर स्मिता से बातें करते रहा, वे ट्रिप प्लैन करते रहे।

अगले दिन अल्ह-सुबह नवेली स्मिता के फ्लैट के नीचे आ खड़ी हुई। दीपिका और शैलजा ने आदित्य का वह स्वागत किया...कि स्मिता लज्जित हो गई। उन्हें वह भली-भाँति समझा चुकी है कि आदित्य और वह मित्र ही हैं लेकिन यह दोनों कमबख्त इशारों में ऐसी बातें और मजाक कर रही हैं कि उसका दिल धड़धड़ाने लगा है। यही कारण है कि एक फ्लैट में रहने के बावजूद वह उनसे दूरी बनाकर रखती है। लेकिन मजाल है कि किसी पुरुष की मौजूदगी हो और यह दोनों दूर रहें? चिपकी ही जा रही हैं?—स्मिता ने चिढ़कर सोचा।

आदित्य ने जान-बूझकर हॉर्न बजाया—"सारा सामान रख दिया है। अब बैठने का क्या लोगी? कम-ऑन!"

वह कार में बैठ गई। उसने कृत्रिम मुस्कान के साथ अपनी रूम मेट्स को देखा और हाथ हिलाया। नवेली आगे बढ़ी। वह संजीदा हो गई।

वह न चाहा था—न वह अनचाहा हुआ। शेक्सपीयर अपनी कब्र में 'टु बी और नॉट टु बी' तोलते रह गए...इधर होनी घट गई!

"तुम मुझ से शादी कर लो प्लीज?"

"खामियाजा दे रहे हो?"

"...किस बात का?" आदित्य चौंका।

"वही तो पूछ रही हूँ, खामियाजा किस बात का दे रहे हो मुझे? मेरी जिम्मेदारी साझी है। तुम मुझ से शादी करने की जरूरत महसूस न करो।"

"मैं तुम्हें चाहता हूँ और सारी जिन्दगी तुम्हारे साथ रहना चाहता हूँ!"

"ह्म्म्म...लेकिन यह पहले तो नहीं कहा तुमने?"

"इतनी देर से क्या कर रहा था? '...एक्सप्रेस'? क्या शब्द ज्यादा मायने रखते हैं...यह नहीं? और तुम क्या कर रही थीं?"

"प्यार।"

"अच्छा? तुम करो वह प्यार और मैं करूँ जो, वह खामियाजा?" आदित्य ने उसे बाँहों में ले लिया। वह उसके होठों से बचते हुए हँसने लगी। आदित्य के चुम्बन यत्र-तत्र पड़ने लगे। वह और जोर से खिलखिलाने लगी।

पश्चिमी घाट की बारिश!

जहाँ बिस्तर है, उसके पास की पूरी दीवार काँच की बनी है। कमरे की ऊँचाई से बाहर, नीचे सह्याद्रि की पहाड़ियाँ दिखाई देती हैं। बाहर अँधेरा है। बावजूद, वर्षा में नग्न भीग रही हरियाली के अँधियाले साये मालूम पड़ते है। आँखों पर जोर देने से आसमान में घुलता पहाड़ियों का उत्तुंग चढ़ाव भी दिखता है। दूर कहीं राष्ट्रीय मार्ग की अदृश्य रेखा है, जिस पर ढलाव उतरती गाड़ियों की लाल टेल-लाईट्स दृश्य हो रही हैं।—वे प्यार करते हैं। सो जाते हैं। आँखें खुलने पर काँच के पार अँधेरे में लुकी-छिपी प्रकृति को संग बिटर-बिटर ताकते हैं।...फिर शुरू होता है वह, जो उनके बीच अब कभी नहीं थमेगा। उन्हें भूख लगती है। बाहर बारिश की बूँदें जल-तरंग बजा रही हैं, जबकि इस पार है सुख का संवादहीन शोर...।

बारिश कल दिन से ही शुरू हो गई थी। अरब महासागर में उठे तूफान ने तटवर्तीय इलाकों का रुख किया है। नवेली के वाइपर्स तेज-तेज चल रहे थे और विंड-शील्ड पर बारिश की बूँदें उनसे भी तेज नाच रही थीं। हालाँकि रत्नागिरी पहुँचने में सिर्फ तीन घंटे का सफर शेष रहा था जो हिम्मत करने पर धीमे-धीमे कट जाता, परन्तु उन्होंने एक टूरिस्ट रिसॉर्ट में पनाह लेने में गनीमत समझी।

उनकी तरह अन्य राहगीर भी पनाह ले रहे थे।—उन्हें एक 'ड्यूप्ले' कमरा मिल पाया, कुछ ऊँचे दाम पर। ऐसा, जिसका दोनों को गुमान भी न था। जरूर इस प्रकार के कमरे बाल-बच्चेदार जोड़ों के वास्ते उपयोगी होते होंगे?

वह एक शानदार कमरा था। उसके भीतर के कोने से एक कास्ट-आयरन की घुमावदार खूबसूरत सीढ़ी ऊपर जाती थी, जहाँ एक और खुला कमरा था, जिसकी बाईं दीवार पूरी तरह काँच की बनी थी। सीढ़ी के मुहाने पर लकड़ी का एक नन्हा-प्यारा फाटक बना था, जिसे आदित्य आसानी से टप गया था। फाटक छोटे बच्चों को गिरने से बचाने के लिए रहा होगा, दो मुहब्बत भरे दिलों को दूर रखने के लिए वह नाकाफी था। आदित्य ऊपर चला आया था स्मिता के पास।

जब दिन के बारह बज गए और वे रिसेप्शन पर नहीं आए तो रिसॉर्ट मैनेजर ने उनके बिल में दूसरे दिन का टैरिफ जोड़ दिया। तीन बजे दोपहर में जब दोनों चेक आउट करने आए तब दो हजार की जगह उन्होंने चार हजार का बिल भुगतान किया, सामान डिकी में रखा और नवेली दुबारा सड़क पर दौड़ चली।

होटल के कमरे में बूढ़ा वेटर सफाई करने आया। उसने एक नजर बिखरे हुए कमरे पर डाली...एक ठंडी साँस छोड़ी और अपने काम में लग गया।

गाड़ी किसी छूटी हुई गेंद के मानिन्द राष्ट्रिय मार्ग पर तेजी से दौड़ रही है।

"मिरकरवाड़ा?" आदित्य ने सड़क से नजरें हटाए बगैर पूछा। वह दुबारा तसल्ली करना चाहता है कि उसने जगह का नाम सही तो सुना है।

"हाँ, मिरकरवाड़ा। मछुआरों का गाँव है यह, यहीं से पप्पा के फिशिंग ट्रॉलर्स चलते हैं, कैनिंग फैक्टरी है तथा उनका दफ्तर भी। मिरकरवाड़ा में हमारा पुराना घर है लेकिन वह बहुत छोटा है। रत्नागिरी शहर में हमारा बड़ा और आधुनिक सुविधाओं से भरा मकान है। क्या तुम जानते हो, मिरकरवाड़ा में आधुनिक फिशिंग पोर्ट का निर्माण हो रहा है। उसके बाद वह देश का दूसरा सबसे बड़ा फिशिंग पोर्ट बन जाएगा, मुम्बई के बाद...ऑफ कोर्स!"

"अच्छा? नाईस!"—आदित्य ने रुचि ली। यह जानकारियाँ उसके लिए नई हैं। उसके लिए फिशिंग इत्यादि मानो किसी दूसरी दुनिया की बातें हैं।

थोड़ी देर की चुप्पी को स्मिता ने तोड़ा, "आदित्य?"

"ह्मम्म..?"

"एक बात कहनी है तुमसे।"

आदित्य ने एक पलक उसकी तरफ देखकर सड़क पर नजरें लौटा लीं। उनके ठीक सामने एक बस जा रही है और विपरीत तरफ से एक ट्रक तेजी से चला आ रहा है। ट्रक के गुजरने पर आदित्य ने बस को ओवरटेक किया, वह बोला, "हाँ, बोलो, क्या कह रही थीं?"

"यही...कि तुममें और मुझमें बहुत अन्तर है।"

"हाँ...यह तो मैंने भी नोटिस किया।" शरारत से मुस्कुराते हुए आदित्य ने अपना बायाँ हाथ स्मिता की जाँघ पर रखा।

उसने प्यार से हाथ झटक दिया, "सुनो तो?"

"बोलो न!"

"न जाने तुम्हें मेरे पप्पा कैसे लगें? वे तुम्हारे डैडी जैसे 'सुफिस्टिकेटेड्' न होंगे..."

"सुफिस्टिकेटेड् तो तुम भी नहीं..." आदित्य ने अपनी बात पर, स्मिता के चेहरे के बदलते भावों का दो पल मजा लिया। उसने अधूरी बात पूरी कही, "...बिकॉज यू आर टू सेक्सी टु भी सुफिस्टिकेटेड्! तुम्हारा तो नाम भी कितना...चिकना है...स्मिताऽऽ...आई लव इट! पहली नजर में ही तुम मेरी वर्जिनिटी पर तलवार बनकर लटक गईं, आखिर हलाल हो गया मैं!"

आदित्य के हँसते चेहरे को स्मिता ने घूरा। वह नाराज होकर बोली, "तुम्हारी फ्रिक्वेंसी बदलती ही नहीं क्या? मैं क्या कह रही हूँ और तुम क्या बोल रहे हो? तुम मेरी बात ही नहीं सुनते!"

"आई एम वेरी सॉरी। ओके, बोलो?"

"तुम्हारे और मेरे घर में बहुत अन्तर होगा। हम लोग मिडल-क्लास हैं...शायद अपर मिडल-क्लास। लेकिन यहाँ तक पहुँचने में भी पप्पा ने बहुत संघर्ष किये हैं।"

"डैडी भी बहुत नीचे से ऊपर उठे हैं।"

"हाँ। लेकिन उनका सदा से पढ़ाई-लिखाई से सरोकार रहा होगा। प्रशासनिक सेवा में रहकर वे सुपर व्हाईट कॉलर जॉब में रहे। वे अभिजात हैं। जबकि पप्पा का अपना मत्स्य-व्यापार है। ही डील्स इन फिशेज—मछली का धन्धा। यू सी? दो पीढ़ी पहले तक हम बेहद गरीब थे। पप्पा बताते हैं पहले-पहले मेरे दादाजी गुजरात से कोंकण आए थे। वे जहाज पर हमाल थे। बाद में उन्होंने हमाली छोड़कर मछली पकड़ने-बेचने का काम शुरू किया और हमेशा के लिए कोंकण में बस गए, दादाजी की मदद पप्पा करने लगे। जैसे काका लोग बड़े हुए वे भी धन्धे में आ गए। उनकी कमाई बढ़ने लगी। पप्पा ने नई तकनीक और आधुनिक मशीनें धन्धे में लगानी शुरू कीं और जल्द ही अपना कारोबार मॉर्डनाईज कर लिया। अब ट्रॉलर्स के अलावा हमारा अपना कोल्ड स्टोरेज और फिश कैनिंग फैक्टरी है, हम एक्सपोर्ट भी करते हैं। पप्पा लोग तीन भाई हैं, वे बिजनेस में साथ हैं लेकिन सबके घर अलग हैं।...हो सकता है तुम्हारे घरवालों को मैं पसन्द ही न आऊँ? तुम ब्राह्मण हो और हम मंगेला—अनुसूचित जाति। आरक्षण के वास्ते मैं जाति प्रमाण-पत्र लगाती हूँ। हमारा मेल कैसे होगा?"—स्मिता बोलते-बोलते उदास हो गई।

किसी गहरे ताल में मानो कोई बड़ा भारी पत्थर बिना छींट उड़ाए बिलकुल खामोश उतरा, पानी की सतह को चीरता हुआ वह तल की खोज में नीचे की ओर चला। आदित्य की आँखें सड़क पर गड़ी हुईं हैं। उसके जबड़े सख्त दिखाई देते हैं। घाट पर शाम उतर रही है। वे रत्नागिरी शहर के पास हैं। जब स्मिता काफी देर कुछ न बोली तो आदित्य ने बस इतना कहा, "हमारा मेल हो चुका है।"

स्मिता को चुप देख आदित्य ने सरसता से उसके गाल छूकर कहा, "जो उलझनें आएँगी, हम मिलकर सुलझा लेंगे। हम मुहब्बत करते हैं और स्वावलम्बी हैं। हम अन्य के मुहताज नहीं, चाहे वे हमारे माता-पिता ही क्यों न हो।"

वह हँसता हुआ समझाने लगा, "तुम यह फालतू बातें न सोचा करो। सिर्फ हमें सोचो, हमारे प्यार को सोचो।"

उसकी बात सुनकर स्मिता का मन हल्का हो गया। वह मुस्कुराने लगी। उसने बढ़कर आदित्य की बाँह पर अपना सिर टिका लिया।

"मुझे तुम्हें कहाँ छोड़ना होगा? अपने सपनों से जागो और मेरी गाईड बनो।"

स्मिता ने चौकन्ने होकर अपना सिर उठाया, "मैं रास्ता बताती हूँ...। तुम मुझे बस स्टैंड पर छोड़ दो। वहाँ से मैं ऑटो लेकर घर चली जाऊँगी। स्टैंड पर कई होटल हैं, वे बहुत महँगे भी नहीं। तुम कमरा लेकर रात ठहर जाना। किस होटल में रुके हो, यह मुझे फोन पर बता देना। मैं कल सुबह तुमसे मिलने आऊँगी। तब तक पप्पा को 'लोकल फ्रेंड' की गप गढ़कर सुनानी होगी। कल मेरे साथ घर चलना, मैं पप्पा और तुम्हारा परिचय कराऊँगी। ऐसे मेरे पप्पा बाकी जो हों, दकियानूस नहीं हैं, फिर भी...।"—वह हँसी।

"नॉट फेयर! मुझे अब अकेले नींद नहीं आएगी।" आदित्य ने शिकायत की, किन्तु यह उसकी गलतफहमी साबित हुई। उस रात वह रत्नागिरी के समुद्र से भी गहरी नींद सोया।

स्मिता का फोन आया, तब जाकर आदित्य की नींद टूटी। दिन चढ़ आया था। स्मिता ने उसे शाम को डिनर के लिए घर पर आमंत्रित किया है। इस तरह वह उसके पप्पा से मिल पाएगा। लेकिन उसने होटल पर मिलने आने से मना कर दिया है, उसे काका के घर किसी आयोजन में जाना पड़ेगा। वह नहीं चाहती घर वालों को पहले ही शक हो जाए...आदि-आदि...। आदित्य ने फोन रखकर एक लम्बी उबासी ली और दुबारा सो गया, मानो उसकी थकान मिटती ही न थी। बहुत देर बाद नींद खुली तो उसे तेज भूख महसूस हुई। उसने रूम सर्विस को फोन करके लंच कमरे में मँगवाया। वह कुछ खास स्वादिष्ट न था। खाते हुए उसने मन-ही-मन स्मिता के 'काका' को कोसा...। उसने बदमाशी से उसके मोबाइल पर अन्तरंग सन्देश भेजे। अब उसे शिद्दत से उसकी याद सताने लगी। लेकिन वे सन्देश तो स्मिता ने पढ़े ही नहीं? न जाने किस सड़े आयोजन में यह लड़की फँसी है! अन्ततः उसने अपना लैप-टॉप खोला और दफ्तर के मेल्स देखने लगा...फिर प्रोजेक्ट पर काम करते हुए वह एक अन्य दुनिया में खो गया।

19

"प्लीज जॉइन मी?"—यह प्रस्ताव स्मिता के पिता हिमांशु तंडेल ने आदित्य को दिया। मेज पर उनके दरम्यान दो खाली जाम और एक सील-बन्द शराब की बोतल रखे हुए हैं। आदित्य ने चुपचाप बोतल पर लिखे ब्रांड का नाम पढ़ा। उन्हें देख शायद इस बात का अन्देशा न हो पाए लेकिन तंडेल महँगी शराब पीते हैं! आदित्य दुविधा में पड़ गया। तंडेल नहीं जानते वे अपने सम्भावित दामाद को शराब पेश कर रहे हैं। आदित्य तय नहीं कर पा रहा कि उसे उनका साथ देना चाहिए या नहीं?

"कम ऑन...यह मत कहना कि तुम पीते नहीं क्योंकि यह मैं यकीन नहीं करनेवाला।" तंडेल ने बोतल का मुँह खोला। सामने बैठे आदित्य का मुँह खुला का खुला रह गया। उसने अनायास खुद को सँभालते हुए कहा, "नहीं सर! सिर्फ थोड़ी-सी, दो घूँट भर। आपके मान के वास्ते ही, वरना मैं पीना नहीं चाहता।"

"घूँट? यह कोई माप नहीं। दारू पेग में मापी जाती है, तुम्हें नहीं पता बट हिमांसु तंडेल ऑल्वेज ड्रिंक्स..."—आदित्य ने बचाव के लिए आसपास देखा, स्मिता कहीं दिखाई न दी।

"प्लीज सर, आई रिक्वेस्ट..."—आदित्य के जोर देने पर तंडेल ने उदारता दिखाई और उसके लिए एक बच्चा पेग ही बनाया। तभी स्मिता ने कमरे में लहराते हुए प्रवेश किया।

...तंडेल फिशरिज पर व्याख्यान दिये जा रहे हैं। आदित्य पूरे ध्यान से उन्हें सुनने की कोशिश कर रहा है। वह अपनी रुचि और बुद्धिमता का प्रदर्शन करने के लिए बीच-बीच में प्रश्न पूछ लेता है। इस आदमी की एक

'हाँ' पर उसके जीवन की खुशी निर्भर करती है। तंडेल पूरे जोश से उत्तर देते हैं। बीच-बीच में स्मिता यहाँ-वहाँ लहराती हुई सी प्रवेश करती है... कभी उन्हें भुने हुए ताजे 'प्रॉन' प्लेट में पेश करती है, कभी गोवा के बागान के काजू!—वह उसे मंत्रमुग्ध होकर देखता है। उसकी चाल की लापरवाही बताती है कि वह अपने बाप के घर में है, जहाँ वह लाड़ली है। वह जवाब में मुस्कुराती है—गहरी अन्तरंग मुस्कानें। वह चुनौती महसूस करता है।...उसे हार कर फिशरिज पर अपना ध्यान लौटाना पड़ता है...बार-बार।

आदित्य प्लेटों से चखना अधिक टूँग रहा है और पी रहा है कम। उसने देखा 'हिमांशु तंडेल हू ऑल्वेज ड्रिंक्स' भी बिरला ही जाम को अपने होंठों तक ले जा रहे हैं। अनायास उसे एहसास हुआ कि वे उसके प्रति चौकन्ने हैं हालाँकि ऊपर से पूरी जिन्दादिली बरत रहे हैं। इस एहसास ने उसके मन में तंडेल के प्रति सहानुभूति पैदा की। वे दोनों ही असहज हैं। यदि कोई मौज में है तो यह लड़की—जो अपने लिए दोनों मर्दों की मुहब्बत को लेकर इतनी आश्वस्त है कि उनका फायदा उठाने से भी बाज न आएगी! उसे रश्क हुआ। यह गलत कहा। रश्क पुरुष को पुरुष से होता है, जब पुरुष को स्त्री से रश्क हो तो मुहब्बत हो जाती है और बदले का एक ही जरिया बचता है कि जिससे उसे रश्क हुआ है उसे वह अपनी मुहब्बत में कैद कर ले और अपनी मन-मर्जी से खूब सताए—इस पल आदित्य स्मिता से ऐसी ही कोई दुश्मनी साधना चाहता है। वह जरा-सा गमगीन हो उठा। उम्र के फासले के बावजूद उसे तंडेल से भाईचारा महसूस हुआ।

स्मिता ने अपने किसी काका के यहाँ के वैवाहिक प्रसंग की बात छेड़ दी और तंडेल ने बेटी की बातों का रुख पकड़ा। उनके वार्तालाप से बाहर होकर आदित्य ने कुछ देर चैन की साँस ली। उनके घरेलू गप में उसकी क्या रुचि हो सकती है। उसे अचरज हुआ कि स्मिता अपने पिता से इतनी जुदा दिखती है? कहाँ वह इतनी तेज, खूबसूरत और कसरती व्यक्तित्व की मालकिन और कहाँ तंडेल—वह 'श' को 'स' बोलते हैं, रोजाना की दारू ने उनके चेहरे को सुजा दिया है, फूले हुए पपोटों के बीच धँसी उनकी आँखें नि:सन्देह शातिराना होंगी, गब्दु सेहत और अपने कपड़ों के प्रति लापरवाह भी!

स्मिता ने पिता से कुछ पाया है तो वह है उनका तांबई वर्ण। वह पिता के सोफे के हत्थे पर बैठी उन पर लदी जाती है। वह उन्हें 'पप्पा-पप्पा' पुकारती हुई कोंकणी लहजे में हिन्दी बोलती है। उसे इस तरह देखकर आदित्य को लग रहा है, मानो वह उससे बहुत दूर है, क्या उस तक वह कभी नहीं पहुँच पाएगा? वह ठीक सामने बैठी अपने पिता की बातों में मशगूल है...और आदित्य को उसकी याद आ रही है। उसका दिल 'रश्क' से टीस रहा है। आदित्य ने अपने जाम से एक घूँट पिया और खिड़की से बाहर देखने लगा।

"तुम्हारा फ्रेंड बोर हो रहा है। सिमी तुम्हें अच्छी मेजबान बनना चाहिए।" तंडेल ने बेटी को टोका। वह मुस्कुराते हुए लहराती सी उठी और आदित्य के पास चली आई। आदित्य को अच्छा लगा। वह बोली, "नौकरों से कहकर मैं खाना लगवाती हूँ।" वह अन्दर के कमरों में चली गई।

खाना कुछ ऐसा था, जो आदित्य ने पहले कभी न चखा था। पोली (रोटी), आमटी (खट्टी दाल), चिकन करी और सबसे लजीज प्रॉन पुलाव! मीठे में शीरा है। प्रॉन पुलाव स्मिता का फेवरेट है और उसकी सोहबत के असर में आदित्य का भी पसन्दीदा हो गया है। आदित्य के लिए यह दावत कल्पनातीत है। हिमांशु तंडेल भी उसे कल्पनातीत प्रतीत हुए। स्मिता के "पप्पा कॉफी?" पूछने पर उन्होंने आदित्य को सुनाते हुए कहा, "हिमांसु तंडेल ऑल्वेज ड्रिंक्स...बट् नॉट कॉफी!" वे अपनी बात का प्रभाव डालने के लिए रुके फिर आदतन अपने ही चुटकुले पर हो-हो... करके हँस दिये।

वाकई हिमांशु तंडेल 'सुफिस्टिकेट्ड' नहीं परन्तु इसमें शक नहीं कि वे एक सहृदय इनसान हैं, जो अपनी बेटी की खातिर सारी शाम एक अच्छे मेजबान बनने का भरसक प्रयास करते रहे। इतना ही नहीं, उन्होंने आदित्य को कल अपने दफ्तर, मिरकरवाड़ा आने का निमंत्रण भी दे डाला है। उन्होंने वादा किया है कि वे दोनों को ट्रॉलर पर समुद्र की सैर करवाएँगे। स्मिता के लिए यह नई बात नहीं लेकिन आदित्य बहुत उत्साहित है। यह उसका पहला अनुभव होगा।

दोनों ने अपनी-अपनी कॉफी पी ली तब आदित्य चलने के लिए उठ खड़ा हुआ। हिमांशु तंडेल उसे छोड़ने बाहर पोर्च तक आए। स्मिता उनसे आगे चलकर गेट तक आई। पिता पीछे खड़े देख रहे थे, ऐसे में दोनों ने दूर से ही हाथ हिलाकर एक दूसरे से विदा ली।

नमक ही नमक!—आब का नमक फिजाँ में घुलता है। हवा अपने साथ एक खास समुद्री गन्ध लिए चलती है। हिमांशु तंडेल के दफ्तर के बाहर का रास्ता दो फाँक होकर दो दिशाओं में बढ़ जाता है। एक रास्ता रेतीली जमीन की तरफ जाता है तो दूसरा सागर में, जहाँ दूर तक लकड़ी का गैंगप्लैंक बना है। गैंगप्लैंक के समुद्री छोर पर एक फिशिंग ट्रॉलर उनका इन्तजार कर रहा है।

गैंगप्लैंक के मजबूत तख्तों पर चलते हुए आदित्य को उसके नीचे आपस में थप्-थप् करतीं, बहतीं पानी की छोटी-छोटी लहरों का आभास बना रहा। आसपास तरह-तरह की छोटी-बड़ी नावें पानी पर छहला रही हैं। उन पर नाविक अपने काम में व्यस्त हैं। जो ट्रॉलर उनका इन्तजार कर रहा है, उस पर पीले पेंट से बड़े अक्षरों में 'दरिया चा राजा' लिखा है और नीचे 'तंडेल फिशरीज' लिखा है। वहाँ तंडेल फिशरीज के नाम से अंकित कई और नावें भी हैं।

हिमांशु तंडेल ने आदित्य और स्मिता का ट्रॉलर पर स्वागत किया। उनके इशारे पर ट्रॉलर किनारा छोड़, समुद्र में बढ़ने लगा। आदित्य, तंडेल और स्मिता के बीच में डेक की रेलिंग पकड़े खड़ा है। वह इस नितान्त नये अनुभव को पाकर उत्तेजित है। तंडेल ने बताया है कि यह ट्रॉलर इस वक्त मछलियों से खाली है। इसकी सुबह ही सफाई हुई है। इसीलिए उन्होंने अपने मेहमान की सैर के लिए यह वाला ट्रॉलर मँगवाया है। फिर भी मछली की गन्ध मरती नहीं। उन तीनों के अलावा ट्रॉलर पर तंडेल के मातहत चार नाविक-मछुआरे सवार हैं। आदित्य के लिए खुद वह ट्रॉलर एक देखनेवाली चीज है।

उस पर केबिन बने हैं जहाँ की दीवार से सटे फोल्डिंग बेड को गिराकर सोने की व्यवस्था भी की जा सकती है। कप्तान के केबिन के अन्दर ट्रॉलर के चालक-यंत्र लगे हुए हैं, जिसकी वजह से वहाँ जगह छोटी मालूम पड़ती है।

इतना ही नहीं डेक पर छोटी-मोटी पैंट्री की भी व्यवस्था है। डेक के नीचे 'पकड़' को रखने के वास्ते कोल्ड स्टोरेज की व्यवस्था है। तंडेल ने बताया जब ट्रॉलर दूर समुद्र में मछली पकड़ रहा होता है, तब यह जरूरी है कि वह स्वावलम्बी हो।

तंडेल अपने आदमियों से अलग तरह की बोली में बात करते हैं—शायद वे कोंकणी बोलते हैं? स्मिता भी यह बोल लेती है। आदित्य कुछ छिट्पुट जाने पहचाने शब्दों को जोड़कर उनकी बात समझने की कोशिश करता है। तंडेल उन्हें डेक पर बाहर छोड़कर अपनी केबिन में चले गए हैं। ट्रॉलर समुद्र में तेजी से बढ़ा जा रहा है लेकिन उसे डेक पर यूँ प्रतीत होता है, जैसे समुद्र ही उन्हें आलिंगनबद्ध करने के लिए अपने स्थान से उठकर उनकी तरफ तेजी से चला आ रहा है। इस रोमांच से आदित्य के हाथों के रोंगटे खड़े हो गए। ऊपर आसमान बिलकुल साफ है। वह मिले-जुले रंग की मनोरम पंक्ति बनाकर सागर से मिल रहा है। वे संग खड़े इस दृश्य को निहारते हुए खो गए हैं। स्मिता के बाल बिखरे-बिखरे उड़ रहे हैं। आदित्य ने अपनी जुबान पर नमक का स्वाद महसूस किया। लगता है मानो उनके पैरों तले वह डेक कुलाँचे मार रहा है।

तभी एक नीम जवान नाविक उनके पास चलकर आया। उसने टूटी-फूटी हिन्दी में उनको सन्देश दिया—"तुमको साहब बुलाता है केबिन में। बोला, इदर खड़े रहने का नको...गिर जाएँगा!" नाविक अपनी बत्तीसी दिखाता है। वह हिन्दी बोलने के अपने प्रयास पर प्रसन्न है—एकदम फिलम का हीरो माफिक हिन्दी!

स्मिता नाविक को पहचान कर हँसती है। वह कहती है, "चलो चलें। पप्पा हमें केबिन में बुला रहे हैं। हमारे नीचे अब समुद्र गहरा है। हम जैसे आगे बढ़ रहे हैं, नीचे गहराई बढ़ती जा रही है। देख रहे हो न ट्रॉलर कैसे 'रोल' कर रहा है!" आदित्य समझा, लहरों के उछाल पर हिचकोले खाने को रोल करना कहते हैं।

"जिसे इसकी आदत न हो वह इनसान डेक पर खड़े रहने से सागर में गिर जा सकता है।"—स्मिता ने चेतावनी दी। नाविक ने हामी भरी।

"क्या डेक पर लगी इन रेलिंग के बावजूद भी?"

"जी हाँ जनाब, पूरी सम्भावना है।"

स्मिता बोलते रही, "फिशिंग ट्रॉलर्स अनाड़ी पर्यटकों के वास्ते नहीं होते! यह क़ई-कई दिनों तक गहरे समुद्र में मछली पकड़ते रहते हैं। इन पर अपने काम में निपुण नाविक और मछुआरे चला करते हैं। आओ केबिन में चलते हैं।" वे दोनों, केबिन को जाती छोटी-सी लोहे की पतली सीढ़ी पर सँभलकर चढ़ने लगे।

"गुंड्या!...तेरी कॉफी को कितना टैम लगेंगा?"—तंडेल का इतना पुकारना था कि गुंड्या नामक आदमी ट्रे में तीन कप गरमागरम कॉफी ले आया। साथ ही बिस्किट और टोस्ट भी।

तंडेल ने हँसकर आदित्य से कहा, "समुद्र में हल्का खाने का, क्या? खास कर नवे लोग को।" आदित्य ने मुस्कुराकर हामी भरी। वह देख रहा है अपनी भूमि, अपने लोगों के बीच तंडेल की हिन्दी ज्यादा फिसलती है। उनके गैर सूफियाने लहजे और रंग-ढंग से खालिसता टपकती है—एकदम सरल और सहज। हिमांशु तंडेल में मनों आत्मविश्वास है, कहीं कोई दिखावा नहीं। कहीं अपने होने पर कोई शर्मिन्दगी नहीं। उनसे प्रभावित हुए बगैर कोई नहीं रह सकता। आदित्य ने यह महसूस किया, वैसे ही जैसे उनकी बेटी से प्यार किये बगैर वह न रह सका।

"सर, मैं स्मिता से शादी करना चाहता हूँ।" खालिसता की चपेट में आकर वह यह कहने की मूर्खता कर बैठा। यह बोलते ही मानो आदित्य को काठ मार गया। स्मिता ने फटी-फटी आँखों से हतप्रभ होकर आदित्य को देखा, फिर पिता को। वह इसके लिए कतई तैयार नहीं थी। तैयार तो आदित्य भी न था। दोनों के मन में 'अब क्या होगा' का प्रश्न हथौड़े बजाने लगा...।

हिमांशु तंडेल खामोश...एकदम खामोश बैठे हैं। दरअसल उन्हें खुद समझ नहीं आ रहा कि वह क्या करें? किस्से में सुने व सिनेमा में देखे शास्त्रीय चलन के अनुसार उन्हें इस लड़के को समुद्र में फिंकवा देना चाहिए या कोल्ड स्टोरेज में उसके लहू के जम जाने तक कैद रखना चाहिए... कम-से-कम इसकी नाक पर एक घूँसा तो घुमा ही देना चाहिए? और कुछ नहीं तो उन्हें दहाड़ना ही चाहिए? लेकिन जैसा कि हम सब जानते हैं शास्त्रीयता और तंडेल का आपस में दूर-दूर तक नाता न था।

वे अपनी कॉफी को घूरते रहे। जब उन्हें कॉफी में किसी अदृश्य चीज को ढूँढ़ते हुए बहुत वक्त बीत गया और वह न मिली, तो स्मिता हिम्मत करके उठी और अपने पप्पा के पीछे जा खड़ी हुई। उसने अपना हाथ हौले से उनके कन्धे पर रखा। तंडेल की कठोरता पिघलने लगी। कल से ही उन्हें आभास था कि यह लड़का शायद स्मिता के लिए खास है लेकिन इस तरह...। उन्होंने सायास अपना गला साफ किया और बोले, "तुम्हारी फैमिली का क्या?"

आदित्य अभी तक विस्मय में है, उसने खुद को सँभालते हुए उत्तर दिया, "आप रजामन्द होंगे तो उनसे बात करूँगा।"

धीरे-धीरे वे उसके परिवार के बारे में एक-एक बात पूछते रहे। घर-बार, सब कुछ! उन्होंने अब बजाप्ते उसका इंटरव्यू ले डाला। आखिरकार वे चिन्तित स्वर में बोले—"हम दरिया वाले, तुम जमीन वाले, हम मँगेला—तुम ब्राह्मण! मेरी लड़की तुम्हारे मम्मी-पापा को जमेगी क्या?

उनके सवाल का आदित्य क्या जवाब दे पाता, अलावा इसके—"मैं उन्हें मना लूँगा। वे मेरी खुशी में राजी होंगे।"

पुणे की सड़क पर नवेली वापसी में दौड़ रही है। गाड़ी में स्मिता ने आदित्य से चंचल होकर पूछा, "तुम्हें मेरे पप्पा कैसे लगे?"

आदित्य ने उन्हें याद करते हुए कहा, "बुरी अंग्रेजी बोलनेवाले भले इनसान।" उसकी इस बात पर दोनों को साथ हँसी आ गई। वह गम्भीर होते हुए बोला, "वे वाकई कमाल के इनसान हैं। मैं उनसे बहुत प्रभावित हुआ।"

स्मिता ने प्यार से अपना सिर उसके कन्धे पर टिका लिया। आदित्य ने ड्राईव करते हुए पूछा, "और मैं? मैं उन्हें कैसा लगा?"

"तुम उन्हें बहुत अच्छे लगे, जानते हो उन्होंने मुझसे क्या कहा?—'कीप हिम हैप्पी।' "उसने अपना सिर जरा-सा घुमाया और आँखें आदित्य के चेहरे पर टिका दीं—एकटक!

आदित्य सड़क पर आँखें जमाए मन्द-मन्द मुस्कुराने लगा मानो मन-ही-मन भी। वह बोला सिर्फ इतना—"तुम अपने पप्पा की बात माना करो।"

20

प्रमिला जी की तबियत नासाज है। उनके मर्ज पुराने हैं। वे कभी भी गुलाबी सेहत की नहीं रहीं। किन्तु इन दिनों उपचार के बावजूद उनका रक्तचाप बढ़ा हुआ रह रहा है। मानो वे चिन्ता कर-करके अपना मर्ज बढ़ा रही हैं। चुनाव सिर पर हैं और कोड ऑफ कंडक्ट कुछ दिनों में ही लागू हो जाएगा। कृष्णकान्त व्यस्त हैं। उनका घर भी दफ्तर बन गया है। आदतानुसार वे घरेलू मसलों की तरफ ध्यान नहीं दे रहे, हालाँकि पत्नी के स्वास्थ्य को लेकर वे चिन्तित जरूर हैं लेकिन समाधान नहीं कर पा रहे। बात निकले तो गुबार भी निकले।

कई दिनों बाद कृष्णकान्त को रविवार की सुबह थोड़ी फुर्सत मिली है। वे नाश्ते की टेबल पर बैठे हैं, पास ही अखबार रखा है। उन्होंने अखबार नहीं खोला। प्रदेश में क्या है जो उनसे अनजाना है? पल-पल घटती हुई घटनाओं की खबर उनके दफ्तर में आती है।—उन्होंने एक नजर सामने बैठी पत्नी को देखा। उन्हें एक घरेलू सुकून महसूस हुआ। वे जानते हैं यह सुख ठहरेगा नहीं, आकस्मिक कार्य आन पड़ेंगे और सुकून छिन्न-भिन्न हो जाएगा।

"बहुत पीली दिखाई पड़ती हैं। कहें तो डॉक्टर बदल कर देखें? सेकेंड ओपिनियन लेने में कोई हर्ज नहीं।"

प्रमिला ने उदास मन से कहा, "इसकी जरूरत नहीं मुझे...यहाँ मन नहीं लगता।"

"कुछ दिन पहले ही तो लौटी हैं, चाहें तो अपने माँ-बाबूजी के पास चली जाएँ। आपके लिए खुश रहना जरूरी है, वरना इस तरह दवाइयाँ क्या असर कर पाएँगी?"

"मुझे आदित्य की बहुत चिन्ता लगती है। वह ऐसी बेवकूफी करेगा, मैं सोच भी नहीं सकती थी! आप को फुर्सत ही नहीं रहती? क्या बाप का फर्ज नहीं..."

सुकून अल्पजीवी साबित हुआ। कृष्णकान्त ने शान्ति से कहा, "यह बात फोन पर नहीं कही जा सकती, वह आएगा तो हम बात कर लेंगे। लेकिन तब तक आप टेंशन में घुलें, यह मुनासिब नहीं।"

"मुझे चिन्ता क्यों न हो।...माँ हूँ न?" प्रमिला ममतावश द्रवित होकर मान भरे स्वर में बोलीं।

उनकी भावुकता का कृष्णकान्त पर कोई असर न पड़ा। उन्हें गाँव में पड़ीं अपनी बूढ़ी माँ का स्मरण हो आया। उन्होंने अब तक तिरिस्कृत पड़े अखबार को पास खींचा और उठाकर खोल लिया। वे अब और अभेद्य हो चले।

"आदित्य बच्चा ही तो न रहा..."—प्रमिला जी कब हार माननेवाली थीं?

"...इस बेवकूफ लड़के को जात-कुजात की भी तमीज नहीं रहेगी, यह हम कैसे जान सकते थे? यहाँ था तब तो ऐसा न था। यह बड़े शहरों की टुच्ची लड़कियाँ! अच्छे और अमीर लड़कों को फाँसती हैं और यह लड़का ठहरा निरा गधा! न लड़की में रूप है, न रंग है न ढंग! मैं तो मिलकर आई हूँ। खूबसूरत भी नहीं तब न जाने क्या बात है..."—प्रमिला जी आपा खो रही हैं। कृष्णकान्त ने देखा उनके पीछे दरवाजा खुला और नौकर ने प्रवेश किया। उन्होंने राहत महसूस की। नौकर को आया देख, प्रमिला चौंकीं और सँभल गईं।

"साहब, आपके लिए फोन।" नौकर ने बाअदब कृष्णकान्त को सफेद कॉर्डलेस फोन थमाया। फोन पर संक्षिप्त बात की जा सकती थी लेकिन कृष्णकान्त ने बात लम्बी खींची। इस तरह उन्होंने थोड़ा वक्त पत्नी को दिया और थोड़ा खुद लिया। जब उन्होंने फोन रखा तब तक प्रमिला जी का गुस्सा चूक गया था लेकिन वे अब भी उनकी घात लगाए बैठी थीं। छूटते ही बोली, "...बाजारू लड़की मालूम होती है!"

कृष्णकान्त ने हौले लेकिन मजबूत लहजे में टोका, "कैसी बातें करती हैं आप?"

किसी युवा की प्रेमिका हो, यह कोई अजूबी बात न थी। लेकिन वह युवा अपना बेटा हो तो कृष्णकान्त के लिए भी यह बात प्रत्याशित न थी।

उन्होंने कहा, "आप फिजूल की चर्चा और चिन्ता में पड़कर अपने स्वास्थ्य की हानि न करें। आदित्य के यहाँ आने का इन्तजार हमें करना ही होगा। फिर उसे हम समझा लेंगे।"

"तब तक देर हो गई तो?"

"देर होने पर ऐसी बातें अपने आप बीत जाया करती हैं।" उन्होंने प्रमिला जी को समझाया। कॉर्डलेस फिर बज उठा, उन्होंने फोन उठा लिया। प्रमिला जी का चेहरा कोफ्तगी से भारी हो उठा। वे वहाँ से उठ गईं। नौकर आकर मेज साफ करने लगा।—दिनचर्या जारी रही।

घटना यूँ घटी थी—

अक्सर की तरह, एक शाम आदित्य का फोन आया। उसने फोन पर बताया वह पेईंग गेस्ट एकमोडेशन छोड़ रहा है। उसने एक स्वतंत्र अपार्टमेंट किराये पर ले लिया है। वह नये घर में शिफ्ट कर रहा है। यह सुनकर प्रमिला जी चिन्तित हो उठीं। उन्होंने अपनी चिन्ता प्रकट की।

आदित्य ने कहा, "...गाड़ी खरीद लेने के बाद मुझे अलग घर लेना ही था, पार्किंग स्पेस चाहिए। अपना अपार्टमेंट है, प्रायवेसी है। खाना बनाने के लिए एक बाई से बात तय कर ली है। चिन्ता की कोई बात नहीं है, आप और डैडी भी आकर मेरे संग छुट्टियाँ बिता सकते हैं...।"

आदित्य के दिये आखिरी सुझाव ने प्रमिला के मन की सारी शंकाएँ झाड़-बुहार दीं। वह इतनी खुश हो गईं कि बेटे के पास जाने का कार्यक्रम बनाने लगीं। उनके पूछने पर कृष्णकान्त ने दफ्तरी व्यस्तता बताकर अपनी असमर्थता जाहिर की। यह कोई नई बात तो न थी। लेकिन चाह कर भी प्रमिला जी तुरन्त बेटे के पास न जा पाईं। उन दिनों वे पुराने स्पॉन्डिलाईटिस के दर्द से परेशान चल रही थीं, डॉक्टरी सलाह और आराम लेते हुए उनकी यात्रा मुल्तवी होते रही। आखिरकार तीन महीने बाद वे पुणे पहुँची। तबादले के चलते कृष्णकान्त साथ न जा सके लेकिन उन्होंने यात्रा में पत्नी के आराम और सुविधा के वास्ते पहले ही सारे इन्तजामात करवा दिये थे।

एयरपोर्ट पर बेटे से गले लगते ही मानो प्रमिला स्फूर्त हो उठीं। वह जमाना लद गया, जब माँ को देख आदित्य दौड़ा आता था और वे उसे गोद उठाकर अपने गले लगाती थीं। अब तो आदित्य इतना लम्बा-चौड़ा जवान हो गया है कि उसके सामने माँ की कद-काठी छोटी-सी रह गई है। आदित्य ने हँसकर सहजता से उन्हें अँकवार में भर लिया। वे मानो खो गईं।

एयरपोर्ट के बाहर धूप में प्रमिला जी पीली व जीर्ण मालूम पड़ती हैं लेकिन वे बेहद खुश हैं। आदित्य ने नवेली को ट्रैफिक में डालते हुए हँसकर पूछा, "तुम्हारी यह बेमतलब ही परेशान रहने की आदत कब जाएगी मम्मी?... कितनी कमजोर हो गई हो! अब पहले से आराम है क्या?"

"अरे, अपने बेटे से मिलने नहीं आऊँगी क्या? इनसान और जीता ही किस लिए है? तेरा नया घर देखूँगी।...हाँ अब तबियत ठीक है, तभी तो तेरे डैडी ने मुझे यहाँ आने दिया।"

"अरे, मैं तो दिवाली पर घर आने ही वाला हूँ और घर ईंट-गारे का होता है, उसमें क्या देखना है भला?"

"नहीं रे! तुझे देखने का ही तो शौक है मुझे।"

"डैडी कैसे हैं?"

"जैसे रहते हैं हमेशा—काम, काम और काम!"

आदित्य मुस्कुराया। वह माँ की तबियत की तफतीश करता रहा, डैडी की नई पोस्टिंग की, ननिहाल की बातें...बातें, एक पर एक निकलती रहीं, लोगों की, किसी पार्टी की...। पता ही न चला कब नवेली आदित्य के नये अपार्टमेंट के पार्किंग स्पेस में आ कर खड़ी हो गई। लिफ्टमैन ने मम्मी का सामान उठाकर लिफ्ट में रखा तो आदित्य ने उन्हें इस तरह देखा मानो कहना चाहता हो—'देख लीजिए, मैं जंगल में नहीं रहता हूँ। लोग-बाग, नौकर-चाकर यहाँ भी हैं।' ऊपर चलती लिफ्ट में प्रत्यक्ष में वह खामोश मुस्कुराता रहा।

प्रमिला जी सप्ताह के मध्य में पहुँची थीं, सो तीन दिन वे दिन-भर घर पर अकेली रहीं, जब आदित्य अपने दफ्तर जाया करता। वह सुबह तैयार होकर नाश्ता करता और फिर काम पर निकल जाता। सुबह आदित्य के रहते ही खाना बनानेवाली बाई आती। वह झटपट खाना बनाती, उसे ठंडा होने

के लिए छोड़ती, फिर नाश्ता बनाकर उसे मेज पर गर्म परोसती। वह बर्तन साफ करती और घर की सफाई करती। जब तक आदित्य नाश्ते की मेज पर आता, वहाँ उसके दोपहर का लंच टिफिन डिब्बे के जुदा खानों में बन्द कर, टिफिन डिब्बा उसे पैक रखा मिलता। प्रमिला जी बाई की कार्य-प्रणाली और कुशलता देखकर दंग हैं। वह उनके लिए भी दिन का खाना डोंगों में ढाँक कर रसोई में रख जाती है। जब से वे आई हैं, शाम का खाना नियमित बनता है और रात का खाना, आदित्य उनके साथ ही खाता है, वरना कई बार आदित्य फोन करके बाई को शाम के खाने के लिए मना कर देता है, ऐसा आदित्य ने ही उन्हें बताया।

सारा दिन अकेले व्यतीत करते हुए प्रमिला जी ने गौर किया कि घर की तमाम व्यवस्था सुघड़ता का परिचय देती थी। हर कमरे में कोई न कोई सजावट थी, दीवारों पर पेंटिंग व घड़ी, बिस्तर और दीवान पर बिछी अच्छी सुन्दर चादर, रसोईघर में जरूरत भर के बर्तन और क्रॉकरी। अपने पैर पर खड़े होते ही आदित्य इतना जिम्मेदार हो जाएगा, उन्होंने कभी सोचा नहीं था। उन्होंने हैरत से अपने दोनों हाथों को फैलाकर पूछा था, "यह सब?"

आदित्य ने उकताया-सा जवाब दिया था, "बाजार में मिलते नहीं क्या, मम्मी?" और अपने कन्धे उचका दिये थे।

शनिवार का दिन आया। उसी शाम प्रमिला जी के जीवन में शनिचर ग्रह ने प्रवेश किया।

उन्होंने शाम की चाय स्वयं बनाकर पी। उन्होंने अपना काले फ्रेम का चश्मा आँखों पर चढ़ाया और टी.वी. देखने बैठ गईं। वे एक थाल में ढेर सारी बींस की फलियाँ लेकर बैठी थीं। रात के खाने की सब्जी के लिए वे टी.वी. देखने के साथ ही फलियाँ तोड़ती जातीं। काम करने की न उन्हें आदत थी न जरूरत ही परन्तु सारा दिन हाथ पर हाथ धरे बैठे मन उकता जाया करता। इस वक्त वे चल रहे सीरियल की कहानी में डूबी हुई हैं...

"टिंग-टांग!..."—घर की घंटी बजी।

प्रमिला जी की निगाहें भीतरी कमरे की तरफ उठीं—जरूर आदित्य किसी काम में व्यस्त होगा। इससे पहले कि वे हाथ में ली फलियों की थाली परे रखकर दरवाजा खोलने उठतीं, किसी ने महज भिड़के हुए दरवाजे को बाहर से ठेलकर खोल दिया, उन्होंने देखा दहलीज पर एक लड़की खड़ी है। वह बारीक काली-सुनहरी किनारी वाली राख-रंग की सादी साड़ी पहने हुए है। उसने आँचल को तह लगाकर कन्धे पर पिन के सहारे टिकाया है। गले में एक पट्टी है, जिसके सहारे उसकी छाती के ठीक नीचे किसी प्रकार का आईडेंटिटी कार्ड झूल रहा है। लड़की का एक हाथ दरवाजे की पट्टी पर बना हुआ है। वह गहरे साँवले रंग की है।

उस ठहरे हुए पल को चलायमान करते हुए प्रमिला ने अपनी गर्दन घुमाकर भीतर के कमरे की ओर देखा। वहाँ आदित्य खड़ा था। उसकी आँखों में मूक संवाद है। माँ को अपनी तरफ देखते हुए पाकर वह एकदम से आगे बढ़ा और लड़की से बोला, "आओ न। बाहर क्यों खड़ी हो? मेरी मम्मी हैं! मम्मी...यह स्मिता है।"

लड़की अपनी साड़ी समेत सरसराती हुई प्रमिला जी के पास आ गई। उसने दोनों हाथ जोड़कर उन्हें नमस्कार किया—उसकी उजली हँसी! वह बुदबुदाई—"आंटी?" यह शब्द प्रश्न के साथ ही अपना उत्तर भी था। स्मिता ने झुककर उनके पैरों का स्पर्श लिया, प्रमिला एकदम से झिझक उठीं। उन्होंने चौंककर आदित्य की तरफ देखा। उन्हें वह तटस्थ बैठा मालूम हुआ।

"खुश रहो।" मानो वे लाचार होकर बोलीं।

प्रमिला जी के पास ही बैठे आदित्य और वह लड़की आपस में बात करने लगे, मानो वे एक दूसरे को अच्छी तरह जानते हों। प्रमिला जी ने सहज दिखने का प्रयास किया। वे अपने प्रयास में थोड़ी-बहुत सफल भी हुईं। वे उनकी बातें सुनती रहीं। लड़की अपने ऑफिस से सीधे चली आ रही है।

वह आदित्य को बता रही है पिछले दिनों बैंगलोर में हुए किसी सेमिनार में हुई उसकी शिरकत के बारे में। अनायास लड़की उनकी ओर उन्मुख हुई। वह उनके बारे में, उनकी तबियत का हाल, यात्रा का ब्यौरा लेने की कोशिश करने लगी। इस तरह प्रमिला जी भी उनकी बातचीत में हिस्सा लेने लगीं।

आदित्य जो पहले कुछ सँभला-सा था, अब निश्चिन्त ही नहीं, खुश भी दिखाई देने लगा।

"तुम थक गई हो। मैं चाय बनाता हूँ सबके लिए, क्यों मम्मी? मेरे हाथ की स्पेशल चाय पिएँ!"—आदित्य उठकर रसोईघर की तरफ बढ़ गया। प्रमिला जी हैरान हुईं। आदित्य के लिए चाय बाई अथवा वे खुद बनाती थीं। इसने कब चाय बनाना सीखा? और इस काली छोकरी के लिए इसे क्या जरूरत है चाय बनाने की? वह उनसे कह देता तो क्या वे मेहमान के लिए चाय न बनातीं, बल्कि वे तो स्वयं ही प्रस्तुत होतीं! वे आदित्य को पुकारकर टोकतीं, इसके पहले वह लड़की उठकर आदित्य के पीछे-पीछे रसोईघर में चली गई? वहाँ दोनों उनकी आँखों से ओझल हो गए।

टी.वी. देखने में प्रमिला जी का कतई ध्यान नहीं लग रहा है। स्क्रीन पर क्या चल रहा है उन्हें कुछ पता नहीं। पहले रसोईघर से आवाजें सुनाई दे रही थीं, डिब्बों की और उन लोगों की बातचीत की। अब चुप्पी है। वे अपनी जगह पर जड़ बैठी हैं, भला इतनी देर चाय बनाने में लगती है? उन्होंने झल्लाकर टी.वी. का वॉल्यूम बढ़ा दिया। प्लेट-कप की आवाजें आने लगीं।

लड़की ट्रे में सबके लिए चाय ले आई। उसका ऊँचा जूड़ा उन्हें कुछ नीचे लटका हुआ प्रतीत हुआ। प्रमिला जी का मूड पूरी तरह से ऑफ है। लड़की जैसे ट्रे लिए उनकी तरफ बढ़ती है, उसके कन्धे पर जाते हुए आँचल की किनारी तड़पती है। वह ट्रे रखने के लिए झुकती है तो आँचल झूलता है, उसके पेट पर पड़ता बल उघड़ जाता है। 'यह कँवारी है?' प्रमिला जी नफरत से सोचती हैं, फिर आप खुद पर चौंकती हैं। आदित्य ने टी.वी. का चैनल बदल डाला है। उन्हें चाय देती हुई लड़की उनसे बात करने की कोशिश कर रही है। वे खुद को संयत रखकर जवाब दे रही हैं, वे उससे पूछती कुछ नहीं। आदित्य बीच-बीच में कोई टीका करके लड़की को छेड़ता है। वह हँसती है, वह हँसता है। प्रमिला जी को लगता है दुनिया का तमाम टेंशन उनके भीतर जमा हो रहा है, जबकि यह दोनों आराम से हैं, इन्हें कोई फर्क नहीं पड़ता। इनके बीच वे बाहरी हैं।—अन्ततः लड़की चली गई।

खाना बनानेवाली बाई आई। खाना बना तो दोनों माँ-बेटे खाने बैठे। प्रमिला जी खुद को तोल रही हैं, खाने के बाद उन्होंने देखा आदित्य अपने कमरे में कपड़े बदलकर कहीं जाने के लिए तैयार हो रहा है। उन्होंने पूछा—"कहीं बाहर जा रहे हो?"

"हाँ। दोस्तों से मिलने जा रहा हूँ। आप दरवाजा लगाकर सो जाएँ। मेरे पास चाबी है, मैं आ जाऊँगा।"

बाई के पीछे ही आदित्य भी बाहर चला गया। प्रमिला जी ने दरवाजा लगा लिया। उन्हें कुछ भी अच्छा नहीं लगा। उनके मन की बात मन में रहकर उधेड़बुन मचाने लगी। देर रात जब दरवाजा खुलने की आवाज आई और आदित्य लौटा, वे जाग रही थीं। लेकिन वे नींद में होने का बहाना कर, पड़ी रहीं।

अगले दिन, सुबह नाश्ते के वक्त प्रमिला जी ने बात छेड़ी, "तुम्हारे डैडी ठीक कहते हैं। तुम अपना ट्रांसफर दिल्ली करवा लो। यह जगह रास नहीं आती। कैसी तो यहाँ की आबो हवा है! तुम्हारा स्वास्थ्य इतना गिर जाएगा, मैंने कल्पना भी नहीं की थी। नॉर्थ जोन में घर के पास रहोगे। घर आते-जाते रहा करोगे।"

"क्यों? मेरे स्वास्थ्य को कुछ भी नहीं हुआ, बेहतर हो गया हूँ। ज्यादा फिट! जॉग्गिंग और एक्सरसाईज करके वजन घटाया है मैंने।" आदित्य ने गर्व से बताया और ऑमलेट-ब्रेड का एक टुकड़ा अपने मुँह में ठूँस लिया।

प्रमिला जी ने एक नजर बेटे को देखा, वह अपने में मस्त है। उन्होंने अपनी नजरें झुका लीं। वे खामोश रहीं।

थोड़ी देर रुककर उन्होंने दुबारा कोशिश की, "मैं डैडी से तुम्हारी मर्जी कह दूँगी। यह सब तो उनके लिए मामूली बातें हैं। देखना, दिवाली तक हमें गुड न्यूज भी मिल जाएगा।" वे कृत्रिम हँसी हँस दीं।

"कैसा गुड न्यूज?"—आदित्य ने हैरानी से पूछा।

"तुम्हारे ट्रांसफर ऑर्डर का और कैसा?" प्रमिला जी ने मक्खन के डिब्बे का ढक्कन कसते हुए कहा।

आदित्य अब सतर्क हुआ। वह समझ गया मम्मी यूँ ही यहाँ-वहाँ की बातें नहीं कर रही हैं। वह बोला—"लेकिन मैं यहाँ बहुत खुश हूँ। मैं इस शहर को छोड़कर कहीं नहीं जाना चाहता, मेरा करियर यहाँ उड़ानें भर रहा है।"

"सो तो मैं देख ही रही हूँ!" प्रमिला जी दबे तंज में हौले से बुदबुदाईं। लेकिन आदित्य ने उन्हें सुन लिया।

"मतलब?"

"क्या मतलब-मतलब लगा रखा है? मतलब नहीं समझते? वहाँ अपने घर के नजदीक रहोगे। अपने समाज में उठोगे-बैठोगे। एक से एक रिश्ते आने लगे हैं तुम्हारे लिए। लोग तुम्हें देखना, तुमसे मिलना चाहते हैं। एक तुम हो कि घर आने की तुम्हें फुर्सत ही नहीं मिलती! अब जब तुम अपने पैरों पर खड़े हो गए हो, तो हम तुम्हारी शादी की चिन्ता भी न करें क्या? इसमें बहस की कहाँ गुंजाइश है?"

"मैं स्मिता से शादी करनेवाला हूँ।"

चाहे उनके मन में इसका डर रहा हो लेकिन आदित्य के मुँह से यह बात सुन, बात लगी प्रमिला जी के माथे पर गोली की तरह!...झन्नाट्!

"कौन स्मिता? वह कल वाली लड़की?"—प्रमिला ने इस प्रकार अचम्भा दर्शाया मानो वह लड़की ही न हो।

"जी, स्मिता।" आदित्य ने चिन्तित होकर माँ को देखा।

"वह? तुम्हारे साथ खड़ी वह जँचती भी है जो? कहाँ तुम इतने गोरे-खूबसूरत और कहाँ वह...काली सी!...फटर-फटर बोलती है! वह तुम्हारी पसन्द कैसे हो सकती है?"

"स्मिता से अधिक खूबसूरत और बुद्धिमान लड़की मैंने आज तक नहीं देखी।" आदित्य ने शान्त स्वर में जवाब दिया।

"और तुमसे बड़ा अक्ल का अन्धा, मैंने आज तक नहीं देखा!" आदित्य के मुँह से उस लड़की की तारीफ सुन प्रमिला जी पूरी तरह से उखड़ गईं।

"...कौन जात है?" माता ने प्रत्यंचा पर चढ़ाकर ब्रह्मप्रश्न छोड़ा।

आदित्य ने एक लम्बी साँस ली, झुकी आँखों को उठाकर माँ की आँखों में देखा, मानो पूरी तैयारी कर ली और कह डाला, "मछुआरे—अनुसूचित जाति।"

"क्याऽऽऽ...??? प्रमिला-ने दहाड़ मारी। नफरत भरी बुरी से बुरी कल्पना में भी वह यह कभी न सोच पाईं होतीं, जो उन्होंने अभी-अभी अपनी कानों से सुना।

वे सरकार और संविधान के खिलाफ अनर्गल प्रलाप करने लगीं, जिनकी शह पाकर अछूत उनकी बराबरी में आ खड़े हुए हैं। कमबख्तों की औलादें इतना पढ़-लिख गई हैं कि इनकी शिनाख्त मुश्किल हो गई है? वे उनके जीवन में खतरा बन गए हैं...घोर कलियुग है...और न जाने क्या-क्या...!

आदित्य उन्हें शान्त करने का भरसक प्रयास कर रहा है। वह उन्हें मनाने की कोशिश करता है, "मम्मी यह बातें कोई मायने नहीं रखतीं। अब कोई नहीं मानता। आप तो कल ही मिलीं हैं उससे! आपने देखा न हम दोनों हर मुआमले में एक दूसरे के काबिल हैं? फिर मैं उसे ही चाहता हूँ...।"—आदित्य ने चिरौरी की।

"तेरे कह देने से कोई नहीं मानता? मैं मानती हूँ, तेरे बाप मानते हैं! तेरा दिमाग खराब हो गया है। मैं उसे कतई अपनी बहू नहीं बनाऊँगी।"

"मम्मी आप इतना नाराज न हों? मैं समझता हूँ यह सब अचानक हुआ, इसलिए आप परेशान हो उठी हैं। आप जरा ठंडे दिमाग से सोचें, यह ऐसी बातों का जमाना नहीं रहा! मैंने स्मिता के पिता के सामने भी हमारा प्रस्ताव रखा, वे मान गए हैं। आप भी मान जाएँ? मैं डैडी से बात करूँगा न! आप दोनों के बिना..." प्रमिला की चीख ने आदित्य की बात डूबा दी।

"उसका बाप क्यों नहीं मानेगा? उनकी औकात ही क्या है! वह एस.सी. है! अपनी बेटी को सवर्ण लड़कों के पीछे छोड़ रखा है, उसकी आनेवाली नस्ल सुधर जाएगी लेकिन हम तो बर्बाद हो जाएँगे?"

"आप तो चीखने-चिल्लाने लगी हैं! इस वक्त आपसे बात करना बेकार है!"—आदित्य चिढ़कर मुड़ गया।

"जाता कहाँ है तू? इधर सुन!" प्रमिला का लाल भभूका चेहरा मुश्किल से बेटे के सीने तक पहुँच रहा है परन्तु माँ के गुस्से के सामने बेटा बौना हुआ जा रहा है।

"यह बता पहले! वह लड़की यहाँ तेरे घर पर क्या करने आती है? लोक-लाज भी घोलकर पी गए हो तुम लोग? मेरे सामने रसोईघर में घुसती है, तेरे कमरे में भी घुसती होगी...?"

"मम्मी, आज हर इनसान अपना जीवन अपनी मर्जी से जी रहा है। वह इसलिए यहाँ आती है क्योंकि मैं चाहता हूँ वह आए। वह इस घर की भावी मालकिन है।"

प्रमिला अपना आपा पूरी तरह खो बैठी हैं। वह जो मुँह में आए बोल रही है—"मालकिन...माय फुट! शी इज कैरेक्टरलेस...चरित्रहीन! बीसियों से फायदा उठाकर अब तुम्हें उल्लू बना रही है। तुम सोच भी कैसे सकते हो ऐसी लड़की से शादी करने का? तुम क्या पहले हो...न आखिरी होगे!"

"चुप कीजिए, मम्मी!" आदित्य की आवाज कड़क हो उठी। घर का दरवाजा इतनी जोर से बन्द हुआ कि दीवारों के साथ प्रमिला जी भी काँप उठीं।

इस झड़प के बाद सब कुछ मानो शान्त हो गया। घर में अबोला रहने लगा, माँ-बेटे आपस में कार्यपूर्ति के लिए 'हाँ-हूँ' भर बात कर लेते। प्रमिला जी दुखी रहतीं और आदित्य उदास। दफ्तर के बाद वह लौटता तो अपने कमरे में पड़े रहता, बाहर न निकलता। उसने स्मिता को भी फोन करना कम कर दिया। लेकिन इन बातों से अनजान, स्मिता उसे बार-बार फोन किया करती। एक बार वह दु:खी होकर कहने लगी—"इतने दिन हो गए, हम ठीक से मिले नहीं। तुम फोन भी नहीं करते हो? मिलने बुला रही हूँ तो तेवर दिखा रहे हो! मैं तो तुम्हें बैंगलोर से जो नई ड्रेस लाई हूँ, वह पहनकर दिखाना चाहती हूँ। तुम चाहोगे तो...बिना पहने भी?" वह मद्धिम स्वर में खिलखिलाई।

"हमेशा चीप बातें मत किया करो!" आदित्य ने चिढ़कर उसे झिड़क दिया।

"...हमारे बीच चीप क्या है?" स्मिता ने आहत स्वर में पूछा।

आदित्य का मन ग्लानि से भर उठा, उसने स्मिता को चोट पहुँचाई है। वह तनावग्रस्त होकर अपनी निर्दोष मुहब्बत को नजरअन्दाज कर रहा है?... आदित्य ने तुरन्त फोन पर स्मिता से माफी माँगी—"...यार मम्मी और मेरे बीच बहुत टेंशन हो गई है, हम दोनों को लेकर..." स्मिता खामोश रही। फिर उसने सिर्फ इतना कहा, "ओह!" और फोन काट दिया। आदित्य का मन हुआ वह अभी, इसी वक्त स्मिता के पास चला जाए। वे प्यार कर लें और सब ठीक हो जाए।

प्रमिला जी बेटे के पास उसे देखने आई थीं और क्या देखने मिला! वे उसे अपनी मनमानी करने के लिए अकेला नहीं छोड़ना चाहतीं लेकिन इस माहौल में अब और रहना उनके लिए मुश्किल है। वे समझती हैं, उन्हें जल्द से जल्द घर लौट कर कृष्णकान्त को सारा माजरा समझाना होगा। इस जगह से आदित्य का ट्रांसफर फौरन हो जाना चाहिए! पहले ही देर हो चुकी है, अब और कतई नहीं।

वापसी की बात पर न आदित्य चौंका न उसने उनसे रुकने के लिय कहा। यह अपेक्षित था फिर भी प्रमिला जी का मन दुखा। एक बार फिर उनके तन-मन में उस लड़की के लिए हिकारत का ज्वार उफन पड़ा। जितना सुखद उनका आगमन था, उससे ठीक विपरीत उनका जाना रहा।

पिछले दिनों आदित्य को स्मिता की कितनी जरूरत महसूस हुई! अपने प्यार के बिना रहना और उसके प्रति लांछना सहना यातना ही है। अपने प्यार के छिन जाने का डर, उसे जकड़े रहने की चाह, कभी न छोड़ने की कसमें... कई दिनों बाद दोनों प्रेमियों का मिलन हुआ, बारम्बार हुआ।

स्मिता ने कई बार 'आंटी' के बारे में जानने की कोशिश की। आदित्य हर बार टाल जाता, यह कहकर—"मेरे घर वालों को थोड़ा वक्त चाहिए।" इस तरह गोल-मोल बातें कहकर वह स्मिता को फुसला लेता। वह उसे क्या बताए? मम्मी द्वारा उसके लिए कही घोर अपमानजनक बातें वह जुबान पर ला नहीं सकता। उन बातों को याद करना भी उसके लिए गहरे दर्द का सबब है। वह स्मिता को दर्द नहीं दे सकता? उसके पप्पा भी उनके प्रस्तावित सम्बन्ध से तनाव में आ गए थे लेकिन पल भर को भी उन्होंने अपनी गरिमा नहीं खोई। वे भलीभाँति जानते थे आदित्य के परिवार का क्या रवैया होगा, उनकी बेटी के प्रति लेकिन उन्होंने अपनी शंकाएँ सम्मानजनक तरीके से रखीं। आदित्य चाहता है स्मिता भी उसके माता-पिता पर गर्वान्वित महसूस करे, जैसा कि वह उसके पप्पा के लिए महसूस करता है। ऐसी बातें वह उसे अभी से कैसे बता सकता है...जिन्हें याद करते ही खुद उसका सीना बगावत तोलने लगता है?

21

कृष्णकान्त को याद आया कुछ दिन पहले आदित्य का फोन आया था। उन्हें दफ्तर के वक्त उसके कॉल करने पर हल्का अचरज हुआ था क्योंकि उनके बीच फोन पर बातचीत अक्सर शाम को हुआ करती है। वे समझ नहीं पाए थे लेकिन आदित्य ने बिना हील-हिवाला किये इतना ही कहा था—"डैडी, मैं यहाँ खुश हूँ। मेरी जॉब बहुत बढ़िया चल रही है, मैं कोई तबादला नहीं चाहता, प्लीज आप कोई कोशिश नहीं करेंगे।" उन्होंने चकित होकर उसकी बात में अपनी हाँ मिला दी थी। उसके चाहे बगैर वे क्यों ऐसा कुछ करेंगे? उन्होंने सोचा था और फिर बात को भुला ही दिया—प्रमिला जी ने पुणे से लौटने के बाद अब जब बेटे का तबादला करवाने की जिद पकड़ी है और यह किस्सा सुनाया है, तो उन्हें आदित्य के कॉल का सबब मालूम चला है। वे पत्नी को आश्वासन देते हैं लेकिन उन्होंने यह तय कर लिया है कि जब तक खुद आदित्य से मुलाकात नहीं होती, वे कुछ नहीं करेंगे। तबादला दूर, वे इस बात पर आदित्य से मिले बगैर, चर्चा करने से भी बचते हैं।

हमारे यहाँ पिता बच्चों के जीवन में लम्बे समय तक असक्रिय से बने रहते हैं। इतना, कि जब बच्चों को उनकी जरूरत पड़ती है, तब पिता पहले इस बात पर चौंकते हैं कि उनकी सन्तान इतनी बड़ी कब हो गई? इस चौंकनेवाले 'फेज' यानी दौर से कृष्णकान्त पहले ही गुजर चुके हैं, जब आदित्य ने प्रतियोगी परीक्षाएँ देने के उनके मंसूबे चूर किये थे और पिता के मानदंडों को खारिजकर अपनी स्वतंत्रता का बिगुल बजाया था। जब वे यह बर्दाश्त कर गए और फिर स्वीकार भी, तब यह मसला...? देखी जाएगी।

जहाँ तक प्रमिला जी की बात है, देवकीनन्दन का पूरा परिवार दूध का जला है और जो आदित्य ने पेश किया है...वह भी तो खौलता दूध ही है! देवकीनन्दन का छोटा बेटा मानव अमेरिकी लड़की से शादी करके अमेरिका में ही बस गया, क्या उनमें से कोई भी कभी इस बात का अंजाम भूल पाएगा? न वह घर-परिवार को पूछता है न राजनीति में, देवकीनन्दन को अब किसी सहारे की आस नहीं है, उनके और उनकी पत्नी के लिए प्रमिला ही मानो अब उनका बेटा है।

'प्रेम', वह कुछ तो होगा जरूर जो हमारी संस्कृति उसकी सनातन द्वेषी है? व्यक्ति द्वेष, परिवार द्वेष, जातीय द्वेष, समाज द्वेष,...द्वेष जुड़ते रहते हैं। और इस द्वेषीय दलदल के आसपास रहता है प्रेम, जैसे थेथर का फूल!

कृष्णकान्त रोज मुँह अँधेरे उठते हैं, सिवाय छुट्टी के दिन। उन्हें धार्मिक नहीं कहा जा सकता लेकिन अधेड़ावस्था में आते हुए संयमशील जरूर हो गए हैं। अनुशासन में वे यूँ सदा ही रहे, जो ढिलाई कभी बरती हो तो अब उससे भी बाज आते हैं। वर्षों हो गए हैं, उन्होंने सिगरेट बिलकुल छोड़ दी। शराब बस यदा-कदा मन लगाने के लिए पी लेते हैं। पत्नी की स्वास्थ्य-समस्याओं ने मानो उन्हें स्वयं अपने स्वास्थ्य के प्रति जागरूक कर दिया है।

वे नित्य-कर्म से निपटकर अपने कमरे से बाहर आए। डाइनिंग टेबल पर 'कोस्टर' से ढका हुआ छोटे गिलास में पानी में शहद-नींबू घुला रखा है। वह जुबान पर गुनगुना लगता है। इस घर में सबसे पहले खानसामा अपनी ड्यूटी पर आता है, साहब के जागने से पहले ही। कृष्णकान्त बाहर लॉन पर आ गए, उन्होंने चप्पलें उतारीं और ओस नहाई घास पर नंगे पैर टहलने लगे। आसमान पर आच्छादित सुरमई पर्दा उठ रहा है, अभी सूर्योदय में जरा समय है।

बँगले की दीवार से बाहर जाती सड़क के पार पीपल का पुराना पेड़ खड़ा है। उसके शीर्ष की छटा कृष्णकान्त अपने बगीचे में टहलते हुए देखते हैं। पक्षियों का एक झुंड आसमान के विस्तार को अपनी उड़ान में लपेटकर पीपल की शाखों पर आ बैठता है। आसमान में दिखते वे अगिनत पक्षी

अनायास पेड़ के पत्तों में गुम हो जाते हैं। कृष्णकान्त अपनी नजरें नहीं हटाते, वे एकटक उस पेड़ को देख रहे हैं। सहसा डैनों की झड़प की आवाज आती है...हाँ इतनी दूर तक! और वे पक्षी एक साथ आसमान में उड़ते हैं, भाँवरी भरते हैं और अलग-अलग दिशाओं में लोप हो जाते हैं। कृष्णकान्त चहलकदमी करते हुए उनका इन्तजार करते हैं, पक्षी झुंड बाँधकर, पीपल पर पहले की तरह फिर-फिर लौटते हैं...कृष्णकान्त के होठों पर मुस्कान खेलती है। रोज की तरह ही वे सोचते हैं, 'पक्षी यह खेल क्यों खेलते हैं'? इस दौरान साहब के लॉन के मनपसन्द कोने में माली उनके लिए योगा-मैट बिछा गया है।

मैट पर खड़े होकर कृष्णकान्त ने अपने सिर, बाँहों व धड़ को कसरती तहजीब में घुमाया-फिराया और गहरी साँसें भरीं। वे अपने पाजामे की मोहरी को जरा उचकाकर पालथी मार कर बैठ गए—पद्मासन! उन्होंने अपनी आँखें मूँद लीं और ध्यानस्थ हुए। वे अपने मस्तिष्क को कल्पनाशून्य तथा विचारशून्य करने की कोशिश करते हैं। विचार हैं कि किसी न किसी चोर-दरीचे से घुसे चले आते हैं।...मन शान्त हुआ जाता है और अपने 'होने' का एहसास तारी होता है, जब वातावरण से छनकर चिड़ियों की चहचहाहट उन्हें साफ सुनाई देने लगती है मानो वे सारी उनके अवचेतन में बोल रही हों, जैसे हिलोरे हुए गंदले पानी को छोड़ देने से मैल नीचे बैठ जाता है और जल साफ हो जाता है, ठीक वैसे ही आसपास का सारा जोर-शोर उन्हें सुनाई नहीं पड़ता, जबकि सुदूर पेड़ों से आती नन्हीं "चीप्-चीप्" साफ सुनाई देती है—निसर्ग का संगीत! पीपल के पेड़ से अभी भी रह-रहकर डैनों की झड़प सुनाई देती है। पक्षी खेल रहे हैं?

कृष्णकान्त ने बगीचे में चम्पा के पेड़ के नीचे लगे गोल-मेज की कुर्सी को खींचा और सुस्ताने बैठ गए। योग के बाद कम-से-कम 10 मिनट तक विश्राम करना अनिवार्य है। हमेशा की तरह उनके पहुँचने से पहले ही नौकर मेज पर उनका लैप-टॉप, फोन, दूरबीन, कैमरा वगैरह रख गया है। आसमान में शनैः-शनैः सूर्य उठ रहा है। दिन की पहली खबरें कृष्णकान्त अपने लैप-टॉप पर ऑनलाईन पढ़ते हैं, फिर मेल देखते हैं—उनके उत्तर देते हैं...।

खानसामा ट्रे में उनकी चाय और थिन आरारूट बिस्किट रख जाता है। उन्होंने मेज पर रखी घंटी दबाई। खानसामा दौड़ता हुआ वापिस आया। उन्होंने उससे पूछा, "मेमसाहब जागीं नहीं?"

"वे अभी कमरे से बाहर नहीं आईं हैं, साहब!"—खानसामा ने बताया।

"ठीक है, तुम जाओ।"

प्रमिला जी अक्सर सुबह की चाय पर उनका साथ देने आ जाती हैं। लेकिन यह जरूरी भी नहीं, तबियत न हो तो न भी आती हैं। उन्होंने कल रात हल्की सिडेटिव ली थी, सोती होंगी।...कृष्णकान्त ने चाय पीते हुए दूरबीन उठाकर आँख पर लगाई। वे आसपास के पेड़ों की फुनगियों को टोहने लगे। कब कोई खिलन्दड़ा द्विपंखी मेहमान किसी शानदार पोज में दृश्य हो जाए, कोई नहीं जानता। इसके लिए पास ही जूम लेंस का कैमरा तैयार रखा है। वे बन्दूक नहीं, कैमरे से शूट करने के शौकीन हैं। उनके लैप-टॉप पर एक विस्तृत और अफलातून अल्बम तैयार है। विशेष पसन्द आनेवाली तसवीरों को वे मढ़वाकर अपनी स्टडी में सजवाते हैं।

पंछी देखने का यह शौक उन्हें पहले-पहले मसूरी में लगा था तथा बरसों बीत जाने पर अब भी बना हुआ है। उन दिनों मसूरी के पहाड़ी रास्तों पर कितने ही घनेरे पेड़ हुआ करते, आज भी होंगे। उन्होंने पहली तनख्वाह से एक शौकिया दूरबीन खरीदा था अपने लिए...जिसकी लत आज भी बरकरार है। कृष्णकान्त को अनायास अपनी बैचमेट बुलबुल जोशी की याद हो आई। कृष्णकान्त के हाथ में दूरबीन देख कर, साथी अक्सर बुलबुल का नाम लेकर चिढ़ाया करते। उसका नाम पंछी के नाम पर जो था और सच ही, वह कृष्णकान्त के प्रति पक्षपाती भी तो थी! उनके दरम्यान ऐसा कुछ न था। लेकिन साथियों का बस चलता तो अपने मनोरंजन के वास्ते वे दोनों का रिश्ता भी पक्का करवाने से बाज न आते। वह उनके मजाक का कभी बुरा न मानती, हँसकर आगे बढ़ जाया करती। उन दिनों आग में इतना ही घी काफी हुआ करता। परन्तु कृष्णकान्त के अचरज की सीमा न रही थी जब ट्रेनिंग पूरी होने के कुछ महीने पूर्व बुलबुल ने साफगोई से उनसे कहा था—"हम एक ही जाति के हैं...।" कृष्णकान्त उस बात को अब सोचते हैं

तो महसूस करते हैं, उस पिछड़े जमाने का प्रेम भी पिछड़ा हुआ करता था। प्रदेश तो पिछड़ा था ही। नहीं-नहीं, वह प्रेम नहीं सहुलियत थी जो जाति, समाज के शर्तों के अधीन थी। बेहतरीन सरकारी नौकरी प्राप्त करने के बाद उन सभी का अगला निजी मुकाम विवाह ही तो था, किन्तु लड़कों के लिए रिश्ते सुलभ ही नहीं, बल्कि तिलक-दहेज की अश्लील रकमों से लैस हुए उनके घरों में बरस रहे थे। वहीं बुलबुल जोशी जैसी होनहार और हिम्मतवान लड़की के लिए रिश्तों का अकाल पड़ गया था। वह अपने से कमतर लड़के से शादी नहीं करना चाहती थी और उसके बराबरी के लड़के बाजार में नीलाम होने को पेश थे—लड़कों की होनहारी और हिम्मत इतनी ही थी! बुलबुल जोशी जो खुद आई.ए.एस.अफसर थी, किसी लड़के को दहेज क्यों देती? इसलिए उसने स्वजातीय साथी के सामने विवाह का प्रस्ताव रखा था। परन्तु कृष्णकान्त आप दर्प से चूर थे। वे आदित्य नहीं थे जो बराबरी का मर्म समझ पाते। उन्होंने गैर-बराबरी का वरण किया—अपने से कई प्रकाश-वर्ष ऊँचे खानदान में विवाह करना पसन्द किया, उन्होंने अपने लिए गुलामी चुनी, उसी में उन्होंने सुरक्षा महसूस की थी।

और उनका बेटा आदित्य? दलित लड़की को अपने बराबर बताता है, सही बताता है। 'हमारी पीढ़ी में क्या कमी रही जो हम दृष्टिहीन रह गए और अब भी नहीं बदलना चाहते?'...चाय की चुस्कियाँ भरते कृष्णकान्त सोचने को मजबूर होते हैं। चाय की खाली कप मेज पर रखते हुए उन्होंने एक नजर बँगले के बरामदे के दरवाजे पर डाली। उन्हें प्रमिला जी दिखाई नहीं पड़ीं। उन्होंने मेज पर रखा फोन उठाया और नम्बर मिलाया।

सुबह सवेरे मोबाइल का सुमधुर रिंग-टोन बजा...। आदित्य ने बाथरूम के अन्दर से पुकार कर कहा, "जरा मेरा फोन उठा लो। पीयूष का होगा, हमें साथ निकलना है..."

"नहीं। मोबाइल पर 'डैडी' फ्लैश कर रहा है। तुम खुद आकर उठाओ।" स्मिता ने बिस्तर से पुकार कर जवाब दिया।

आदित्य तौलिए से हाथ-मुँह पोंछता हुआ बाथरूम से हड़बड़ाया हुआ निकला। उसने फोन उठाया—"हैलो! गुड मॉर्निंग डैडी।"

"गुड मॉर्निंग, बेटा!...तुम्हारी मम्मी ने बताया तुम दिवाली में घर नहीं आओगे?"

"नहीं, ऐसी बात नहीं है डैडी...वह ऑफिस में...उस दौरान..." आदित्य सकपकाया।

"दिवाली में तुम्हें घर आना है। यही कहने के लिए मैंने तुम्हें फोन किया है।" उधर से पिता की गम्भीर आवाज आई।

"लेकिन..."

"मिलने पर बातें होंगी। ठीक है?" पिता ने सपाट लहजे में कहा।

"जी, डैडी!" आदित्य का दिल धड़क गया।—न वह आशंकित है, न आश्वस्त ही। उधर से फोन कट गया।

जो आता है, वह जाता भी है। इसी तर्ज पर दिवाली और आदित्य दोनों ही आए, फिर लौटकर चले भी गए। आदित्य के आने-जाने को मिलाकर कुल चार दिन कैसे बीते यह उसे खुद पता न चला। सिवाय के वे दिन खट्टे-मीठे कटे। जब वह घर से चला था तो उसके मन में गुंठन-अवगुंठन पड़ रहे थे। वह सोचता रहा था उसे डैडी से कैसे अपनी बात कहनी है। मुश्किल वक्त में वे ही उसकी उम्मीद थे। लेकिन घर पहुँचकर देखता क्या है? वहाँ उसका पूरा ननिहाल मौजूद है—बूढ़े से लेकर बच्चे तक! वह दिवाली में घर न आता, यही ठीक करता। वह तो डैडी की बात मानकर, उनसे मिलने आया था? वह जानता है त्यौहार के बहाने मम्मी ने तमाशाई बुलाए हैं, उस पर दबाव डालने के लिए। और डैडी काम में व्यस्त बने हुए हैं। वह जानता है, उनका अख्तियार न चला होगा। काम ही उनकी ढाल है, जिसके अन्दर वे कछुए की तरह खुद को छुपा लेते हैं।

आदित्य को कई चरणों में घेरा गया। हर चरण से उसके पिता गायब रहे।—पहला दिन पारिवारिक पुनर्मिलन और हँसी-खुशी में बीता। रात को उसके कमरे में उसकी मौसेरी बहनों ने उससे स्मिता की तसवीरें देखने की फरमाइश की। उन्होंने उसे पसन्द किया और आदित्य को खूब तंग किया।

आदित्य को इस तरह तंग किये जाना सुखद लगा।—दूसरे दिन दोपहर के भोजन के बाद, मौसी ने बात छेड़ी। उन्होंने घुमा-फिराकर खूब भर्त्सना की और नसीहतें दीं। मौसा ने तंज कसे। और मम्मी तो फूट-फूटकर रो पड़ीं। इस माहौल में, उस शाम सबके साथ दिवाली मनाना उसे बेहद नाटकीय लगा, न जाने उन लोगों को कैसा लग रहा था? आदित्य के लिए कजिन बहनों का वहाँ होना ही एकमात्र राहत थी।—तीसरा दिन बीत गया। मम्मी-मौसी ने दूसरे दिन ही इतना 'सीन' रचा था कि अब कुछ और करने की उनके पास गुंजाइश न रही। परन्तु रात के खाने के बाद नाना ने डैडी के सामने ही 'लड़की' की फोटो देखने की इच्छा जाहिर की। डैडी चुप रहे। आदित्य को अटपटा लगा, अनिच्छा के बावजूद वह नाना को टाल नहीं सकता था। वे घर के सबसे बड़े थे। उसने फोटो दिखाई। वह किसी बावेला से डरता था, फोटो हाथों-हाथ घूमी। सब चुप थे। नाना बोले, "अच्छी है? क्या पढ़ाई की है इसने?"

आदित्य को अपने कानों पर यकीन न आया। वह नाना को स्मिता के बारे में बताने लगा। सब कुछ सुनकर नाना ने मुलायमियत से कहा, "अच्छी बात है।" डैडी अब भी चुप हैं। इस पर मम्मी अनायास नाना से उलझ गईं। माहौल में जो तनाव था, उसने मानो चिनगारी पकड़ ली। आदित्य उठा और चुपचाप घर से बाहर निकल गया।—चौथे रोज की सुबह उसने वापसी की गाड़ी पकड़ ली। वह मम्मी से गुस्सा है, नाना के रवैये पर कुछ हैरान है और डैडी से निराश!

देवकीनन्दन बाबू और उनकी पत्नी अकेले नहीं घर लौटे। वे प्रमिला को भी संग लिवा लाए। यह जरूरी है कि प्रमिला जी अपने तनावपूर्ण मन:स्थिति से बाहर आएँ, कि उनका मन बदले। कुछ दिन ठंडे-ठंडे बीते। प्रमिला का मन सँभलने लगा। उन्हें इन्तजार है कि आज न कल कृष्णकान्त आदित्य के तबादले की खबर देंगे। वे बेचैन हो उठती हैं। उन्हें रह-रहकर घर की याद आती है।

सुबह में ठंड होने लगी है। दिन सुहावना बीतता, लेकिन सुबह और शाम हल्के गर्म कपड़ों की जरूरत महसूस होती। घर के विशाल बरामदे की जालियों

पर चढ़ीं मनी-प्लांट की बेल सूर्योदय के बाद भी वहाँ अँधियाला करती थीं। वहाँ यत्र-तत्र बेंत की कुर्सियाँ बिछी हैं। उन पर रंग-बिरंगी रेशमी खोल चढ़े कुशन सजे हैं। बीच में स्मोक ग्लास का बड़ा-सा टी-टेबल रखा है। वे लोग रोज यहीं बैठकर सुबह की चाय पीते हैं। उस वक्त, देवकीनन्दन बाबू के स्टाफ के पहुँचने में वक्त होता है और गेट का दरबान कभी सवेरे ही पहुँच गए ग्रामीण मुलाकातियों को भीतर आने नहीं देता। परिवार के सदस्य के अलावा किसी भी आगन्तुक को परिसर में सुबह नौ बजे से पहले प्रवेश करने की अनुमति नहीं।

इन दिनों प्रमिला के स्वास्थ्य को लाभ हुआ है, हालाँकि चाय पीते हुए उनका मुँह फिर भी फीका दिखाई देता है। समाधान के अभाव की साया उन पर झलकती है—आखिर कब तक! देवकीनन्दन कुछ बोलने की कोशिश करते हैं लेकिन शब्द चूक जाते हैं। वे मुँह चटकारते हैं।

"क्या जमाना हुआ करता था और क्या हो गया!" देवकीनन्दन ने ठंडी आह छोड़ी और भूमिका बाँधी।

प्रमिला की तन्द्रा टूटी, उन्होंने एक नजर पिता पर डाली और एक बार फिर अपना कप उठा कर चाय की चुस्की भरी। उनकी आँखें कहीं दूर खोई हुई हैं।

"समय ही बेगाना हो गया है!" देवकीननन्दन फिर बोल उठे। उनकी यह दुबारा की कोशिश देखकर उनकी पत्नी कुछ चौकन्नी हुईं। बरामदे की पीली दीवार पर झूल रही राजस्थानी कठपुतलियों के विस्फारित नेत्र बतलाते थे, वे अपने मालिक की मंशा समझने की कोशिश कर रही हैं।

"लड़का हाथ से निकल जाए, इससे पहले समझदारी से काम लेना चाहिए..." देवकीनन्दन ने अपनी बात रोककर गला खँखारा।

प्रमिला जी की सुस्ती जाती रही। वे सामनापरस्त हुईं, "क्या मतलब, बाबूजी?"

पिछले दिनों से देवकीनन्दन अपनी राय पोशीदा रखते चले आ रहे थे। उन्होंने उसे जाहिर किया—"वह लड़का मानेगा नहीं!"

प्रमिला पिता को घूर रही हैं। अपने पिता के भरोसे, उन्होंने ऐसी नाउम्मीदी की बात कभी सोची भी नहीं और पिता ही...? देवकीनन्दन की झुर्रियाँ अनायास मुलायम हो उठीं। वे मानो आँखों ही आँखों में बेटी को पुचकारते

हुए बोले, "हमारे बच्चे को तुमने बाहर भेजा ही क्यों? वह विधायक का नवासा, आई.ए.एस. का बेटा होकर प्रायवेट कम्पनी में नौकरी करता है... मल्टीनेशनल-फल्टिनेशनल क्या होता है भाई...?"

"आपने तो छोटे को अमेरिका ही भेज दिया था, तब?" प्रमिला जी ने उनकी बात पर खफा होकर पूछा।

"उसका नतीजा भुगतने के बाद मुझे अक्ल आ गई न? तभी तो कह रहा हूँ। उसने फिर भी चलो अमेरिकी से शादी कर ली, लाख बुरा मानो लेकिन सुननेवाले लोग दाँतों तले उँगली दबा लेते हैं! अंग्रेज बच्चे पैदा किये। अपना आदित्य क्या करने चला है? छोटी जात की लड़की से शादी करके खानदान में कौन सा चार चाँद लगाएगा?"

"मैं क्या करूँ, बाबूजी? कुछ समझ नहीं आता।" प्रमिला अपना सिर दोनों हाथों में देकर बैठ गई।

देवकीनन्दन ठहर कर बोले, "करने को अब क्या बचा है? आदित्य की जहाँ मर्जी हो तुम लोग अपना आशीर्वाद देकर शादी कर दो।"

"हैंऽऽऽ...??? आप तो दोनों तरफ की बात करते हैं! अनर्थ हो जाएगा।"

"बिटिया यह उदार होने का वक्त है, बेटा गँवाने का वक्त नहीं! वह जब तक मान देता है, तभी तक हमारा मान है। आज तुम्हें पूछता है, कल तुम्हारी मर्जी के खिलाफ शादी कर लेगा तो क्या इज्जत बचेगी? उसे रोक भी न पाओगी और अपना मान भी गँवाओगी। अच्छे से विचार कर देखो, तुम्हारे पास दूसरा कोई उपाय नहीं।"

इस वार्तालाप के दौरान प्रमिला की माताजी जो संग चाय पी रही थीं, उनके चेहरे पर नापसन्दगी साफ दिखाई दे रही थी। उनकी टिप्पणियाँ पति से उनकी असहमति उजागर करती थीं। वे रह-रहकर कुनमुनातीं—"छोट जात से शादी?"; "घोर कलयुग!" अथवा "लड़की सुन्दर भी नाही!"—गोया हमारे यहाँ लड़की का सौन्दर्य हिन्दुओं की ईश्वरीय धारणा जैसा है—इसकी भी तैंतीस करोड़ व्याख्या है!

देवकीनन्दन की पत्नी का यह कुनमुनाना ही उनकी अधिकाधिक असहमति थी। आखिर जब उनका विवाह हुआ था तब 'घोर' कलियुग न रहा होगा।

इसलिए वे पति तथा अन्य से विपरीत चलना जानती ही नहीं थीं। यही कारण है, वे जैसे जीवन में वैसे ही कहानी की भी प्रमुख पात्र नहीं।

देवकीनन्दन बाबू ने बेटी के दिमाग में जामिन डाल दिया है, उनकी बात दही की तरह जमेगी। वे अँगड़ाई में बदन ऐंठते हुए बोले, "वह नया लड़का है नया जोश है, समाज में इज्जत तो तुम्हारी है। बेटा बागी हो जाए इससे अच्छा है तुम उसकी मर्जी से शादी करवा दो।...लेकिन आदित्य की प्रायवेट नौकरी छुड़वाओ। इनकी कितनी गदहा पच्चीसी हम बर्दाश्त करेंगे? यहाँ आए, घर का कारोबार सँभाले, राजनीति में काम करे! हमारा नवासा है। वह राज करने के लिए पैदा हुआ है कॉर्पोरेट-फॉर्पेरेट की चाकरी करने नहीं। लड़की अपनी पसन्द की कर ले चाहे, लेकिन कामकाज हमारे साथ करे। यह विरासत किसको छोड़ दूँ? जब बेटा अमेरिकन हो गया है तो सगे नवासे के रहते किसका भरोसा करूँ?"

दूसरे के हित में लपेटकर देवकीनन्दन ने अपना स्वार्थ आखिर कह डाला। इस नैतिक मशक्कत से उनका चेहरा गर्म महसूस होने लगा। सामान्य लगने की कोशिश में वे उठकर गमलों का मुआयना करने लगे। वे फूल-पत्तियों को छूकर उन पर कुछ कहते जाते...इस तरह वे टहलते-बढ़ते अन्दर चले गए। उनकी पत्नी पहले ही उठकर जा चुकी थीं। प्रमिला बरामदे में अकेले बैठी रह गईं। जाली पर एक एकल गौरैया फुदकते-उड़ते चोंच मार रही थी।... प्रमिला उसे देखती रहीं।

23

एक महान विश्व-इतिहासकार ने लिखा है कि देशों का इतिहास मनुष्य के जीवन जैसा ही होता है। जैसे मनुष्य वर्षों में जीते हैं, वैसे देश सदियों में जीते हैं। इनसान की तरह देश की अवस्थाएँ बदलती हैं। सदियों के हिसाब से यह देश बूढ़ा है, जबकि अभी इसकी अवस्था तरुणाई की है।—एकलव्य को अपने जन्म के कारण दाहिने हाथ का अँगूठा गँवाना पड़ा, कर्ण को अपनी जाति के कारण अपमान झेलना पड़ा। कहते हैं वह द्वापर युग था। सदियाँ दूर, युग बदल गए। लोहा आया, बन्दूक आई, परमाणु बम आए, रेल आई, वाहन आए, फोन आया, सैटेलाइट-कम्प्यूटर आए, मोबाइल आया...। इन सबसे बड़ा तोप, लोकतंत्र आया। इतना कुछ बदल गया और फिर भी सब वैसा ही रहा। आज भी जाति का जूता हमारे सिर पर बरस रहा है...

सोच लो तो गंगा मइया, सोचो तो गंदला पानी! समय-समय और मतलब-मतलब की बात है। देवकीनन्दन आज तक अपने पुत्र को अमेरिकी स्त्री से शादी करने के लिए दिल से क्षमा नहीं कर पाए हैं लेकिन वे स्वयं अपने नवासे की दलित लड़की से शादी करवाने के पहले पैरोकार बने!

चन्द महीने बीत गए। देवकीनन्दन की दूसरी बेटी मिलानी की बेटी संजना की शादी तय हो गई है। प्रमिला जी के परिवार में यह पहली शादी है। संजना के पिता यानी आदित्य के मौसा कपड़ा-उद्योगपति हैं और उनके होनेवाले समधी नामी गिरामी एस्टेट बिल्डर। दोनों परिवार खुश हैं।

आदित्य अपने दफ्तर में कम्प्यूटर पर काम कर रहा है। कमरा वातानुकूलित होने के बावजूद उसने अपने टाई की गाँठ ढीली कर रखी है। स्टाइरोफोम के कप में कॉफी की चन्द आखिरी घूँट को वह भूल गया है।

छूटी कॉफी पानी की तरह ठंडी हो गई है, वह किसी काम की न रही। तमाम रिपोर्ट्स उसे मीटिंग में सबमिट करने हैं। कम्प्यूटर के माऊस पैड से हाथ भर दूर उसका उपेक्षित पड़ा मोबाइल बज उठा। उसने अधीर होकर मोबाइल उठाया, देखा, उसकी कजिन संजना का फोन है।

"हाँ, बोलो संजना!" मानो वह कब की भूली उसे तब ही याद आई है। उसने जल्दी से हँसकर जोड़ा, "कॉन्ग्रैचुलेशंस सिस्! कितनी बार सोचा तुम्हें फोन करूँगा लेकिन व्यस्तता के मारे भूलता रहा। सॉरी यार?"

"हाँ भई, तुम्हारी 'व्यस्तता' के चर्चे जंगल की आग की तरह यहाँ तक फैले हुए हैं।"—संजना ने चुटकी ली। उसने महज बहनापे में, हल्के में यह बात कही थी, किन्तु न जाने आदित्य को क्या याद आया कि यह सुन उसकी मुस्कान का रंग फीका पड़ गया।

वह बात बदलने की गरज से अतिरिक्त जोश में बोला, "इन दिनों देख रहा हूँ, बड़े फोटो-शोटो अपलोड हो रहे हैं? अपनी सारी ड्रेसेस और 'लुक्स' फेसबुक-इंस्टाग्राम पर पहले ही आउट कर दोगी, तो शादी के लिए क्या नया बचेगा?"

संजना ने हँसकर जवाब दिया, "नये की क्या कमी? दुनिया में सब कुछ नया-नया है! तुम अपनी बताओ?"

"बढ़िया चल रहा है, इन दिनों बहुत काम है!"

"लेकिन मैं यह क्या सुन रही हूँ? मम्मी ने बताया मौसी उनसे कह रही थीं कि तुम मेरी शादी में नहीं आओगे, भाई?" संजना ने अपनी आवाज भारी करके बड़ी अदा से कहा, "भाई मैं तुम्हें भूल जाऊँ, यह हो नहीं सकता और तुम मुझे भूल जाओ...यह मैं होने नहीं दूँगी!"

आदित्य, सुनील शेट्टी के डायलॉग की इस बुरी तर्ज पर ठठाकर हँसा। फिल्मी संवादों की नकल उतारना उन लोगों का बचपन से शगल रहा। उसने अपनी सफाई पेश की, "मैंने नाराजगी में कह दिया होगा। तुम्हारी शादी में अवश्य आना चाहता हूँ। लेकिन दिवाली में तुमने देखा था न क्या तमाशा हुआ था?...इसलिए कह दिया था। लेकिन तुम जी छोटा न करो। तुम्हारे लिए मैं जरूर आऊँगा।"

"ओह। मैं मम्मी-मौसी की बात से डर गई थी..."

"पगली! मैं सर्प्राइज देता न?"

"पगले! ऐसी भी कोई सर्प्राइज होती है? तुम मेरी सगाई पर भी नहीं आए! सच बताओ शादी पर तो आओगे?"

"हाँ यार! पक्का। चलो फोन रखो। तुम अपने मियाँ के साथ टाइम पास करो। आई एम फाइटिंग अगेंस्ट डेडलाईन...बाई!"

"लव यू सो मच। बाई!"

सर्प्राइज—

विवाह समारोह दिल्ली में आयोजित हुआ है। यह वर-वधू दोनों पक्षों के लिए सुविधानुसार है। मेहमानों के स्वागत में शोफर चालित कारें दौड़ रही हैं। आदित्य ने मौसी से फोन पर कहा, "मेरे लिए एयरपोर्ट पर कार भेजने की जरूरत नहीं। मैं एयरपोर्ट लाइन मेट्रो से पहुँच जाऊँगा.." मौसा ने उनके नजदीक के मेट्रो स्टेशन पर जरूर उसे लेने के लिए कार भिजवा दी थी। ट्रैफिक के मारे दस मिनट के रास्ते को कार ने पच्चीस मिनट में तय किया। आदित्य विवाह-मुहूर्त से ठीक चार घंटे पहले पहुँचा। रिश्तेदारों में वहाँ पहुँचनेवाला वह आखिरी था। अन्य लोग शादी के लिए अपने कमरों में तैयार होने के वास्ते जा चुके थे अथवा जा रहे हैं।

संजना, जिससे किया वादा आदित्य ने पूरा किया, उससे उसे मिलने में अभी देर है। दुल्हन सुबह से बहन व सखियों संग विवाह-स्थल, पाँच सितारा होटल में सजने के लिए गई हुई है। वहाँ प्रसिद्ध ब्यूटिशियन उसकी सज्जा में अपने दल-बल समेत जुटी हुई है। वह घर के बाकी लोगों से खुलकर मिला। अमेरिका से मामी और बच्चे किन्हीं कारणों वश नहीं आ पाए हैं, अंग्रेजीदाँ मामा अकेले आए हैं। वे खुश होकर मिले। उसने रिफ्रेशमेंट्स लिए और बैठक में ही बैठा सबसे गप्पें लड़ाता रहा। वर्दीधारी बैरे घर के लोगों के बीच रह-रहकर एक से एक पेय और खाद्य पदार्थ परोसते रहे। जब मम्मी उसे अनेक बार तैयार होने के लिए टोक चुकीं तथा और लोग भी उठने लगे,

तब वह उठकर अपने लिए निर्धारित कमरे में तैयार होने चला गया। उसने ताजी शेव बनाई—गर्म पानी के झरने के नीचे स्नान किया। पहले से चुने कॉफी रंग के रेशमी सूट को पहना। उसने पसन्दीदा 'स्कार्लेट' टाई बाँधी, जेल लगाकर बाल पीछे की ओर झाड़े, अब उसका गोरा मुखड़ा दिप्-दिप् करने लगा। पैर में चमकते जूते, जेब में चटक रूमाल, कलाइयों में सुनहले कफ-लिंक और कीमती घड़ी, कॉलर के गिर्द खुशबू...आदमकद आईने से एक कदम पीछे हटकर उसने खुद को ठीक-ठाक निहारा। आखिर, सोफे पर बैठते हुए उसने मौसाजी के सेक्रेट्री को फोन मिलाया, "अंकल, मेरे लिए एक कार प्लीज। बिना शोफर के।...जी। और कोई पूछे तो, तो बता दें मैं खुद वेन्यू पर आ रहा हूँ। मेरा इन्तजार कोई न करे।"—दूसरी तरफ सेक्रेट्री ने डायरी में कुछ नोट किया और फोन मिलाकर गाड़ी मँगाने का निर्देश दिया।

आदित्य के होठों पर एक मुस्कान तैर गई। उसने दूसरा नम्बर मिलाया।—ड्रेसिंग टेबल पर सजे बल्बों की रोशनी में नीचे रखा मोबाइल अदृश्य ही थरथराया और बजने लगा। बहुत देर बाद दुल्हन की बहन रंजना ने मोबाइल देखा, कॉलर का नाम देखने के साथ ही उठा लिया—"हैलो भाइइऽऽ...!" वह चहकी, फिर गम्भीर होकर कहने लगी, "दीदी अभी बात नहीं कर सकती। ब्यूटिशियन उसके मेकप को फिनिशिंग टच्च दे रही है।"

लेकिन आदित्य कब माननेवाला था। वह पूरे मूड में झूमते हुए बोला, "दे-दे छोटी! बात करनी है।" तब तक संजना ने छोटी के हाथ से फोन ले लिया। वह बोली, "हैलो आदित्य..." न जाने उस तरफ से क्या बात हुई, जो खुशी से उसके मुँह से चीख निकल गई! जिसे सुन ब्यूटिशियन घबराकर काँप गई, उसके हाथ में पकड़ा शेड का डिब्बा छिटककर दूर जा गिरा। छोटी बहन रंजना ने दुल्हन संजना को गौर से देखा और तसल्ली की कि वह खुश ही तो है? उसने राहत महसूस की।

"तुम क्यों चिल्लाई?"

"भाई आ गए इसलिए चिल्लाई।" दुल्हन आँखें नचाकर हँसने लगी।

रंजना ने पूछा, "इसमें इतने जोर से चिल्लानेवाली क्या बात हुई?"

"अरे! वे पहले नहीं आनेवाले थे न, उन्होंने अपना वादा जो निभाया।" वह रहस्यमय ढंग से खिलखिलाती रही। ब्यूटिशियन ने अपनी झुँझलाहट छिपाने के लिए चापलूसी में खीसें निपोर दीं।

लीजिए! वर्ग का प्रश्न यहाँ भी उत्पन्न हो गया। उद्योगपति व 'एस्टेट टायकून' परिवारों के बीच दिल्ली के पाँच सितारा होटल में सम्पन्न हो रहे विवाह-प्रसंग के विवरण पर...एक मध्यवर्गीय उपन्यास में कितने शब्द खर्च किये जाने चाहिए? ऐसे उपन्यास में जमा शब्द ही कितने होते हैं? बहरहाल...

महँगी गाड़ियों के काफिले से उतरकर बारातियों ने होटल के भव्य द्वार पर जरा देर नाचने की रस्म निभाई। वधू-पक्ष ने हृदय खोलकर बारातियों का स्वागत किया। दुल्हन ने स्टेज पर अपने दूल्हे का स्वागत वरमाला से किया। तालियों की गड़गड़ाहट और हँसी का स्वर गूँजा। फिज़ाँ में हरिशृंगार के इत्र की बूँदें तैर गईं। जल्द ही स्टार्टर्स और ड्रिंक्स—हार्ड एंड सॉफ्ट, के दौर चलने लगे। बहुत मद्धिम संगीत और जुदा मेजों पर हो रहे वार्तालाप की गुनगुनाहट, माहौल को लुभावना बना रहे हैं।

कृष्णकान्त हाथ में ड्रिंक लिए अपने साढ़ू के रिश्तेदार से बात कर रहे हैं, वैसी ही जैसी इन मौकों पर लोग आपस में किया करते हैं, उन्होंने अपनी दूसरी बाँह पर उँगलियों का दबाव महसूस किया, कंगन छनके। बिना मुड़े ही वे पहचान गए कि उनके बाजू में प्रमिला जी आन खड़ी हुई हैं। वे प्रेम की सार्वजनिक अभिव्यक्ति के अभ्यस्त नहीं...उँगलियों का दबाव बढ़ता ही जा रहा है, उँगलियाँ कोट के पार उनके मांस में इस तरह धँस रही हैं मानो उन पर वे अपने पूरे शरीर का वजन डाल रही हों। कृष्णकान्त ने सिर घुमाकर देखा, उनके चेहरे पर 'चौंक' लिखी हुई है। प्रमिला जी जर्द हैं, मानो काटो तो खून नहीं। उनकी फटी-फटी आँखें सामने जड़ी हुई हैं। कृष्णकान्त ने अपनी निगाहें उसी ओर उठाईं, वहाँ की तमाम सजावट और सजीले मेहमान मानो नेपथ्य में धूमिल हुए जा रहे हैं, उनके बीच आदित्य उभरता चला आ रहा है...उसके संग एक लड़की है! वह कौन है यह समझना कृष्णकान्त के

लिए दुश्वार न रहा। आदित्य की मुड़ी हुई कोहनी में हौले से अपनी कलाई दिये उनकी ओर चली आ रही वह कौन हो सकती है, जो असाधारण न हो?

कृष्णकान्त ने पत्नी का हाथ दबाया और वे जब बोले तो लगा मानो किसी और के कंठ से बात निकली हो—"प्लीज...यहाँ कुछ न कहना!" इन शब्दों में चिरौरी के साथ आदेश का पुट भी था। अब तक यह दृश्य मानो मूक, स्लो मोशन में घटित हो रहा था। आदित्य जैसे ही उनके सामने अपनी साथी के साथ रुका, दृश्य सस्वर-सजीव हो उठा, मानो किसी अनदेखे ऑफ स्विच को किसी ने ऑन कर दिया हो। वातावरण का हर शोर उन तक पहुँचने लगा, जैसे उनके कान बज रहे हों। आदित्य ने मुस्कुराकर कहा—"पापा—यह स्मिता!"

लड़की ने तपाक से उनके पैर छू लिए, अप्रत्याशित ही उनका हाथ उसके सिर को छू गया। उनकी आँखें आदित्य की आँखों से मिलीं—वहाँ ढिठाई की जगह उन्हें याचना दिखाई दी। वे जरा-सा गड़बड़ा गए। लड़की प्रमिला जी के पैरों पर झुकी तो वे फटी आँखों से पति को देखती रहीं।

"तुम इससे बेहतर कर सकते थे?"—उन्होंने अनिश्चितता से मुस्कुराने का प्रयास किया।

आदित्य की आँखें झुक गईं। लड़की ने अपनी तरफ से वहाँ की सजावट की तारीफ की। उसकी हिम्मत कृष्णकान्त को भाई। वहाँ अन्य मेहमान अपने आप में मसरूफ हैं, उनकी मसरूफियत का फायदा उठाते हुए वे लोग अटपटे ढंग से बातचीत शुरू करने की कोशिशें कर रहे हैं। मुलायमियत का अभिनय करते हुए कृष्णकान्त वाकई मुलायम से हो उठे हैं। लड़की उन्हें भली लग रही है...। प्रमिला जी लड़की नहीं, आदित्य पर क्रुद्ध हैं!

मालूम होता है शादी में युवाओं ने स्मिता को अनकहे ही अपना 'स्पेशल गेस्ट' मान लिया है। जब आदित्य और स्मिता दुल्हा-दूल्हन से मिलने स्टेज पर गए, तब जिस अन्दाज से दुल्हन ने स्मिता को गले लगाया, उसकी खासियत देखनेवालों की निगाहों में दर्ज हुई। डिजाइनर परिधानों में सुसज्जित अतिथियों के बीच यह साँवली-सुनहली सी लड़की अलग नजर आ जाती है। उसने दक्षिण-रेशम की हरी साड़ी पहन रखी है तथा कान में सोने के छोटे

बूँदे और गले में सोने की जंजीर—"मेरी मम्मी के हैं।" उसने पैकिंग करते वक्त आदित्य को बताया था।

"और यह सुन्दर साड़ी?" आदित्य ने पूछा था।

"वह भी मम्मी की!"

स्मिता की वेशभूषा परिष्कृत सादगी दर्शाती थी। वहीं उसकी नाक का पारम्परिक नन्हाँ-सा अमिया-नथ लोगों की दृष्टि को उत्तेजित कर रहा था। उससे प्रभावित हुए बगैर कोई नहीं रह सकता है। वह सबके बीच अलग दिखाई पड़ जाती है। कन्धे पर बँधे ढीले जूड़े में उसने अबोली का गजरा लपेट लिया है, जिसे खास वह अपने साथ फ्लाइट पर लाई है। अबोली के फूलों का रंग उसकी हरी साड़ी के गाढ़े रंग से टकराकर और फब रहा है। अबोली का रंग?—माने जिसे अंग्रेजी में 'कॉरल' कहा जाता है। यहाँ दिल्ली के लोगों ने कभी यह फूल नहीं देखा। आदित्य के दूर के रिश्ते की किसी भाभी के पूछने पर स्मिता सोच में पड़ जाती है।

वह ठहर कर जवाब देती है, "...अबोली को...हिन्दी में भी अबोली ही कहते होंगे? हाँ, अंग्रेजी में इसे 'द फायर क्रैकर फ्लावर' कहते हैं। पास खड़े बच्चे हँसते हैं—"फायर क्रैकर?"

वह खुलासा करती है, "इस फूल के झरने पर नन्हीं फलियाँ उग आती हैं। बारिश में अथवा कहीं भी पानी के पास रखने से यह फलियाँ सस्वर फूट पड़ती हैं, इसलिए इन्हें फायर क्रैकर फ्लावर माने पटाखा फूल कहा जाता है।"

यह सुन बच्चे हैरत से अबोली के फूलों को सराहते हैं। समारोह की सजावट में लाखों रुपयों का व्यय सिर्फ देश-विदेश से मँगवाए फूलों द्वारा की गई सज्जा पर किया गया है। फूल के लड़, हार, गुलदस्ते, छल्ले सजे हैं...लेकिन अबोली का फूल कहीं है तो सिर्फ स्मिता के जूड़े में! आदित्य की मुग्ध नजरें बार-बार कह उठती हैं, 'तुम सबसे खूबसूरत हो।'

खाना खाते वक्त आदित्य ने स्मिता से धीमे से कहा, "देखा, मेरे घर वाले इतने बुरे भी नहीं? हालाँकि यह बात अलग है कि मुझे खुद इस बात का भरोसा नहीं होता है।" स्मिता की आँखों व होठों के प्यालों से हँसी छलक-छलक गई। वह कितना डर रही थी यहाँ आने से!

उस सारी शाम आदित्य यूँ ही मजाकिया बना रहा। वह सबको हँसाना चाहता है, सबको खुश कर देना चाहता है। कृष्णकान्त के अपने खामोश कारण हैं। लेकिन आदित्य नहीं जानता यह जमीन उसके नाना की तैयार की हुई है। परिवार में उसके नाना की हैसियत सूरजमुखी के खेत में सूर्य के जैसी है। बस एक मम्मी हैं जो उसे बेबस किये दे रही हैं।

उस शाम, उदासी में लिप्त एक जोड़ी रुष्ट आँखें आदित्य और स्मिता का पीछा करती रहीं। प्रमिला को देखते ही कोई भी जान सकता था कि किसी बेटे की माँ होना कितना कठिन है। मानव मामा ने खुश-अन्दाजी में कहा—"अब परिवार में संजना की शादी के बाद आदित्य की सगाई होगी—सेलीब्रेट करने के लिए एक और पार्टी!" और उन्होंने हाथ का जाम हवा में उठा दिया। बरसों से विदेश में रहने से तथा विलायती बीवी बच्चों के संसर्ग से मामू की जुबान भी विदेशियों के मानिन्द लटपटाती है। यह किसे खबर है कि कुछ दूर खड़ी प्रमिला जी के कान इसी तरफ लगे हैं।

आदित्य ने मामू को जवाब दिया, "मामू वी आर एंगेज्ड। तभी तो यह मेरे साथ यहाँ आई है। यह अच्छा मौका था, स्मिता को पूरे परिवार से मिलाने का, यह कितना खुशगवार दिन है!" इतना कहते हुए उसने हौले से स्मिता के कन्धे को अपनी बाँह के घेरे में लिया।

मामू ने ठहाका लगाकर सबकी ओर मुड़ते हुए पूछा, "भई कब कर ली तुमने सगाई? हमें तो यह खुशखबरी किसी ने न दी?" लोग आदित्य-स्मिता की ओर देखने लगे।

आदित्य ने समझाया, "हमने औपचारिक सगाई नहीं की है। हम कमिटेड हैं यानी वादाशुदा! स्मिता के पिता ने अपनी अनुमति हमें दे दी है। दुल्हन राजी है।" वह स्मिता की ओर देखकर हँसा।

आदित्य आधी रात बीते स्मिता को कार में ऑफिस के गेस्ट हाउस पर छोड़ आया। ठीक वैसे ही जैसे वह उसे चन्द घंटों पहले शादी में लेकर आया था। दोनों साथ फ्लाइट में आए थे और कल सुबह की फ्लाइट से साथ लौटेंगे।

स्मिता ने सोचा वह पहले कितना डर रही थी और अनायास आदित्य के संग शादी में पहुँचने को हरगिज राजी न होती थी। आदित्य ने उसे खूब मनाया था, विश्वास दिलाया था कि मेरे साथ चलो, कुछ भी नहीं होगा—वह रईसों की पार्टी है। 'दे आर 'हैव्स', दे आर नॉट 'हैव नॉट्स'! दे हैव सो मच, दे कैनॉट एफोर्ड टू लूज एनी—लीस्ट ऑफ ऑल देयर फेस। दे आर नॉट जेनेरस बट दे आर टिमिड। ट्रस्ट मी, कम!'—अर्थात, उनके पास सब कुछ है, वे अभावग्रस्त नहीं! उनके पास इतना ज्यादा है कि वे थोड़ा-सा भी खोने को राजी नहीं—अपनी इज्जत तो कतई नहीं! वे उदार नहीं लेकिन वे कातर हैं। मेरा भरोसा करो, आओ!

आदित्य ने सच कहा था। वहाँ कोई तमाशा नहीं हुआ। स्मिता ने राहत की साँस ली और बिस्तर में घुसकर सो गई।

24

गाँव अब पहले जैसा न रहा। बावजूद, गाँव, गाँव ही रहा। जैसा आजादी के वक्त देश गाँव में बसता था, आज भी देश गाँव में बसता है। गाँव शहर नहीं हुए। देश बड़ा है—जनसंख्या बढ़ी है, गाँव छोटे-छोटे हैं, तब थे, अब भी हैं। हजारों गाँव आज भी बिजली-पानी-सड़कों की आधारभूत सुविधाओं के अभाव से जूझ रहे हैं। लेकिन जबसे गाँव का बेटा उच्च पदस्थ नौकरशाह हुआ, गाँव दगड़िया का शुमार उन अभावग्रस्त गाँवों में नहीं है। यहाँ बिजली, पेय जल, सड़क की सुविधाएँ मौजूद हैं। यहाँ सरकारी योजनाएँ कमोबेश लागू कर दी जाती हैं। इस तरह देश के पीछे कई गाँव भी चल पड़े हैं, घर-घर टी.वी. लगे हुए हैं—बिलकुल रंगीन। श्याम-श्वेत टी.वी. का जमाना ऐसा लदा कि अब उसका देहातों में भी ठौर नहीं। डाकघर की बात पुरानी हुई, अब बाजार में लगा पी.सी.ओ. भी बहुत कम चला करता है। घर-घर और हाथ-हाथ में मोबाइल आ गया है। क्या मर्द, क्या औरतें, क्या बच्चे, सबकी मुट्ठी में दुनिया है...!

कृष्णकान्त की माँ कितनी ही बूढ़ी हो चली हैं। परन्तु वे अपने निजी कार्य करने में सक्षम हैं। वे सम्पन्न हैं और हर पहर के लिए उनके पास चाकर हैं। गाँव भर में एक वही बुजुर्ग हैं, जो बिना परिवार के रहती हैं। कोई क्या जाने स्वजन की कमी, उन्हें खलती भी है या नहीं? वे जुबान पर कभी कोई शिकायत नहीं लातीं। वे गाँव भर में 'कठजीव' मानी जाती हैं, जो इस उम्र में, इस हाल में भी मुस्कुराकर जिन्दा हैं। वे स्वयं कम बोलती हैं और कम बोलनेवालों को पसन्द करती हैं। वे बखूबी जानती हैं फालतू बोलनेवाले दिल लगाने की आड़ में दिल दुखाया करते हैं।

माँ जिन्दगी भर सवेरे मुँह-अँधेरे उठा करतीं थीं, सो अब पूरा उजाला होने पर ही बिस्तर छोड़ती हैं। चाहे वे पहले ही क्यों न जाग जाएँ, वे लेटे-लेटे ही माला जापते रहती हैं। वे इस तरह बिस्तर पर पड़ी आसमान में रोशनी नापती हैं—हर मौसम में उसकी मात्रा बदलती है। मौसमानुसार वे अपना अन्दाज बदलती हैं। इन दिनों मन लगाने के वास्ते, एक जमाने बाद फिर गाय पाल ली है। गाय की सेवा के लिए लखमा यादव को ग्वाला रखा गया है। इसी बहाने उनसे किसी का स्वार्थ जुड़ता है और उनके दरवाजे पर थोड़ी चहल-पहल बनी रहती है।

माँ बाहरी फाटक की एक चाबी अपने पास रखती हैं और एक चाबी लखमा के पास रहती है। वह पौ फटने से पहले ही आ जाता है। गौहाल की सफाई, दूध दुहना, गाय को चारा-पानी देना, यह उसके नित्य के काम हैं। उसकी दस वर्षीया बेटी सुमो माँ के पास सोती है। बाहर पिता के काम करने की आवाज से वह जाग जाती है। वह उठकर भीतर का दरवाजा खोलती है। लखमा उसे दूध की बाल्टी पकड़ा दिया करता है, वह उसे यथास्थान रख देती हैं। माँ पलँग पर पड़ीं उनकी खटर-पटर सुना करती हैं। फिर आँखें मूँदे माला फेरने लगती हैं।

यहाँ से लौटने के बाद, लखमा कलेवा करके खेत पर चला जाएगा। उसकी बीवी घर के काम निपटाकर, इधर पहुँचेगी। माँ के लिए घर रसोई-पानी की कोई हड़बड़ी नहीं रहती। ग्यारह बजे से पहले माँ मुँह में अन्न नहीं देतीं। सुमो गैस जलाकर उनके लिए सुबह की चाय बना लेती है। वह खुद गिलास भर दूध पीती है। अक्सर रात की रोटियाँ बची रहती हैं, जिन्हें वह दूध में डुबोकर खा लेती है। यदि न रहीं तो डिब्बों में बिस्किट-चूड़ा जो रहा, वही खा लेती है। सुमो अपनी माई के यहाँ पहुँचने तक माँ के साथ में बनी रहती है। वह उनके कपड़े निकालकर रखती है, गुसल का पानी तैयार करती है, उनकी उतारी धोती पानी में फींच कर तार पर फैलाती है। यह सब छिट-पुट काम वह खेलते-कूदते निपटाती है। जैसे ही उसकी माई आती है, सुमो अपने घर दौड़ जाती है—स्कूल के लिए तैयार होने।

चौरे पर तुलसी की जड़ों में तांबे के लोटे से जल चढ़ाते हुए माँ के आकाश-उन्मुख चेहरे पर सूर्य चमकता है। उनके मुँदे पपोटे मुँदे-मुँदे ही मिचमिचा जाते हैं, उनके होंठ मंत्र बुदबुदाते हैं। "छप्पाक...!"—घर के अन्दर

से पानी फेंकने की आवाज आती है। सुमो की माई ने घर पोंछ कर बचा हुआ आखिरी बाल्टी-भर पानी आँगन में उलट दिया है। "ढन्-ढन्!"—एक में एक रखी बाल्टियाँ बजती हैं। अब वही पानी को खराटा-झाड़ू से सोंटने की "खर-खर..." आवाज आती है। माँ प्रार्थना बुदबुदाते रहती हैं। चेहरे की झुर्रियों पर धूप का सेंक भला मालूम होता है।

"जमुना...जरा डलिया पकड़ाना।" दूर जा रही पैरों की आहट पलटकर पास आर्ती है। उम्र से पहले ही अधेड़ हो चली जमुना, उन्हें उनकी डलिया पकड़ा जाती है।

"यह ले! लोटा पूजा घर में रखती जाना।" माँ डलिया हाथ में लिए पलट जाती हैं। वे धीमे-धीमे कदम बढ़ाते हुए घर के पिछवाड़े वाली बगिया में जाती हैं। डलिया हल्की सी है, तार की जाली से बनी फूलों वाली डलिया!

बगिया क्यारियों में बँटी है। गेंदा के फूल की पंक्तिबद्ध झाड़ियाँ यहाँ बारह मास पहरा देती हैं। मौसम के अनुसार उनमें फूल कम-ज्यादा खिलते रहते हैं।—नन्हें-नन्हें गेंदा के फूल, कत्थई में पीले छींट वाली पँखुड़ियाँ! माँ के दागदार नाखूनों वाली बूढ़ी उँगलियाँ एक-एक कर फूल के डंठल पर रुकती हैं। उँगलियों में कम्पन होता है—डंठल टूटता है। डलिया में इस तरह फूल भरे जा रहे हैं। बगिया में और भी चीजें उगती हैं, धनिया-मेथी से लेकर बैंगन—टमाटर—भिंडी—लहसुन—मिर्च तक! वे फूल तोड़ती जाती हैं और क्यारियों का मुआयना करती हैं। वे मन में नोट करती हैं—यहाँ गोड़ाई की जरूरत है, वहाँ खाद डालना है—उधर पानी कम छोड़ना है। ढलती दोपहर में जब लखमा लौटेगा, तब तक वे उसके लिए कई निर्देश सोचकर तैयार रखेंगी।

माँ का पूजा घर—आम पूजा घरों के अनुपात में यह बहुत बड़ा कमरा है। इस कमरे की दूसरी विशेषता यह है कि इसकी तीनों दीवारों पर क्रमश: एक छोर से दूसरे छोर तक ताखे बने हुए हैं। चौथी दीवार में कमरे का प्रवेशद्वार है। इस तरह निर्धारित ऊँचाइयों पर चार लम्बे-सड़ंग ताखे हैं, जो दीवारों के कोने पर मोड़ लेते हैं। सबसे ऊँचा ताखा माँ की पहुँच से दूर पड़ता है। उस पर अचार—मिर्च—मसाले—पापड़—वड़ियाँ जैसी भंडार की वस्तुएँ रखी हैं। वहीं पीतल, ताँबे के पुराने बर्तन भी सजे हैं। उनसे नीचे के तीन ताखों पर

देवी-देवताओं तथा माँ का अधिकार है। थोड़ी-थोड़ी दूरी पर देवताओं के फोटो दीवार पर टिकाकर सजाए गए हैं—कहीं छोटी-छोटी मूर्तियाँ भी खड़ी हैं।

माँ आदतन दाहिने हाथ में फूलों भरी डलिया उठाए, बाईं मुट्ठी से धोती की चुन्नट उचकाए, झुकी पीठ से देवघर में प्रवेश करती हैं। वे एक लम्बी साँस खींच कोई घुल-मिल सा भजन गुनगुनाने लगती हैं और बारी-बारी से एक-एक फूल को डलिया से उठाकर ताखों पर सजाती है। वे बड़े जतन से दो फूलों के बीच एक बालिश्त की दूरी रखती हैं। गुलाब, कनेर, बेली जैसे कुछ फूलों को वे पहले ही छाँट कर पूजा की थाल में रख चुकी हैं। गेंदा के असंख्य नन्हें फूल सिर्फ ताखों पर सजने के लिए हैं, जबकि यह अन्य फूल ही देवों के शीश चढ़ेंगे। यह नित्य का नियम है। फिर वे पूजा-पाठ करेंगी—तमाम कथाएँ बाँचते जाएँगी और उनके पास बाँची हुई कथा पुस्तिकाओं का ढेर लग जाएगा, जिन्हें वे ठीक दो घंटे बाद पीले कपड़े में लपेटकर पूजा के बक्स में रख देंगी।—इस तरह सुबह कट जाएगी।

छुट्टी के दिन सुमो बाल-सुलभ कौतुहल से अक्सर पूछ बैठती है, "अम्माजी, आपको भूख नहीं लगा करती?"

माँ हँसकर जवाब देती हैं, "हम तुम्हारी तरह बच्चा-बुतरू थोड़े ही हैं कि दिन-भर चरा करें?" वे कोई फल का टुकड़ा सुमो को बढ़ा देती हैं। उनकी बात बालिका की समझ में न आती। बूढ़ों की बात बूढ़े जानें—वे लोग तो मानो इस दुनिया के बाशिन्दे ही नहीं, हर बात अलग है उनकी? बच्ची बेपरवाह फल कुतरती हुई, खेलते-कूदते वहाँ से चली जाती।

जमुना माँ के सामने भोजन परोसती। जब तक वे खा-पीकर अपने पलँग पर सुस्ताने जातीं, जमुना रसोईघर साफ करती। इस तरह माँ का आधा दिन निकल जाया करता। माँ ऊँघती, जागतीं। जमुना उनके आसपास बनी रहती। बूढ़े इनसान को सदा एक टंडेल चाहिए। यह ईश्वर ही जानता है कब उन्हें किस बात की जरूरत पड़ जाए? उतरती हुई धूप में लखमा खेत अथवा गाँव से लौटता है तो गौहाल में फिर शाम की खटर-पटर शुरू हो जाती है। कुछ गाँववाले अपनी जरूरत से दूध भी मोल कर ले जाते हैं। इसी बहाने शाम में घर पर थोड़ा आना-जाना बना रहता है और लोगबाग माँ की तबियतपुर्सी कर लिया करते हैं।

रात में माँ को खिलाने के बाद, जमुना बर्तन साफ करके रसोई के अपने तमाम काम समेटती है। नजरें घुमाकर वह घर का आखिरी मुआयना करती है...सब कुछ हो तो गया? दही भी जमने दे दी है। अब कुछ नहीं बचा...। वह पुकारती है, "सुमो, टी.वी. बन्द कर! अम्माजी गुस्सा होंगी। मैं जा रही हूँ...अन्दर से दरवाजा बन्द कर ले!"

जमुना जब तक पीछे के दरवाजे तक पहुँचती है, सुमो दौड़ती हुई आ जाती है। अपनी माई के जाते ही वह दरवाजा अन्दर से बन्द कर लेती है। बैठक में आकर सुमो माँ से पूछती है, "अम्माँजी, टी.वी. सत्संग होगा या डिब्बा बन्द कर दूँ?" बूढ़ी को चिढ़ाकर बच्ची "खी-खी-खी" हँसती है।

कमरे में घुसते हुए माँ हँसकर जवाब देती हैं, "सत्संग होगा बिटिया, काहे नहीं होगा?" सुमो माँ का प्रिय धार्मिक चैनल लगा देती है, संत-वाणी बज उठती है।

"जा देख, मेरे मोबाइल पर कुछ आया है क्या?" 'कुछ' से माँ का तात्पर्य है कान्ति के किसी छूटे कॉल या सन्देश से। हर रात सोने से पहले वे एक बार अपना मोबाइल जरूर बच्ची से दिखवाकर तसल्ली कर लेती हैं। इस उम्र में अपने कानों या आँखों का क्या भरोसा?

"नहीं, कुछ नहीं है।" सुमो देखकर बताती है। माँ एक लम्बी साँस छोड़ती हैं और संत-वाणी सुनने लगती हैं। सुमो इसी को उनका 'टी.वी. सत्संग' कहती है। वे यह सुनकर अक्सर मुस्कुरा दिया करती हैं।

"अम्माँजी, आपका बिस्तर झाड़ दिया है, मसहरी लगा दी—पानी रख दिया...सोने नहीं चलना है?" सुमो थोड़ी देर बाद पूछती है। मानो माँ की तन्द्रा टूटती है। वह अचकचाकर कहती हैं, "हाँ, बचिया! चलो-चलो...!"

सुमो का छोटा बिस्तर पास, नीचे ही बिछा है। वह हर रात किस्मत आजमाती है—"अम्माँजी, कहानी?"

"दुर्! रोज-रोज तुम्हें कितनी कहानी सुनाएँ?...स्वामी जी टी.वी. पर वार्ता सुनाते हैं, तब काहे नहीं चुपचाप बैठकर सुनती हो?" माँ झिड़कती हैं।

"तब आपका बिस्तर कौन लगाएगा?"

"खाली बदमाशी!" माँ प्यार भरा उलहाना देती हैं।

"अच्छा सुनो आज की वार्ता सुनाती हूँ..." माँ ने कहना शुरू किया।

सुमो गिड़गिड़ाई, "नहीं ऽऽऽ...प्रेत-किचिन का किस्सा सुनाइए! जिसमें किचिन के पैर उल्टे होते हैं और वह दरवाजा खटखटाकर पुआ माँगती है...'दींदींजीं हंम पुआं खायेंगें'...वह ऐसे नाक से बोलती है?" सुमो ने किचिन की नकल उतारी।

माँ पलँग पर लेटे-लेटे पोपली हँसी हँसती हैं, फिर उसे मीठी डाँट सुनाती हैं, "चुप! रात में गन्दी बातें नहीं बोलते। सोने से पहले हमेशा ईश्वर को याद करना चाहिए। सुनोगी तो मैं वार्ता सुनाऊँगी, वरना चुप करके सो रहो!"

सुमो बेचारी क्या करती, 'न तेरी न मेरी' में उसने माँ की बात मान ली। माँ ने उसे प्रभु की कथा सुनानी शुरू की। "हूँ...हूँ..." करते-करते बोर होती हुई बच्ची को नींद ने गोद में ले लिया। माँ चुप हुईं, उन्होंने दीवार की ओर करवट बदली। खिड़की के पार खड़े पेड़ की काली छटा से चाँद अपनी चाँदनी झर-झर बिखेर रहा है।

माँ जाग रही हैं, उन्हें याद आता है—कान्ति के बाबू को देर रात तक रेडियो सुनने की जैसे लत ही थी। पुराने गीतों की प्रसारित गीत-माला बड़े चाव से सुना करते थे वे। चाँद को यूँ उगा हुआ देख उनकी आँखों में जाग पड़ जाती है। आज भी माँ को वे पुराने गीत सूझते हैं—'मंडवे तले गरीब के दो प्यार खिल रहे हैं...' या 'ये रात ये चाँदनी फिर कहाँ...'। एक अरसा बीत गया है ट्रांजिस्टर को खराब हुए और अब क्या इन गीतों में उनका मन लगता है? न जाने क्यों कभी-कभी वे मन में घुमड़ आते हैं जैसे कि यादें।—पहले उनकी चारपाई के नीचे पड़ा ट्रांजिस्टर बजता रहता था। वे चारपाई पर नन्हें कान्ति को थपकियाँ देते हुए कहानी सुनाते हुए सुलाया करतीं...दूर परी देश की कहानियाँ, राजा-रानी के किस्से! वह कहानी अथवा संगीत के असर में सो जाया करता था। उसके बाद फिर कभी माँ ने किसी को कहानियाँ कहकर नहीं सुलाया, अपने पोते को भी नहीं!

माँ गर्दन घुमाकर बेखबर सोती हुई सुमो पर एक नजर डालती हैं। वह आदित्य नहीं। वह उनकी अपनी नहीं, पराई है। लेकिन सुमो ही उनका परिवार है। वे अपनी गर्दन सीधी कर लेती हैं। खिड़की से बाहर दिख रहे पेड़ के

पत्तों में झुटपुट स्वर होता है—कोई पंछी कुनमुनाया है। खिड़की से शीतल बयार बहकर आती है।

"क्या हम वहाँ नहीं जा सकते? सड़क से पाँच घंटे का ही तो सफर है? हाँ, प्लेन की टिकट जरूर बदलवानी पड़ेगी, वह तो ऑनलाईन हो जाएगा। लेकिन बार-बार छुट्टी कहाँ मिलती है, दो दिन छुट्टी बढ़ा लेंगे। क्या कहते हो?"

"नहीं।"

"क्यों?"

"सब गड़बड़ हो जाएगा!"

"कैसे?"

"अपनी शान के खातिर उन लोगों ने हमें सह लिया। हमने इससे ज्यादा हिमाकत की, तो वह हमारी मूर्खता होगी। हमें देख दादी को सदमा लगेगा!"

"मैं उनका दिल जीत लूँगी!"

"मेरी नेपोलियन, हमारा गाँव, तुम्हारा वॉटरलू बन जाएगा। दादी बुरा मान गईं तब पापा हमसे अवश्य खफा हो जाएँगे। हम शादीशुदा नहीं। मैं उन्हें क्या बताऊँगा तुम्हारे बारे में? वे हमसे दो पीढ़ी पुरानी हैं। मैं यह भी नहीं कह सकता कि हमारी सगाई हुई है, यह बात मम्मी-पापा ने उन्हें नहीं बताई समझकर उनका दिल टूट जाएगा, जबकि हमारी सगाई हुई ही नहीं। सोचकर देखो कितना गड़बड़ होगा। फिर पापा नहीं छोड़ेंगे मुझे!"

"ओह! तुम एकदम सही कहते हो।" स्मिता ने हामी भरी।

"नेवर बाइट मोर दैन यू कैन च्यू—कौर उतना ही काटो, जितना चबा सको! वरना वह हलक में फँस जाएगा और तुम्हारी जान भी जा सकती है!" आदित्य ने हँसते हुए स्मिता की गर्दन पर हाथ डाली...वह उसे चूम बैठा...

थोड़ी देर बाद वह स्मिता को रूम में सोता छोड़कर अपनी मौसी के घर लौट आया। अगली सुबह दोनों पुणे के लिए साथ रवाना होंगे।

प्लेन में आसपास बैठे हुए, स्मिता ने आदित्य से बात छेड़ी, "चलो तुम मुझे उनसे मिला न सके, कोई बात नहीं। मुझे उनके बारे में बता तो सकते हो?"

"लेट द ओल्ड वूमन बी। उनके पीछे क्यों पड़ी हो?". आदित्य मूवी सर्फ करते हुए बड़बड़ाया।

"क्यों? मैं, मेरी दादी से बहुत करीब थी। दादी ने ही तो मुझे पालकर बड़ा किया है। पप्पा...कितना मुश्किल रहा होगा...यू नो न? मम्मी के जाने के बाद पप्पा की ड्रिंकिंग प्रॉब्लम। वे अल्कोहोलिक और वर्कोहोलिक दोनों हो गए। कई-कई दिनों तक वे समुद्र से लौटते नहीं। मैं छोटी थी, बाद में दादी बताया करतीं कि उन दिनों वे बहुत डरा करतीं। लेकिन मेरी दादी बहुत बहादुर थीं, जैसा कि कोई आम आदमी होता है। उसके पास हर हाल में डटे रहने के सिवाय दूसरा कोई चारा नहीं होता। दादी सच कहा करतीं कि समय बहुत बलवान है। वह जीवन की सारी तोड़फोड़ को ठीक कर देता है अथवा हमें उनकी आदत डाल देता है, वे हमें ठीक लगने लगती है। पप्पा भी...। उन्हें छोड़ो! तुम अपनी बताओ?"

"क्या बताऊँ?" आदित्य ने हैरानी से अपने कन्धे उचकाए।

"अरे भई, अपनी दादी के बारे में बताओ? तुम्हारे नाना-नानी से मैं मिल चुकी हूँ।"

आदित्य सोच में पड़ गया। बोला, "उनके बारे में क्या बताना है? वे बूढ़ी हैं...बस।"

"कोई भी इनसान अपनी उम्र के आँकड़े से ज्यादा होता है—बहुत ज्यादा, यू नो?"

"हाँ, शायद। जिस तरह तुम पूछ रही हो, दरअसल मैं उन्हें जानता ही नहीं। वे मेरी दादी हैं, मेरे पिता की माँ हैं, दैट्स इट! हम कभी साथ नहीं रहे।"

"क्यों? वे अकेले कैसे रहती हैं? क्या गाँव में तुम्हारा और भी परिवार है, क्या बहुत बड़ी प्रॉपर्टी है?"

"नहीं तो?" आदित्य चकित हुआ।

वह सोचकर बोला, "दादाजी के समय से ही थोड़ी-सी जमीन है। एक घर भी है। तमाम शहरी मिल्कियतें डैडी ने अपनी कमाई से अर्जित की है।

"तब वे इस उम्र में गाँव में अकेले कैसे रहती होंगी?"

"पता नहीं। शायद उन्हें वहीं रहना अच्छा लगता हो? आखिर वह उनका घर है। हाँ, वे बिलकुल अकेली नहीं रहतीं, कैसे रहेंगी भला?

पापा ने एक बनिहार को सपरिवार वहाँ बसा रखा है। वे ही खेत देखते हैं और दादी की दिन-रात सेवा भी करते हैं।"

"पहले जब मैं छोटा था, वे हमारे घर आया करती थीं, साल में दो बार। फिर उनका आना कम होता गया, अब तो उनका पहले जैसा स्वास्थ्य भी नहीं रहा। अब डैडी खुद चले जाया करते हैं उनसे मिलने।...शायद मम्मी का स्वभाव ही कारण हो?" आगे आदित्य ने बात टाल दी।

"तुम्हारी उनके बारे में सबसे प्यारी याद क्या है?" स्मिता टलती नहीं।

"दादी के बारे में सोचूँ तो उनके बारे में एक ही बात सबसे साफ याद आती है मुझे—उनका मुझे चूजे के सिर पर आसमान गिरनेवाली कहानी सुनाना। वे मुझे गोद में बिठाकर कहना शुरू करतीं, 'एक नन्हें चूजे के सिर पर छत से एक खपड़ा गिरा...' उनके दाँत ऊँचे, बड़े से हैं। किनारे का एक दाँत दागदार हुआ करता, वह उनके बोलते वक्त हौले-हौले हिलता...मैं उसे सम्मोहित होकर देखता। मुझे प्रतीत होता वह दादी का दाँत नहीं, खपड़ा है, जो चूजे के सिर पर गिरनेवाला है। चूजा शोर मचाता दौड़ेगा। जंगल के प्राणी भी डर से दौड़ेंगे कि आसमान गिर रहा है। तब शाख पर बैठा उल्लू, उन सबको उनकी बेवकूफी बताएगा।"

"हा-हा-हा...तुम कितने कल्पनाशील हुआ करते थे!"

आदित्य जवाब में मुस्कुरा दिया। वह मानो कहीं दूर खो गया।

"मैं सच बताऊँ, मैंने कभी दादी के बारे में गौर नहीं किया है, हालाँकि वे हयात हैं, लम्बा वक्फा गुजर जाता है उनसे मिले हुए। बचपन में भी जब वे पास बिठातीं तो अजीब लगतीं...बूढ़ी और असुन्दर..."

"बूढ़ी तो तुम्हारी नानी भी होंगी!" स्मिता ने टोका।

"हाँ, लेकिन मुझे उनकी आदत थी।...दादी अजनबी थीं।"

वे दोनों खामोश हो गए। थोड़ी देर बाद स्मिता ही बोली, "तुम भाग्यशाली हो। तुम्हारी मम्मी, नानी, दादी तीनों ही हैं।"

आदित्य कुछ न बोल पाया। न जाने क्यों वह अपनेआप को भाग्यशाली जैसा महसूस नहीं कर रहा है।

25

पौराणिक व शास्त्रीय कथाओं में स्त्री पात्रों के शान्त, त्यागमय तथा धैर्यवान होने से गृहस्थी-लाभ के अनेकों उदाहरण बखाने गए हैं। महत्ता और प्रशंसा का महीन जाल ओढ़ाकर स्त्रियों को ढाँप लिया गया लेकिन साथ ही ज्ञानीजन पुरुषों पर घोर अन्याय कर गुजरे। पुरुषों को वीर्यवान, रौद्र व पराक्रमी घोषित करने की जल्दी में वे शान्त, धैर्यवान व समर्पित पुरुषों को दर्ज करना ही भूल गए? इस 'सेक्सिस्ट' दुनिया के मनाने से न तो रौद्र स्त्रियाँ मिटेंगी, न शान्त पुरुष दफन होंगे। धीरचित्त व शान्त पुरुषों से परिवार और समाज को घनेरे लाभ हुए हैं और होते रहेंगे। वे दुर्घटनाओं और तूफानों को टालने में स्त्रियों से कहीं अधिक सक्षम जो हैं।

"वह इतना बड़ा कांड कर गुजरा। सबके सामने हमारा तमाशा बनाता रहा और आप हैं कि आपको कोई फर्क ही नहीं पड़ा?"—प्रमिला जी कृष्णकान्त पर बरस पड़ीं।

"उसने बचकानी हरकत की तो क्या मैं भी कर बैठता? आपके बहन-बहनोई के घर की शादी में मैं भी तमाशा करता? क्या कर सकता था मैं, आप ही बताइए!"

"अपना ही बेटा है, तब तो यह सब हमें सहना पड़ा! उसने हिम्मत कैसे की, उस कमजात लड़की को सबके सामने लाने की?...बाप होकर आप कुछ नहीं कर सकते हैं? जन्म देने से लेकर पैर पर खड़े होने लायक आपने बनाया। कह दीजिए उससे कि आप उसे अपनी जायदाद से बेदखल कर देंगे, यदि उसने अब भी हमारी बात न मानी! पढ़ाई के लिए डैडी...खर्च के लिए डैडी, गाड़ी चाहिए तो डैडी...और सरेआम अपने डैडी की ही नाक मिट्टी में मिला दी?"—प्रमिला ने कृष्णकान्त पर पुत्र द्वारा किये गए अत्याचार को उन्हें याद दिलाना चाहा।

लम्बे समय से चल रहे तनाव के बावजूद, प्रमिला जी की बात सुनकर कृष्णकान्त को हँसी आ गई। वे बोले—"सुनिए भई, मेरी नाक अपने स्थान पर है।" उन्होंने अपनी नाक हल्के से छूकर दिखाई और कहा, "मैं इतना भी गया-गुजरा नहीं कि अपनी औलाद की किसी कारस्तानी से मिट ही जाऊँ। समझीं आप?"

प्रमिला सँभल गईं। इस वक्त उनकी मंशा पति के दम्भ को पोसने की थी। पति का यूँ सरल-सहज बने रहना, उनको असहज बनाने लगा।

कृष्णकान्त ने शिष्टता दिखाई, "आप अपने पिताजी से क्यों नहीं पूछतीं? वे सब कुछ जान ही गए हैं। किसी को बताने की कसर तो छोड़ी नहीं आदित्य ने! वे बुजुर्ग हैं। उनका हाथ हमारे सिर पर हमेशा बना रहता है, वे क्या सोचते हैं, उनसे पूछो?"

पहली बार ऐसा हुआ कि प्रमिला जी अपने पिता के जिक्र पर तुनक गईं। वे नाराज होकर बोलीं, "पिताजी से मानव तो सँभला नहीं! वे मेरे बेटे के लिए क्या सलाह दे पाएँगे? मुझे कोई इतना अनाड़ी भी न समझे...अपने पिता के इरादे मैं नहीं जानती क्या? वे छोटी जात की बहू घर में लाकर दुनिया में ढिंढोरा पीटना चाहते हैं। जबसे मानव ने उन्हें निराश किया है, वह आदित्य को अपने साथ करना चाहते हैं, पार्टी-टिकट दिलवाना चाहते हैं। वह उस लड़की से शादी कर ले तो उनके पौ-बारह हो जाएँगे। शादी में वे किसी बैरी की तरह आदित्य को शह दे रहे थे, क्या मैंने नहीं देखा?...और यही वे लोग हैं, जो हमें बाद में जीने नहीं देंगे। बात-बात पर हमें नीचा दिखाएँगे और हमें अलग करेंगे। यहाँ आकर वह लड़की ही कौन सा सुख भोगेगी? तब क्या तुम बाप-बेटे को बड़ा सुहाएगा?"

"जाहिर है ऐसी बातें हम में से किसी को नहीं सुहाएगी। वे हमें शोभा भी न देंगी। तब क्यों न हम उस बच्ची को खुले दिल से स्वीकार कर लें? देखो, उन्हें शादी करने से हम नहीं रोक सकते। अपनी मिट्टी पलीद करवाने से अच्छा होगा कि हम बच्चों की बात प्यार से मान लें।"

"नहीं। यह कभी नहीं हो सकता। आदित्य से तुम उसकी बेदखली की बात करो। इस दुनिया में धन-सम्पत्ति से बड़ा कुछ नहीं! उसकी अक्ल तुरन्त ठिकाने आ जाएगी।"

"पहली बात! जो मैंने अर्जित किया, उसका कभी आपसे हिसाब नहीं माँगा। मेरी कमाई ऐसे कई लोगों पर खर्च होते आई है, जिनसे खुद मेरा कोई रक्त-सम्बन्ध नहीं। जब दुनिया मेरी कमाई पर जी सकती है, मैं चुप हूँ, तब मुझसे कौन कहेगा कि मैं अपने ही पुत्र को अपनी सम्पत्ति से बेदखल करूँ?"—कृष्णकान्त ने पूछा।

प्रमिला जी इस सवाल के लिए बिलकुल तैयार न थीं। वे सकपका गईं। कृष्णकान्त आगे बोले—"...दूसरी बात! बेदखली की वाहियात धमकी जो मैं कभी नहीं दूँगा, यदि उसे देता भी तब भी वह न मानता। यदि तुम्हारे समझाने-बुझाने से वह मान लेता है तो भली बात है। यदि न माना, तो हम उसकी बात मान लेंगे। बात को ज्यादा खींचना मूर्खता होगी।"

प्रमिला जी रुँआसी होकर कहने लगीं, "आप हमेशा फाइलों में दफन रहते हैं। मातहत आपको सलाम करते अघाते नहीं। आप अपनेआप को सवाया समझते होंगे। लेकिन जिसे आप दुनिया मान बैठे हैं, वह दुनिया नहीं। उसके मसले आप नहीं जानते। लोगों को पहले ही भनक लग गई है कि लड़की अछूत है। हमारी खिल्ली अभी से उड़ने लगी है। मिलानी की देवरानी हँसी उड़ाती थी कि 'पोते-पोतियों को खेलाकर दीदी हाथ धोया करेंगी? ऐसे तो दिन-भर नहाने-धोने में बीत जाएगा...।' मेरी देह में आग लग गई! इतने पढ़े-लिखे और रईस लोग भी सबके सामने कैसी फूहड़ बातें करते हैं! अभी से हम हँसी के पात्र बन गए हैं, आगे न जाने ईश्वर क्या दिन दिखाएगा!"

कृष्णकान्त ने क्लान्त पत्नी को बाँहों के घेरे में भरकर दिलासा देने की कोशिश की, "फूहड़ लोगों का जमाना बीत गया है। समय बदल चुका है।... फर्ज करें आपको अपने आसपास बदलाव न भी महसूस हो तो आप खुद को बदलकर देखें। हमें ईश्वर ने अपनेआप पर अख्तियार दिया है, दूसरों पर नहीं!"

कृष्णकान्त नई पीढ़ी से बड़े प्रभावित हैं, कितना तो मनोबल है इनमें! यह रूढ़ियों को गर्दानते ही नहीं, दूसरों की लगाई शर्तों पर जीते नहीं। बड़े ख्वाबों को ठुकराने में यह झिझकते नहीं तथा छोटे सुख को अपनाते शर्माते नहीं। विचारधाराएँ अपनी टाँगें डुलाती रह गईं, समाजवादी होकर देश में साम्यवाद न आ पाया, जबकि आज के दौर के व्यक्तिवाद ने समाज में ज्यादा

समता ला दी है—गरीब के हाथ में मोबाइल है और वह भी वही नीली जींस पहनता है जो कोई रईसजादा पहनता है, कीमतें जुदा हैं लेकिन देखने में एक ही चीज...! यह बराबरी विज्ञान और टेक्नोलॉजी व पढ़ाई की देन है, उससे जनित व्यक्तिवाद ने सबकी आँखों में स्वप्न के रंग भरे हैं, जिगर में आग भड़काई है—गोया बच्चा-बच्चा रॉकेट हुआ जा रहा है! वे सोचते हैं, गुरुजनों ने उनकी पीढ़ी को सिर्फ ग्लानि-भाव सिखाया। वास्तव में जीवन का आदर करना है और जीना है, तो अपने बच्चों से यह हुनर सीखना होगा।

एक उनका समय हुआ करता। चन्द दशक पहले की ही तो बात है, जब उन जैसे युवा मँगते हुआ करते। वे ख्वाब भी मँगनी के देखते, अपना सम्मान भी दूसरों की आँखों में ढूँढ़ते। उन्हें प्रेम करने के लिए भी दूसरों की अनुमति चाहिए थी। उनका जीवन, जमा-जोड़ का बहीखाता हुआ करता... निरे काठ के उल्लू! उनका सारा सयानापन, उनके ही किसी काम का न आया तो दूसरों के क्या काम आता?

आदित्य और स्मिता की शादी हो गई। हिमांशु तंडेल अपनी बात पर अडिग रहे, "मैं बिन माँ की बच्ची का बाप हूँ। बारात मेरे दरवाजे पर आने को होनी। हम हमारी स्टाइल से शादी करेंगे। मेरे आखे (पूरे) समाज के सामने बच्ची मेरे दरवाजे से विदा होगी!"—महँगे सूट के अन्दर से खालिस शख्स बोल उठा। यह व्यापार का मसला नहीं है, उसकी बेटी की शादी है, वह भी दूसरी जात में। वह पूर्ण आश्वस्ति चाहते हैं। इस तरह वधू-पक्ष आश्वस्त हुआ, जबकि वर-पक्ष पहले से ही अनाश्वस्त था। हिमांशु तंडेल ने अपनी तरफ से बारात की पूरी परवाह की, जबकि पूर्वाग्रह से ग्रसित वर-पक्ष को वे बेपरवाह प्रतीत होते रहे। होशियारी बरतते हुए बारात छोटी लाई गई थी। वर-पक्ष की योजना ऐसी रही कि कम लोगों के समक्ष विवाह सम्पन्न कर, वधू को वे विदा करा लें। बाद में घर लौटकर अपने रिवाज-रुतबे अनुसार शानदार और वृहद रिसेप्शन दिया जाए। श्री गणेश देव दोनों पक्षों पर सहाय हुए, अत: मंगल-कार्य सम्पन्न हुआ।

26

देवकीनन्दन बाबू अपने बरामदे में खाट पर पसरे हुए हैं। नौकर उनके सिर, गर्दन, कन्धों, बाज़ू, पीठ, छाती पर तेल मल चुका है। अब वह विशेष औषधियुक्त तेल उनके घुटनों व जोड़ों पर मल रहा है। वे नंगे बदन लेटे हैं, टाँगों पर चढ़ आई धोती का कोर तैलीय हो गया है। सर्दियों के साथ-साथ जोड़ों के दर्द का भी आगाज है। उनके सेक्रेटरी का बरामदे के दरवाजे पर आना हुआ, सेक्रेटरी अपनी जगह पर ठिठके, ऐड़ियाँ जोड़ी, सिर नवाया, हाथ छाती तक उठाया। सेक्रेटरी के खिजाब रँगे बाल चिपकाकर काढ़े गए हैं, न जाने उनमें तेल है या वे गीलेपन से चमक रहे हैं? उन्हें देखते ही पता चलता है कि वे सुबह उठते ही नहा-धोकर, खा-पीकर अपनी नौकरी पर हाजिर हो गए हैं। यह रोज का नियम है।

देवकीनन्दन की आवाज, चाहे मालिश के सुख से अथवा जोड़ के दर्द से, उनके कंठ से असामान्य होकर फूटी, “वह काम हो गया? आपने कवरेज अपनी निगरानी में बनवाई है न...?” इतना बोलते हुए उनके मुँह से सिसकारी निकल गई। नौकर का हाथ ठहर गया, वह मुँह उठाकर सेक्रेटरी को देखने लगा कि उनका काम निपटे, तब वह अपना काम शुरू करे।

सेक्रेटरी ने तत्परता से जवाब दिया, “फाइल दफ्तर में रख देता हूँ, जनाब! इसमें तमाम कवरेज धरी है। आप पढ़कर पास कर दें तो...” उन्होंने वाक्य अधूरा छोड़कर हाथ में थामी फाइलों में से भूरे रंग की फाइल निकालकर दूर से दिखाई।

देवकी बाबू के खल्वाट तैलीय सिर पर सुबह की धूप चम-चम चमक उठी। वे पेट के बल पलटते हुए बोले, “ऊँह! आपका क़ाम है, हम भला क्या देखेंगे? भेज दिया जाए!”

कुछ पल सेक्रेटरी दरवाजे पर ठिठके रहे। जब उन्हें 'तखलिया' की तसल्ली हो गई, वे तेज कदमों से दफ्तर को जानेवाले गलियारे में बढ़ गए।

कृष्णकान्त के कानों में असंख्य सरगोशियाँ गूँज रही हैं, हालाँकि उनका चेम्बर साउंड-प्रूफ है? न कोई ध्वनि बाहर जा सकती है, न बाहर से भीतर प्रवेश कर सकती है। यह सरगोशियाँ उनकी कल्पना हैं। बावजूद, वे जानते हैं कि वे उतनी ही यथार्थ हैं, जितना उनके मेज पर रखा पेपर-वेट! उनके कानों में शोर बज-बजकर गड्मड् हुआ जाता है। वे अपनी कुर्सी पर मानो समाधि में बैठे हैं। समाधि की अवस्था में प्रवेश करने के लिए सन्नाटा चाहिए अथवा इतना शोर कि पात्र का मस्तिष्क सुन्न हो जाए! शायद इसीलिए मन्दिरों में कर्णभेदी आरतियाँ की जाती हैं ताकि भक्त हर क्रिया में असमर्थ हो जाए और घबराकर आप में दुबक जाए—ध्यानस्थ? ढोल-झाल-मंजीरा-करतल-थाल... ढन्-ढन्-ढन्-टन्-टन्-ठन्न...कृष्णकान्त के कानों में सरगोशियाँ बज रही हैं। वे शून्य में ताक रहे हैं—'हाँ, यह पेड न्यूज है...' वे इतने नादान नहीं कि इसके पीछे किसका हाथ है, जानने के लिए उन्हें तफ्तीश करनी पड़े। उनकी मेज पर प्रादेशिक अखबारों का जखीरा पड़ा है, जिनकी सुर्खियाँ चीख-चीखकर बयान कर रही हैं—राजनेता देवकीनन्दन ने दलित लड़की को बहू अपनाया/ ब्राह्मणवाद का खात्मा/ ग्रैंडसन ऑफ एक्स एम.एल.ए. देवकीनन्दन वेड्स दलित गर्ल/ ब्राह्मण वेड्स दलित...हर अखबार की सुर्खियों में देवकीनन्दन बाबू छाए हुए हैं...और साथ में है एक अनाम दलित लड़की?—दलित होना उस लड़की की सम्पूर्ण शिनाख्त है।

कुछ खबरों में बतौर दूल्हे के पिता आई.ए.एस. कृष्णकान्त दुबे का नाम भी दिया हुआ है। हर खबर सचित्र है—रत्नागिरी में हुए विवाह की वही तीन तसवीरें हर खबर में दुहराई गई हैं, वे उनके खानगी एल्बम से ली गईं तसवीरें हैं। वे मीडिया के हाथ कैसे लगीं? जबकि रिसेप्शन दिल्ली में हुआ था तथा खुलेआम हुआ था। परन्तु जिस देश में रोज औरतों और बच्चियों पर बलात्कार होते हों, लड़कियों के मुँह पर तेजाब फेंका जाता हो,

समृद्ध जातियाँ खुद को पिछड़ा घोषित करने के लिए सड़कों पर आन्दोलन करती हों, कुकरमुत्ते की तरह स्कैम उगते हों, पड़ोसी देश ललकारता हो, आतंकवाद का साया हो...वहाँ एक बासी, बीत चले स्थानीय नेता की घरेलू तसवीरें, चिंघाड़ती सुर्खियों के साथ प्रमुखता से भला क्यों शाया होने लगीं?

रणभेरी बज उठी। जनता जनार्दन को तमाशाई बनने का न्योता है—देवकीनन्दन बाबू ने अपने ब्रह्म-करों से ब्राह्मणवाद के खात्मे की पताका लहरा दी है। ब्राह्मण-सवर्णों ने खबर पढ़ी—मानो दाल-भात खाते हुए दाँत में कंकड़ पिस गया। वे बेमजा हो गए।

परन्तु दलितों को मजा आ गया। उन्होंने यह खबर चटखारे लेकर पढ़ी। देवकीनन्दन की नौ पुश्तों ने कल्पना न की होगी कि भविष्य में दलित का बच्चा उनका तर्पण करेगा!—वे उत्साह में ठहाके लगाते। अथवा कहते—बतावा भइया! बेद-पुराण, अमका-ढमका पढ़े, चुटइया धारी भी अब दलित होना चाहते हैं। ये अपने परनाती-नवासों वास्ते सार्टिफिक्केट लगाने का इन्तजाम कर रहे हैं! छपी खबरों का कुल मनचाहा असर यह था कि कोई धिक्कारे, चाहे सराहे, देवकीनन्दन बाबू अपनी पार्टी एवं मतदाताओं की स्मृति में ताजे, टटके हरे हो गए!

प्रमिला जी संक्रमण काल से गुजर रही हैं। वे माँ से सास में तब्दील हो रही हैं। उनका ममत्व व उनकी दुविधाएँ मुखर न होकर भी मानीखेज हैं। उनके नीड़ में नया सदस्य शामिल हुआ है जो अपने प्रति उनमें रक्षात्मक संवेदनाएँ जगा रहा है, यदा-कदा सत्ता भाव भी। क्योंकि जीवन लम्बा व निरन्तर है, अन्ततः ममता हावी होकर रहेगी।...प्रमिला जी को जीवन में पहली बार अपने पिता से विलगाव महसूस हुआ है।

स्मिता ने दफ्तर में छह महीने की मेटरनिटी लीव की अर्जी दे दी है, यह अब महिला कर्मचारियों के अधिकारों में समाहित है। यूँ बेहतर होता कि वह यह छह के छह महीनों की छुट्टी जचगी के बाद लेती। लेकिन जैसे महीने चढ़ते जा रहे हैं, उसे आराम और सँभाल की अधिक जरूरत महसूस होने लगी है। घर और ऑफिस दोनों के बीच सामंजस्य बिठाना तनावपूर्ण होता जा रहा है। आदित्य स्वयं उसके स्वास्थ्य को लेकर इस कदर चिन्तित रहता है

कि उसे भी घबरा दिया करता है। सबका मत है कि यह अच्छा मौका है, वह मम्मी-पप्पा के साथ इसी बहाने रह पाएगी।

कृष्णकान्त और प्रमिला की खुशियों का ठिकाना नहीं है। स्मिता को अपने बीच पाकर वे प्रेम व गर्व से फूले नहीं समा रहे। उसका यूँ घर में चलना-फिरना, उठना-बैठना, उनके संग खाना-पीना, उन्हें विभोर किये देता है। उसका होना उन्हें अद्‌भुत-अद्‌भुत महसूस कराता है। मानो उन्होंने आदित्य को नये रंग-रूप और पहले से बहुत बेहतर कलेवर में पा लिया हो। स्मिता की साँवली सूरत, छरहरी बाँहें और फूला पेट देखकर प्रमिला मन-ही-मन मुस्कुराती रहती हैं। उनके मन में पुराने शक-संशय, रंजिश जैसे इस लड़की के लिए कभी थे ही नहीं! वह उनकी कोई काल्पनिक बेवकूफी थी! इनसान को आखिर गलतियों का पुतला, इसीलिए तो कहा गया है। प्रमिला जी की उदारता के विस्तार के लिए मानो यह संसार छोटा पड़ रहा है।

स्मिता की दिन-भर की खुराक की तालिका प्रमिला जी ने स्वयं बनाई है। स्मिता मांसाहारी है। पहले आदित्य बाहर मनचाहा खा लिया करता था। स्मिता शाकाहारी भोजन खाने को राजी है। उसके लाख मना करने पर भी, प्रमिला जी के आदेश पर खानसामा नियमित रूप से आउटहाउस की रसोई में मांस-मछली-अंडा पकाता है। वे साथ में खाने की मेज पर खाते हैं। पहले स्मिता को अटपटा लगता लेकिन मम्मी की हुलस देखते ही बनती है! वे अपनी कल्पना अनुसार इस दुनिया में एक हट्टे-कट्टे बच्चे के आने का मार्ग प्रशस्त करने में मशगूल हैं।

स्मिता को अपने सौभाग्य पर यकीन नहीं आता। एक आनेवाला बच्चा परिवार को किस तरह जोड़ता है, यह जानने योग्य मिसाल है। शिशु संसार में आने से पहले ही अपने लिए प्रेम-भरा गुदगुदा, नर्म घोंसला तैयार कर लेता है। आदित्य पुणे में हैं। स्मिता मम्मी के साथ डॉक्टर के पास जाती है। कृष्णकान्त दूर से देखते हैं। उन्हें वे दोनों माँ-बेटी से बढ़कर बड़ी-छोटी सहेलियों-सी जान पड़ती हैं, एक दूसरे की मदद को सदा तत्पर!

बच्चे के जन्म का जश्न, उसके होने के एक महीने बाद मनाया गया। इस दौरान स्मिता स्वस्थ हो गई और बच्चा भी स्तनपान करके गुलथुला हो चला। आदित्य छुट्टियाँ लेकर घर आया है। हिमांशु तंडेल पहली बार रत्नागिरी से बेटी के ससुराल पहुँचे हैं, अपने नवासे के जन्मोत्सव में शामिल होने के लिए।

हिमांशु दिल के प्यारे इनसान हैं परन्तु व्यवहार में कुछ अटपटे हैं। एक लम्बे अरसे से पत्नी का साथ न होने से उन्हें टोकनेवाला, बात-बात पर राह सुझानेवाला कोई नहीं, शायद यही कारण है, उनकी बिन्दास तबियत के पीछे। अकेले में कोई भी उनके साथ सहज हो सकता है। कृष्णकान्त उनसे चौंकते हैं और मन-ही-मन उनकी बातों का लुत्फ उठाते हैं। हिमांशु का शाम ढलते ही शराब तलाशना, प्रमिला जी को दुविधा में डालता है। किन्तु उन सभी के बीच बच्चा साझा है। उसकी हरकतें सबको उत्तेजित करती हैं और वे साथ मिलकर हँसते हैं।

कृष्णकान्त के मन में जश्न को लेकर खामोश-सी उधेड़बुन है, जिसे वह किसी से नहीं कहते। उन्होंने सावधानी बरतते हुए पार्टी में मीडिया की पाबन्दी लगा दी है। किसी पेशेवर पत्रकार को आमंत्रित नहीं किया गया है तथा कोई पत्रकारनुमा शख्स घुसने न पाए, उन्होंने अपने स्टाफ को चौकस रहने की सख्त ताकीद दी है। इतना ही नहीं, उपरोक्त सभी निर्देश उन्होंने देवकीनन्दन बाबू के सेक्रेटरी को भी फोन पर दे डाले हैं। वे शुभप्रसंग पर अपने श्वसुर से कोई अप्रिय सामना नहीं करना चाहते। बाकी समझदार को ईशारा काफी होना चाहिए।

हिमांशु तंडेल समुद्री आदमी हैं। वे जमीन पर असहज हो जाते हैं। पैरों तले बार्ज हो, बार्ज तले लहरें डोलें और दोनों संग वे खुद! तब ही उन्हें दुनिया पूरी तरह समझ आती है। वे कोई मूर्ख नहीं, उन्हें आभास हुआ है कि उनके मेजबान उनके वहाँ होने से असहज हो उठते हैं। अभी उन्हें थोड़े लम्बे समय तक जमीन की सभ्यता के बीच बने रहना है।

चूँकि वे यहाँ मेहमान हैं, उनके पास खाली समय का इफरात है। रत्नागिरी में काम से लौटकर वे अपना खाली वक्त शराब के सहारे काटते हैं...यहाँ, वे अपने नाती के साथ खेलते हैं।

बच्चे ने अपना फलिया गीला कर दिया। वह रोने लगा। तंडेल ने सिर उठाकर बेटी को पुकारा, "ए...सिमी!" स्मिता शायद पिता की पुकार से अधिक बच्चे की रुलाई सुनकर फुर्ती से कमरे में आती है।

हिमांशु कहते हैं, "ये देख!"

स्मिता ने रोते हुए बच्चे को गोद में उठा लिया। वह चुप हो गया, उसने गीला फलिया दूर हटाया और नये सूखे फलिया पर बच्चे को लिटाया। बच्चा माँ को देखकर उत्साह में अपनी नंगी टाँगें फेंकता है, मानो वह कोई साइकिल चला रहा हो। वह किलकता है, माँ उसे नई लँगोट पहनाती है। स्मिता पीठ सीधी कर, खड़ी हो जाती है। हिमांशु, माँ और बच्चे के कार्यकलापों को चुपचाप देखते हैं। उनका चेहरा बुझ गया है और आँखें वीरान हैं। वे इस तरह बैठे वेध्य जान पड़ते हैं। माँ से पल छिन की दूरी पाते ही बच्चा फिर से रो पड़ा! वह शायद भूखा है। स्मिता ने एक नजर पप्पा को देखा फिर अपनी नजरें झुका लीं। बच्चा इस बार जोर से चिंचिंयाया! स्मिता ने हड़बड़ाकर उसे उठा कर सीने से लगा लिया। जाने के लिए मुड़ने से पहले उसके कदम ठिठक गए। वह बस इतना बोल पाई—"पप्पा..." उसकी आवाज भर्रा आई। हिमांशु चौंककर बेटी को देखने लगे...टुकुर-टुकुर, मानो कोई मूक प्राणी! हिमांशु ने कन्धों को जरा-सा उचकाकर अपने दोनों हाथ मानो इबादत में उठाए, "चल...कॉफी पिला दे?"

स्मिता के उदास चेहरे पर मुस्कान खेल गई। वह बच्चे को छाती से चिपकाए कमरे से बाहर निकल गई। वह रसोई के द्वार पर रुककर खानसामा से बोली, "काका, पप्पा के लिए एक कप कॉफी बना दें।"

बच्चे को दूध पिलाने के लिए आतुर वह अपने कमरे में चली गई। वह जानती है, पप्पा को मम्मी की याद आती है और बतलाते यूँ हैं मानो शराब और सिर्फ शराब 'मिस' कर रहे हों। अब मुआवजे में वे कॉफी पिएँगे—यह सोचकर वह दुबारा मुस्कुरा पड़ी। बच्चा चुटुर-चुटुर दूध पी रहा है।

हिमांशु तंडेल उदासी को दूर भगाने के मास्टर हैं। उदासी का क्या है? वह पुरानी है, दिल के तल में काई की तरह जमी बैठी है। यदि दिल को न हिलोरो तो वह ऊपर छहलाती नहीं। आज की शाम की पार्टी में वे उल्लास से शिरकत करेंगे। वे गेस्ट रूम में उत्साह से तैयार हो रहे हैं। वे आज शाम प्रभावशाली दिखना चाहते हैं। उन्हें इस बात का खयाल है कि पार्टी में पुरुषों के अलावा अजनबी महिला-मेहमानों का हुजूम होगा। वे सँभलकर शेव बनाते हैं। आफ्टर शेव, लोशन अपने गालों पर थपथपाते हैं और सोचते हैं न जाने उनमें भद्र महिलाओं से पेश आने का शऊर बचा भी है या नहीं? परन्तु उनकी तमाम सम्भावित कमियों का खामियाजा उनका आत्मविश्वास पूरा करता है। स्त्रियों से वे अनभिज्ञ नहीं, वसुन्धरा की मौत के बाद...वे सिलसिलेवार आईं, चले जाने के लिए। फिशरीज के धन्धे में कार्यरत अथवा तटवर्तीय देशज स्त्रियाँ। हमेशा कोई अपनी जरूरत से रजामन्द जैसे कि स्वयं वे! लेकिन यहाँ कि बात अलग है।

यहाँ वे गोरे चाम की समृद्ध महिलाओं से मिलेंगे, जिनके पास श्रमहीन सजगता है। वे ऊँचे खानदानों की, बड़े आदमियों की पत्नियाँ होंगी। वे सोना नहीं, हीरे और प्लैटिनम के गहने पहनती होंगी। कुछ ने असली पर भारी पड़नेवाले नकली गहने पहने होंगे, उनके वस्त्र बेशकीमती होंगे और उनकी खुशबू आयातित। ऐसी महिलाओं से हिमांशु तंडेल का कोई लेना-देना नहीं। लेकिन वे अपने प्रयास-भर पार्टी में फीके नहीं पड़ना चाहते। उत्साह से बाँधी टाई की गाँठ पर एक चून कस गई है। सूटकेस में लाए गए ब्राउन सूट की कमर पर सिलवट दर्ज हो गई है। हिमांशु को इन बातों का भास नहीं है, उन्हें ध्यान दिलानेवाला भी कोई नहीं। वे आईने में खुद को आखिरी बार देखकर खुश हैं और अपनी उम्मीदों में अलमस्त।

आदित्य और स्मिता गुलदस्तों और तोहफों से लक्-दक् हुए जा रहे हैं। वे मेहमानों का अभिवादन करते हैं। अर्दली उनके हाथ से भेंट की वस्तुएँ और फूल लेकर पास लगी मेज पर सजाते जा रहा है। वह फुर्तीला है, उसे पल भर आराम नहीं। हाथ स्मिता के भी खाली नहीं। उसकी गोद में नन्हा राजकुमार समाया हुआ है। स्मिता ने लाल साड़ी पहनी है, जिस पर सुनहले

जरी से भड़कीला बॉर्डर कढ़ा है और वैसा ही मैचिंग ब्लाऊज। आदित्य सफेद सूट में उसके साथ खड़ा हुआ खूब जँच रहा है। स्मिता स्टेज से हट नहीं सकती लेकिन रह-रहकर उसकी आँखें अपने पप्पा को ढूँढ़ निकालती हैं। फिर कुछ देर उनकी गतिविधियों का पीछा कर वह आश्वस्त होती हैं। उसके पप्पा खुशियों में शरीक होने इतनी दूर से पहली बार आए हैं, वह उन्हें खुश देखना चाहती है।

हिमांशु तंडेल अजनबियों के बीच भरसक 'सोशल' हुए जा रहे हैं। वे हाथों में अपनी ड्रिंक उठाए मेहमानों में घूम रहे हैं। वे अपने चुटकुलों पर आप ठहाका तो लगाते ही हैं, औरों के चुटकुलों पर भी सबसे ऊँचा ठहाका खुद ही लगाते हैं। वे अचम्भित करनेवाले वक्ता हैं तो दिल जीत लेनेवाले श्रोता भी। उनकी सहजता जल्द ही सामनेवाले को सामान्य कर देती है। कृष्णकान्त अपने समधी का परिचय सबसे करवाते हैं। कृष्णकान्त दूसरे मेहमानों को भी पूछते हैं।

कृष्णकान्त को डिनर के वक्त तंडेल देवकीनन्दन बाबू के संग बैठे दिखाई दिये। उनका माथा ठनका—श्वसुर समधी के चपेट में हैं, या समधी श्वसुर के चपेट में, क्या कहा जाए? उन्हे यूँ आपस में तन्मय होकर गप्प करते तथा संग फोटो खिंचवाते देख कृष्णकान्त ने एकबारगी स्मिता को ढूँढ़ा, परन्तु वहाँ स्टेज खाली है। उन्होंने मेहमानों पर नजरें दौड़ाईं तो पास ही खाने की मेज के गिर्द हाथों में प्लेट लिए उन्हें आदित्य और स्मिता दिखाई दे गए। वे अपने मित्रों के संग मशगूल हैं। तब बच्चा कहाँ है? उन्होंने आया को ढूँढ़ा। वह एक कोने में खाली हाथ खड़ी उबासी ले रही है?

कृष्णकान्त ने देखा थोड़ी दूर सोफे पर बैठी उनकी माँ, गोद में अपने पड़पोते को लिए, उसके साथ खेल रही हैं। माँ अपना सिर हिला-हिलाकर शिशु से बात कर रही हैं।' यह दृश्य देख कृष्णकान्त मानो बिन बारिश के भीग गए। वे अपनी चिन्ताएँ भूल गए और सम्मोहन में माँ के पास खिंचे चले गए। माँ ने उनका आना नहीं देखा, हालाँकि कृष्णकान्त माँ और पोते के संग खेलने को फ्रेम दर फ्रेम अपनी नजरों में उतारते चले गए।

वे बहुत देर अनिश्चय में खड़े देखते रहे। फिर आखिरी पाँच कदम चलकर वे झुके और अनायास माँ से पूछ बैठे, “तू खईंली?”

माँ ने चौंककर ऊपर देखा और कान्ति को पास खड़ा पाकर उन्होंने सहज उत्तर दिया, “हाँ, हम खा ले लीं।” वे दुबारा अपने पड़पोते में मगन हो गईं। कृष्णकान्त खड़े रहे। मानो माँ को एकदम से कुछ याद आया और वे बेटे से पूछ बैठीं, “तू खईंली हो?” कृष्णकान्त पार्टी के नजारे में खोए दिखाई पड़ते थे। उन्होंने अन्यमनस्क ही सिर को हिला दिया, मानो कोई अनिश्चित जवाब दिया।—माँ सदा से अपने नैहर की बोली बेटे संग बोलती। कृष्णकान्त को भी सदा से यही आदत रही, जबकि दोनों ही माँ-बेटे बाबूजी के संग इस तरह न बोलते। माँ ने मानो इस तरह अपना नैहर, जहाँ वे बहुत कम जातीं, अपने भीतर बचा के रखा था तथा कान्ति को भी इसकी विरासत दी थी। वे ऐसे बोलते मानो वह उनके दरम्यान की कूट भाषा हो। इस बोली के सिवाय उनमें संवाद सम्भव नहीं—शायद वे आपस में गूँगे हो जाएँ?

27

समय—वह उत्सवों और खुशियों पर कब ठिठका है? पानी की तरह रुपये बह जाते हैं, फूल मुरझा जाते हैं, सुख समय को लपकने के लिए ललकते हैं...लेकिन समय उड़ता ही चला जाता है। प्रतीत होता है समय दु:ख पर बैठ अपने पंख सुस्ताता है लेकिन वह वहाँ से फिर उड़ चलता है। इस तरह सबकी उपेक्षा करता हुआ समय उड़ता ही जाता है—अनवरत!

रात का समय है, कमरे में आमने-सामने दोनों दीवारों पर ट्यूब लाइटें जल रही हैं। कमरे का चप्पा—चप्पा तेज रोशनी में नहाया हुआ है। मध्यम रोशनी के बल्ब बन्द हैं। इतना उजियारा देखकर लगता नहीं आज इस घर में सोता पड़ेगा। विशाल दुहरे पलँग पर एक ब्रीफकेस खुला पड़ा है। वहीं कागज व फाइलें तितर-बितर फैले हुए हैं। दूसरे दिशा में मुँह किया हुआ लैपटॉप खुला पड़ा है।

आदित्य किसी फाइल पर झुका हुआ है। उसके चेहरे पर छाया पड़ रही है और पीठ पर दूधिया रोशनी। उसकी पीठ पर अदृश्य स्याही से 'तनाव' लिखा है। बिस्तर खाली न होने के चलते, स्मिता अभी-अभी दो बरस के मुन्नू को पास वाले कमरे में सुलाकर लौटी है। वह बिस्तर के एक खाली कोने पर सँभलकर बैठ गई, कागज-पत्तर के फैलाव से दूरी बनाकर। ऐसा मालूम होता है स्मिता के वहाँ होने का आदित्य को आभास नहीं। वह बहुत देर यूँ बैठी रही।

"क्या मैं तुम्हारी कोई मदद कर दूँ?" अन्तत: स्मिता ने उकताकर पूछा।

आदित्य ने कोई जवाब नहीं दिया। स्मिता थोड़ा पास सरकते हुई बोली, "लाओ मैं तुम्हारी थोड़ी मदद कर दूँ।" आदित्य ने मानो उसकी बात सुनी ही नहीं।

"आदित्य! कुछ पूछ रही हूँ तुमसे..." स्मिता ने जरा चिढ़कर कहा।

"नहीं!" आदित्य ने उसे झिड़क दिया!

"ठीक है! मैं मुन्नू के साथ सोने जा रही हूँ, गुड नाइट!" स्मिता ने तुनके हुए लहजे में कहा और बिस्तर से उठ खड़ी हुई। वह मुश्किल से कमरे के दरवाजे तक पहुँची होगी कि आदित्य ने पीछे से टोका—"चाय बना दो।"

"नहीं!"—स्मिता ने दरवाजे से मुड़कर घुड़कती नजरों से आदित्य को देखा।

"यह क्या तरीका हुआ? चाय ही तो माँगी है!"—आदित्य चिढ़ गया।

"तुम्हारे तरीके से यह बेहतर तरीका हुआ! मुझे खुद क्या सुबह ऑफिस नहीं जाना है? कनीज नहीं कि रात भर तुम्हारी टंडेली करती रहूँ।"

"पहले तो मेरी कनीज बनने में बड़ा फक्र महसूस किया करती थी? अब क्या हुआ?"—थकान से चूर, आदित्य ने यह बात स्मिता को मना लेने के लिए कही थी। लेकिन मानो उसके मुँह से निकलते ही बात बेमजा होकर 'धप्प' से उसके पैरों पर ही जा गिरी। अपनी बात में न वह हास्य ला पाया था न ही रूमान का पुट—तब वह पत्नी तक कैसे उड़कर पहुँच पाती? उसकी बात सुनते ही स्मिता और लहक उठी।

वह जल-भुनकर बोली, "शुक्र है तुम्हें पहले और अब में फर्क दिखाई दिया। वरना तुम जैसे किसी अन्धी दौड़ में शामिल हो, जहाँ बिना देखे-समझे ही रेस लगाए रहना है।"

"तुम ऐसे कैसे कह सकती हो? मेरी मेहनत और योजनाओं को अन्धी रेस नाम कैसे दे सकती हो?"—आदित्य तल्ख हो गया।

"क्यों न कहूँ? क्या गलत कहती हूँ?"

"हम गर्लफ्रेंड-बॉयफ्रेंड नहीं रहे। हमारे बीच मुन्नू है अब। उसके और तुम्हारे लिए मैं जिम्मेदार नहीं हूँ क्या? कम-से-कम जितना मैंने अपने पिता से पाया, उतना अपनी औलाद को मुहैय्या कराना सिर्फ मेरी ख्वाहिश नहीं, इसे मैं अपना फर्ज भी समझता हूँ। मैं अपने से कमतर परवरिश अपने बच्चे को नहीं दे सकता। समझीं तुम?"

"समझती हूँ। लेकिन अपना हाल देखा है तुमने? विदेश जाने की जिद में जो कुछ हमारे पास है, उसको तहस-नहस किये दे रहे हो!

क्या तुम्हें नहीं लगता आदित्य कि यदि हमारे इरादे नेक हैं तो हमें उन्हें नेकी से अमल में लाना चाहिए? लेकिन तुम तो..."

"क्या मैं तो? बोलो न? क्या बेजा कर बैठा हूँ मैं?"

"हरेक से ठान ली है तुमने! मम्मी-डैडी, तुम्हारे नाना-नानी, सब हमसे खफा हैं। पप्पा जो हर हाल में हर व्यक्ति के साथ अनुकूल रहते हैं, वे भी घबरा गए हैं तुमसे। जो हम कर रहे हैं क्या थोड़ा धैर्य से नहीं करना चाहिए हमें?"

आदित्य ने आवाज तेज करते हुए हाथ में थामे कागजों को झिंझोड़ा—"क्या यह धैर्य का समय देंगे मुझे? 'ऑपुर्चिनिटीज' क्या मुझ से आकर फरमाएँगी कि—लो जी! आप पहले अपनी पाँच पुश्त दाएँ और चार पुश्त बाएँ को मना लो! उनके राजी होने पर हम दुबारा हाजिर हो जाएँगे। तब आप बना लेना अपना करियर!"

इसके पहले की स्मिता कोई जवाब सोच या दे पाती, आदित्य ने घातक वार किया—"देखो स्मिता, मैंने जिससे भी ठानी हो जीवन में, तुमसे कभी नहीं ठानी। यह तुम हो जो इन दिनों मुझसे ठनी जा रही हो। घरवालों ने थोड़ी मुहब्बत क्या दे दी, तुम्हें कोई नया शौक चर्राया दिखता है! मानो मैं कोई बागी हूँ? उनकी हाँ में तुम चाहे जितनी हाँ मिला लो, ब्राह्मणी नहीं कहलाओगी, जो हो वही रहोगी!"

फलैट और कमरा आधुनिक था। उसकी छत में फॉल्स सीलिंग अवश्य थी लेकिन वहाँ से कोई फानुस नहीं झूल रहा था। बावजूद, उस पल यूँ लगा मानो उनके दरम्यान अपने सहस्त्र हाथ उठाए कोई विशाल काँच-झूमर आसमान से झनझनाता हुआ छूटा और जमीन पर चकनाचूर हो गया। उनके बीच तथा चारों तरफ काँच ही काँच बिछ गया। छूना दूर, शब्द ध्वनि के छिड़ने से भी लहू के फव्वारे फूट चलेंगे।

स्मिता को स्तब्ध और मूर्तिवत खड़ा देख आदित्य के होश लौटे। उसे भान हुआ वह गुस्से में क्या बक गया है! उसका गुस्सा काफूर हो गया और वह एकदम से गफलत की चपेट में आ गया। उसके अब तक कसे जबड़े अनायास ढीले पड़ गए और वह स्मिता को देखते हुए हकलाया, "मेरा मतलब...वह नहीं..."

स्मिता एक हिंसक झपट के साथ पलटी और कमरे से गायब हो गई।

आदित्य एक झटके से उठा, दो-चार फाइलें बिस्तर के नीचे फेंका गईं। उनके बीच रखे सफेद कागज बाहर सरक आए जैसे किसी मृत पशु की जीभ! मुन्नू के कमरे का दरवाजा स्मिता ने अन्दर से बन्द कर लिया। आदित्य ने उसका बड़ी फुर्ती से पीछा किया था लेकिन दरवाजा बन्द हो चुका था। वह आजिज होकर फुसफुसाया, "कमरा तुरन्त खोलो वरना दरवाजा पीटूँगा तो मुन्नू जाग जाएगा।"

स्मिता अँधेरे में खड़ी, अँधेरे को घूरती रही। न उसने उत्तर दिया न दरवाजा ही खुला। तब आदित्य ने हौले-हौले दस्तक देना शुरू किया, फिर तेज...और तेज...! दरवाजा खुल गया! आदित्य ने लपककर स्मिता को बाँहों में जकड़ लिया और जबरदस्ती उसे उनके कमरे की ओर घसीटने लगा। मुन्नू न जाग जाए इस वास्ते दोनों में खामोश मल्ल युद्ध छिड़ गया। स्मिता मानो नफरत से उबल रही थी। वह मौका पाते ही अपने बँधे हाथ छुड़ा कर मुक्के बरसाती। हाथ बँध जाते तो आदित्य को लात मारती। जब तक आदित्य उसे बिस्तर पर बिठा पाता, उसकी बाँहों पर वह अपने नाखूनों और दाँतों से कई निशान बना चुकी थी। वह उसकी हर हिंसा पर दर्द से कराह उठता लेकिन फिर धीरे-धीरे हँसता और मनुहार करता, "तुमने मेरी पूरी बात नहीं सुनी। बिना समझे ही भड़क रही हो। देखो...मैं तुम्हें एक चीज दिखाता हूँ, बस दो मिनट शान्त बैठो, भागना मत! यह देखने के बाद तुम चाहे मुझे जान से मार डालना...!" स्मिता ने अपनी देह शिथिल छोड़ दी। इसलिए नहीं कि उसने आदित्य की बात मान ली, बल्कि इसलिए कि वह बुरी तरह थक गई है। आदित्य ने उसे अपनी दाईं बाँह के घेरे में जकड़ा और बाएँ हाथ से बिस्तर पर खुले पड़े लैपटॉप को उसने 'ऑन' किया। फिर उसकी कुंजियों पर टकाटक अपनी उँगलियाँ मारते हुए उसने पहले नेट कनेक्शन जोड़ा और गूगल सर्च में प्रादेशिक समाचार-पत्र का नाम डाला—उसका होम पेज खुला। तकरीबन तीन साल पहले की तिथि टाइप करके उसने खोज का बटन दबाया...यह सब स्मिता गौर से देख रही है। तभी नेट-पन्ना खुल गया—स्मिता ने आश्चर्य से देखा उनकी शादी की तीन तसवीरें हैं। उसने सुर्खियाँ पढ़ीं...!

“पेड न्यूज है—नाना द्वारा...फॉर पॉलिटिकल गेम्स, माने उनके राजनीतिक फायदे के लिए!—कुछ समझ आया वे मेरी नौकरी छुड़वाकर मुझे अपने काम-कारोबार से जोड़ने के लिए क्यों आमादा हैं? तुम समझीं क्यों घर के लोग लगातार मुझ पर दबाव बनाए हुए हैं अपना करियर बदलने के लिए? और तुम बेवकूफ, प्यार में मेरे खिलाफ उनका मोहरा बने जा रही हो।”

“लेकिन मम्मी-डैडी...?”—स्मिता के मुँह से•मुश्किल से यह बोल फूट पाए। वह मानो नींद से जागी है।

“हमारी शादी के बाद से मम्मी का अपने परिवार से मोहभंग हो गया है। मम्मी-डैडी दोनों तुम्हें सच्चे मन से स्वीकारते हैं। फिर भी, डैडी की ख्वाहिश कि मैं सिविल सर्वंट होता, मैं नहीं पूरी कर पाया। शायद दोनों सोचते हैं कि घर का कारोबार देखने और राजनीति में उतरना मेरे लिए अच्छा है। मानव मामा के घर छोड़ देने के बाद नाना का मैं ही इकलौता पुरुष वारिस हूँ। मेरा छोटा अर्धश्वेत कजिन टिमोथी, उनका पोता अपने पिता की तरह ही, भारत कभी नहीं आएगा...!”

“...आय एम सॉरी! मैं यह सब तुम्हें कभी न बताता लेकिन तुमने मुझे मजबूर कर दिया। जहाँ तुम्हें स्वीकार की उम्मीद न थी, वहाँ तुम्हें प्यार मिलने लगा तो मानो तुम पर आदर्श का जुनून सवार हो गया। वे सब मेरे परिवार हैं और मुझे सदा प्यारे रहेंगे। लेकिन उनके प्रेम को मैं अपने ऊपर शासन करने का जरिया नहीं बनने दूँगा, मैं नहीं चाहता राजनीति में उनका साथ देते हुए किसी दिन मेरे लिए तुम जातीय इकाई बन जाओ और मुन्नू एक खोखला पॉलिटिकल प्रतीक?”

“...उनके लिए मैं साधारण हूँ। लेकिन अपने लिए—तुम्हारे लिए—मुन्नू के लिए मैं खास हूँ। मुझे खुश रहने के लिए इतना काफी है। डैडी सदा खास रहे दुनिया के लिए...परन्तु मुझे शक है कि उन्होंने कभी खुद में खुद को खास महसूस किया। वे सदा एक चुप्पे और उदास इनसान रहे। अब मैं यह थोड़ा-थोड़ा समझने लगा हूँ।

और उनकी सफलता और रुतबा की मियाद अब दो वर्ष ही है। सेवानिवृत्त होने के बाद उनका स्पेशल स्टेटस नहीं रहेगा। अर्दली—सेवक—ड्राइवरों की फौज न रहेगी तब, जब उन्हें उनकी सबसे ज्यादा जरूरत होगी यानी बुढ़ापे में!

दूसरों की आँखों में अपनी छवि बनाने के लिए मैं अपनी जवानी और जीवन का बलिदान क्यों करूँ? मैं हमारी बेहतरी के लिए जर्मनी जाना चाहता हूँ। तुम उन लोगों के बनाए भावनात्मक दलदल में न पड़ो। मेरा साथ दो। हम तीनों साथ जाएँगे। समझीं?"

स्मिता आदित्य के कन्धे पर सिर टेके बिस्तर पर अचल लेटी थी, उसके गाल पर ताजे आँसुओं का भीनापन ट्यूबलाइट की रोशनी में चमक रहा था। उसकी गीली पलकें मुँदी हुई थीं मानो वह सो रही हो लेकिन वह आदित्य की हर बात सुन रही थी।

आदित्य ने हल्के से अपना जड़ हुआ कन्धा उचकाया और उसे देखकर बोला, "अरे, मैं कब से अकेले बोले जा रहा हूँ और तुम सो गईं?" उसे लगा वह सचमुच ही सो गई।

मुँदी आँखों से ही स्मिता के होंठों पर हरकत हुई, "चाय पीनी है?" उसने कमजोर आवाज में पूछा। वह सदमे में है।

आदित्य ने दृढ़ता से कहा, "नहीं। अब नो चाय! रात बहुत हो गई है, हम सो जाते हैं। फाइल लगभग तैयार है, सुबह उठकर कसर पूरी कर लूँगा। मुम्बई भी जाना है, वीजा ऑफिस में।"

स्मिता ने सिर्फ "ह्मम्म.." कहा और वह आदित्य के कन्धे से हटकर तकिए पर ढुलक गई। आदित्य ने उठकर ब्रीफ केस, लैपटॉप व कागजात समेटे। दोनों ट्यूबलाइट बन्द कर नाइट बल्ब जलाया। वह दबे पाँव पास के कमरे में गया और मुन्नू को गोद में उठा लाया। उसने बच्चे को स्मिता के पास लिटाया और खुद बिस्तर में चढ़कर दोनों के साथ सो गया।

28

आईना—वह शय, जिससे कृष्णकान्त आँखें चुराते हैं।

"...क्या कोई नई बात नजर आती है हममें? आईना...हमें देख के हैरान-सा क्यूँ है..."—'ब्लू पंक' डेक पर गीत बेहद धीमा बज रहा है। कार में पीछे बैठे कृष्णकान्त की आँखें रियर व्यू की ओर उठीं, वहाँ उन्हें अपने ड्राइवर का अक्स दिखाई दिया। उसकी आँखें कभी स्थिर तो कभी हिलती-डुलती हैं। उनमें एक निश्चिन्त सजगता का भाव है, जो ड्राइवर के अनुभवी तथा कार्यकुशल होने का प्रमाण देते हैं। उनकी गाड़ी ट्रैफिक में कई बार अड़ती है। कई बार वह सड़क पर शीशे पर पानी के मानिन्द तेजी से निकलती है। बहुत दूर सड़क किनारे खड़ा ट्रैफिक सिग्नल का खम्भा हरी बत्ती दिखा रहा है। कृष्णकान्त की मांसपेशियों में हल्का तनाव आया—वे देख रहे हैं, क्या ड्राइवर हरी बत्ती रहने तक सिग्नल पार कर लेगा, उसने एक्सेलेटर दबा दिया है।...ड्राइवर ने ब्रेक मारा! उनकी गाड़ी पार होने से ऐन पहले, बत्ती लाल हो गई। चूँकि कृष्णकान्त पहले से ही बत्ती पर ध्यान लगाए बैठे थे, उन्होंने जरा सी फ्रस्ट्रेशन महसूस की। ड्राइवर परमहंस भाव से स्टियरिंग व्हील पर अपनी उँगलियाँ बजा रहा है।

एक मोटरसाइकिल सवार कार की खिड़की के काँच के पार ठीक कृष्णकान्त की बगल में आकर रुका। सवार ने एक पल वक्त गँवाए बगैर अपना हेल्मेट उतारा, जेब से मोबाइल निकाला और कान से दबा लिया। उसकी मोटरसाइकिल पर डिलिवरी बैग बँधा है और पल्सर बाइक पर किसी कूरियर कम्पनी का लोगो लगा है। उसने वही नीली जींस, टी शर्ट, स्पोर्ट शूज और विंड चीटर पहना हुआ है।

कृष्णकान्त की उचटती नजर ने सब दर्ज किया...भारत में जींस पैंट मर्दों व औरतों की मानो सामयिक क्रान्ति है। यह बजाप्ते साम्यवाद है! चीपर, स्मार्टर एंड मोर ड्यूरेबल दैन एनी इंडियन क्लोद्स अर्थात भारतीय लिबास से अधिक सस्ते, चुस्त एवं टिकाऊ कपड़े!...तो उन्हें क्या प्रॉब्लम है?

कृष्णकान्त ने खिड़की से नजर हटा ली। मन में पछतावा-सा है। हालाँकि देश दशक में क्या, सदियों में नहीं बदला फिर भी वह बड़ा कवि जो मर गया, वह शायद गलत नहीं कहा करता था? कुछ दशकों पहले चन्द विदेश जानेवालों को यह देश 'ब्रेन ड्रेन' का वास्ता देकर शर्मसार किया करता था! और कहाँ आज देश का प्रधानमंत्री सबको रोजगार आश्वस्त करता है—वह नागरिकों को देश में रोजगार नहीं दिलाएगा। वह देशवासियों का मानो निर्यात करेगा, उत्तरी ध्रुव-वृत्त से लेकर दक्षिण ध्रुव-वृत्त तक—सब जगह भारतीय हैं और होंगे। अब कोई माय का लाल ब्रेन ड्रेन का वास्ता नहीं दे सकता, सब पासपोर्ट-वीसा बनवा रहे हैं। कल तक बात-बात पर शर्मसार होनेवाले नागरिक, आज दुनिया को शर्मसार करने में लगे हैं। अंग्रेजों का औपनिवेषिक शोषक साम्राज्य नहीं, बनिस्पत उससे भी बड़ा भारत का रोजगार पोषक साम्राज्य!

काश, वह कवि ही सही हो! देश बदलता रहे, बाहर जानेवालों के योगदान से यह जमीन इतनी अमीर हो जाए कि आनेवाली नस्लों के सारे स्वप्न वह यहीं पूरे कर दे, कि फिर कभी कोई वतन छोड़कर न जाए? जब हम कवि के मुरीद हो सकते हैं तो सुन्दर कल्पनाओं के क्यों नहीं? कृष्णकान्त को आदित्य के साथ स्मिता की याद आई और सबसे खास याद आई उन्हें मुन्नू की! उनका मन उदास हुआ।

मान लो कोई सौदागर है जो बरसों घर से दूर रहकर सफल व्यवसाय करता रहा। वह अपने जहाज पर सवार है। उसे सामने क्षितिज पर अपने वतन का तट दिखाई दे रहा है। पीछे लहराते समुद्र के पार तमाम दुनिया को जीतकर वह यश-धन लाभ प्राप्त कर आगे बढ़ा जा रहा है। न उसे दस्यु-दलों ने सताया है न उसे तूफानों ने घेरा है। अब, जब वह हर मुसीबत से साफ और सफल निकल आया है, उसे अपने जहाज पर लदा खजाना और पास आते वतन की जमीन बेमानी लगने लगे हैं। अनायास वह अपने खजाने को

जल-मग्न कर लौट जाना चाहता है। वह दस्यु-दलों से भिड़ना चाहता है, तूफानों में मरना चाहता है—एक दुर्भाग्यपूर्ण शानदार मौत!

"यस! दैट इज मिड-लाइफ क्रायसिस!...मध्य-वय का संकट! तुम हिन्दी पट्टी वालों के वास्ते अनूदित संकट...हा-हा-हा..." कृष्णकान्त का मसूरी ट्रेनिंग के दिनों का बैचमेट, केरल काडर का जिमी मैथ्यू उस पर हँस रहा है। वे सब दिल्ली सत्र में मिले हैं और पुरानी पहचान और दोस्तियाँ ताजा हो रही हैं।

"हिन्दी पट्टी वाले अथवा किसी भी हिन्दुस्तानी को संकट की परिभाषा अथवा उसके अनुवाद की आवश्यकता नहीं। यहाँ जन्म से मौत तक का जीवन मात्र क्रायसिस है—संकट! इस बीच उसे अपनी वय के पड़ाव का भी पता नहीं चलता!"

"खट्टे क्यों होते हो दोस्त? तुम आम आदमी नहीं।" मैथ्यू ने कहा।

"नहीं हूँ...लेकिन हूँ भी।" कृष्णकान्त ने सोचकर जवाब दिया।

"कैसे?"

"अब कोई और कुछ भी खास नहीं रहा। खास होने के दिन तीन दशक पहले लद गए और हमें मालूम भी न चला! इस परिक्रमण को समझने में हमें बहुत वक्त लगेगा। अब हँसी आती है सोचकर कि एक समय मारुति 800 हर भारतीय का ख्वाब हुआ करती। 'इम्पोर्टेड' के नाम से हमारे मुँह में लार भर आती और हथेलियों से हसरत का पसीना छूटता! अब देख रहे हो अपने आसपास? लोग एक जैसे कपड़े पहनते हैं, उसे क्या कहते हैं...डिजाईनर! वह जो भी होता हो! वे एक जैसा खाना खाते हैं...नूडल्स, पिट्ज़ा, बर्गर! मैगी भी पाँच रुपये के पैकेट में बिकती है—उसका इश्तहार अमिताभ बच्चन देता है, एक ग्रामीण बच्चे के साथ! समझ रहे हो, अब कुछ भी खास नहीं रहा? हर बात आम हो गई है, हर आदमी आम हो गया है। आदमी जितना जल्दी यह बात समझ ले उसका भला होगा।"

रिनी, मैथ्यू की तत्कालीन गर्लफ्रेंड है, वह साथ बैठी है। उसने पुरुषों के वार्तालाप में हस्तक्षेप किया—"मैं आपसे असहमत होने के लिए मुआफी चाहती हूँ। लेकिन आप जो कह रहे हैं, वह हालात का सरलीकरण है। आपको उदाहरण देती हूँ—मेरी मेड ने छुट्टी माँगी। मैंने पूछा क्यों? उसने बताया उसे अपना

पैन कार्ड प्राप्त करने गाँव जाना है। उनका जन-धन योजना के तहत बैंक में एकाउंट है। उसके बाप के पास ए.टी.एम. है, जिसे वह कम पढ़ा-लिखा होने के बावजूद आसानी से चलाता है। मुझे जानकर बहुत खुशी हुई। वह अपनी जगह गाँव से नई आई, एक दूसरी लड़की काम पर लगाकर गई। उस दूसरी लड़की ने पहली बार पंखा, लाइट तथा फ्रिज मेरे घर पर ही देखे। मुझे उसे उनके स्विच ऑन-ऑफ करना सिखाना पड़ा। कहने की जरूरत नहीं कि वह निछूह अनपढ़ थी।—मेरे खयाल से इस देश में हम कोई भी निष्कर्ष तय नहीं कर सकते? 125 करोड़ जनसंख्या रहते हुए कुछ भी कहना जल्दबाजी है शायद?"

कृष्णकान्त और मैथ्यु दोनों रिनी की बात ध्यान से सुन रहे थे, दोनों ने अपनी सहमति जताई।

तभी रिनी की दृष्टि क्लब के दूसरे कोने में खड़े अपने चिरपरिचित चित्रकार मित्र पर पड़ी। वह उससे मिलने की अभिलाषा में दोनों दोस्तों से अनुमति लेकर उठ गई और अपने मित्र की ओर तत्परता से बढ़ी।

उसे जाते देख कृष्णकान्त ने मैथ्यू से पूछा, "तुम शादी क्यों नहीं कर लेते?"

"शादी मुझे रास नहीं आती, जानते तो हो, दो बार कोशिश की, दो बार डायवोर्स हुआ। नो मोर। रिनी अच्छी है...जब तक है।"

मैथ्यू के निजी मसले कब किसी से छुपे हैं? वह खुली किताब होने का दावा करता है। ऐसे दावों से कृष्णकान्त को कोफ्त होती है। मसूरी के दिनों में भी उसकी करतूतों को ढाँपते, उसे बचाते हुए दोस्तों का समय बीता करता। कृष्णकान्त के साथ ही वह भी अगले साल रिटायर होनेवाला है। उसने अभी से एक-दो एडवाइजरी कमिटी में अपना नाम सुरक्षित करवा लिया है। उसके जैसा खुर्राट अफसर फेज आउट होनेवालों में से नहीं! एक कृष्णकान्त हैं, जिनके सम्पर्क-सूत्र की चूलें पहले ही ढीली पड़ गईं, वे तेल माँगती हैं और देनेवाला कोई नहीं। आदित्य के जाने बाद से कृष्णकान्त की मानो प्रेरणा चली गई है...

"...लेकिन तुम्हारा जीवन तो सदा सँवरा रहा, अपनी तरह नहीं। कहाँ से शुरू किया था और तुम कहाँ पहुँच गए! ऑल्वेज इन विन-विन सिचुएशन! फिर तुम क्यों विषादग्रस्त दिखाई देते हो?"—मैथ्यू ने छेड़ा।

"हाँ...यह तो ठीक है कि जहाँ मैं आज हूँ, उसकी कल्पना पहले न थी मुझे। सोचता था सब कुछ सही-सही करूँगा तो बढ़िया जीवन जिऊँगा।... लेकिन जीवन शायद मूलतः साधारण ही होता है? सो वह साधारण घिसट रहा है। अगले साल रिटायर हो जाऊँगा। फिर पेंशन है..."

"तुम और पेंशन पर? हा-हा-हा...वाई आर यू सो लॉस्ट, बड्डी?"

"पता नहीं। एक बेटा था, वह परिवार लेकर जर्मनी चला गया। उसके लिए ही तो सब कुछ जुगाड़ा था, सब धरा रह गया। वह उड़ गया, मेरा घर खाली हो गया।...माई मदर...शी डाईड! गाँव में उनके अवसान के समय उनके पास मैं नहीं, मेरा नौकर था। मैं जीवन-भर ग्लानि में जीता रहा...खुद को हौसला दिलाता रहा कि एक दिन उनके लिए कुछ कर लूँगा—कल, उसके आनेवाले कल...टालता रहा। वह कल आ पाए, इससे पहले माँ चल बसी। अब इस ग्लानि से मुझे जीवन-भर छुटकारा नहीं मिलेगा, इसे टाल न पाऊँगा। वॉट मस्ट माय फादर थिंक इन हेवन? माँ के जाने से मेरा सिर नंगा हो गया। सोचता हूँ उसके न रहने ने मुझे इतना अकेला कर दिया है। वह मेरे रहते हुए कितनी अकेली थी?"

मैथ्यू के चेहरे पर हँसी लुप्त हो गई। वह इतना ही बोल पाया, "हो जाता है यार, इट्स लाइफ!"

रिनी अपने चित्रकार दोस्त के साथ उनकी तरफ आ रही है। कृष्णकान्त विदा लेते हुए उठ गए। मैथ्यू ने चलते-चलते चुटकी ली, "मुझे शादी करने कहते हो? तुम्हें खुद एक गर्लफ्रेंड की जरूरत है। बीवी को घर छोड़ आए? गर्लफ्रेंड होती तो बाँहों में होती।"

कृष्णकान्त बेसाख्ता हँस पड़े और चित्रकार की तरफ इशारा, "और हमेशा डरा रहूँ कि उसे कोई चुरा न ले जाए?...मजाक ही। प्लीज डोंट माइंड?" उन्होंने सफाई भी दे डाली।

मैथ्यू जोर से हँसा। कृष्णकान्त ने बताया, "दरअसल मेरी पत्नी अपने पिता के घर उनकी सेवा में है। पिछले दिनों पिता को स्ट्रोक आया और आधा शरीर बेकार हो गया है..."

"आय एम सॉरी टू हियर दैट।"—मैथ्यू ने सहानुभूति दर्शाई।

"शादी एक संस्था है।"

"जिसमें मैं भर्ती नहीं होना चाहता।"

"यह भी सही है!"—कृष्णकान्त ने हँसकर प्रशस्ति दी।

वे अकेले क्लब फॉयर से निकल आए। उनके पीछे रिनी अपने चित्रकार दोस्त का मैथ्यू से परिचय करा रही है।

देवकीनन्दन बाबू के घर अब भी उनके सेक्रेटरी नियमित रूप से आते हैं, हालाँकि पहले से बहुत कम वक्त के लिए ठहरते हैं। यहाँ पहुँचते ही उनकी काया में अनिश्चय घुल जाता है। वे ठिठकते-पूछते-इन्तजार करते से बने रहते हैं, जब तक जाने का आदेश नहीं मिलता। देवकीनन्दन को स्ट्रोक आया तो देखनेवालों का ताँता लग गया, वह अब छँट चला है। कुछ लोग अब भी आते हैं, कोई पुराना साथी या वफादार अथवा कोई आशावान छुटभैय्या। सत्ता थी नहीं, अब कोई नाम-लवैया भी न रहा। कार्यकर्ताओं ने उनको 'ऑनेस्ट' करार कर दिया है। इस जमाने में भी घर-परिवार की तरफदारी नहीं की देवकीनन्दन बाबू ने, किसी भाई-भतीजे को पोस्ट-टिकट नहीं दिलवाई। यह बातें मानो जले पर नमक का काम करती हैं। उनकी सेहत पूछने आया कोई आगन्तुक जब उनकी तारीफ के कसीदे पढ़ता है, तो देवकीनन्दन को मालूम होता है मानो वे अपनी ही श्रद्धांजलि आप सुन रहे हैं। वे जीते जी बीत गए। 'ऑनेस्ट'...पहले की तरह अब वे हिकारत से थूक नहीं पाते, 'पिच्च्'! गोया गाली पड़ गई हो उन्हें! लोग व्यंजना में असफल बता जाते हैं उन्हें!

देवकीनन्दन की पत्नी पहले भी धार्मिक प्रवृत्ति की रहीं, अब पति की स्वास्थ्य-कामना में उनकी यह प्रवृत्ति और बढ़ गई है। प्रमिला जी, जिनका धर्म के प्रति कोई विशेष रुझान नहीं रहा, उन्होंने एक आला किस्म के धर्म-गुरु से दीक्षा ले ली है। वे इस बात को लेकर आजकल सदा उत्साहित रहती हैं। अब गुरु की सेवा में वे उनके पीछे फ्लाइट से बैंगलुरू, इन्दौर, गुड़गाँव... जाती हैं। वहाँ उनके जैसे हजारों समृद्ध भक्तजन हैं, जिनके पास धन और वक्त दोनों की अकूत मात्रा है। उनका कहाँ निवेश करें, बस यह समझ नहीं पाते।

गुरु जी त्याग के नाम पर भोगविलास परोसते हैं—शिष्यों को अपने मार्फत निःशंक ग्लानिमुक्त कर देते हैं।

ईश्वर ने हर चीज में मनुष्य को बराबर बनाया है—भूख, प्यास, यौनेच्छा, मनोभावनाएँ, विचार-शक्ति...तथा सभी समानताओं से उठकर दूसरों से खुद को भिन्न साबित करने की प्रबल इच्छा-शक्ति रखने में भी सब मनुष्य समान है। यही इच्छा-शक्ति मनुष्य को कला, व्यवसाय, खेल, प्रतियोगिताओं आदि, यहाँ तक की धर्म-साधना के प्रति भी आकृष्ट करती है।

वीरानियाँ हैं—उन्हीं के बीच कृष्णकान्त अगले साल सेवानिवृत्त होंगे। उनके मन की निवृत्ति तो आदित्य के जाने पर ही हो गई थी। वे इन दिनों गाँव दगड़िया में अपने घर का जीर्णोद्धार करवा रहे हैं। कुछ ज्यादा नहीं, उन्होंने सोचा है, माँ के कमरे को अपने रहने लायक तैयार करवा लें। एक वॉर्डरोब बन रहा है और जमीन से छत तक जाता, पूरी दीवार को घेरता एक काँच का बुक-शेल्फ, स्टडी टेबल, आधुनिक पलँग तथा बैठक के लिए कुछ आवश्यक फर्निचर। कुछ बिजली के नये पॉइंट्स लगेंगे। मकान हाल में पेंट हुआ है, इसकी अभी जरूरत नहीं। बोरवेल, मोटर आदि दुरुस्त हैं। वे इस घर में कोई मूलचूल परिवर्तन नहीं लाना चाहते।

कृष्णकान्त अब महीने के हर दूसरे शनिवार-रविवार की छुट्टी में गाँव पहुँच जाते हैं। लखमा उनकी सेवा में मुस्तैद रहता है। लखमा इन दिनों आशंकित रहने लगा है, हालाँकि वह ऊपर से यह जाहिर नहीं होने देता। ग्राम-पंचायत के बाहर कृष्णकान्त की गाड़ी रुकते ही खलबली मच जाती है। उन्होंने जीवन में पहली बार दिल से गाँव की सुध ली है। पहली बार, गाँव उनका अफसरीय नहीं, मानवीय रूप दर्ज कर रहा है। उल्लू बूढ़ा नहीं, वह उड़ा नहीं। उसके पंख जड़ हुए तो क्या? पंजों तले टहनी पुरानी व मजबूत है। वह टहनी सहारे फुदक लेगा। जो डैने खुले...उड़ेगा?

प्रमिला जी का प्रिय शगल है—वेबकैम के जरिए बेटा-बहू और पोते से बतियाना, उन्हें देखना, उनके संग इस तरह जीवन के कई क्षण साथ जीना। मुन्नू किंडरगार्टन जाता है। कृष्णकान्त धैर्यपूर्वक चुपचाप किनारे बैठे रहते हैं। उन्हें मालूम है जब तक पत्नी, बहू को पोते के लालन-पालन के सुझाव

न दे लेंगी तथा दोनों सास-बहू अपनी गृहस्थी व जीवन के किस्से एक दूसरे से साझा नहीं कर लेंगी, उनको अपनी बारी आने का इन्तजार करते रहना होगा। उन लोगों की बातों को दूर से सुनने का भी अपना मजा है, वे अपनी बारी आने पर पोते और बहू से प्यार भरी बातें करते हैं।

...और आदित्य? बस यह लड़का है जो कुछ समझता ही नहीं! एक ही रट लगाए रखता है—"डैडी आपका तजुर्बा बेहद मूल्यवान है। आप किसी कॉर्पोरेट को जॉइन कर लें, आप बिलकुल फिट हैं। साठ बरस में अब कौन घर बैठता है, वह भी गाँव जाकर?"

प्रमिला जी बोलती हैं—"तुम्हीं लोग समझाओ बेटा! तुम्हारे डैडी सच में सठिया गए हैं!"

आदित्य कहता है—"आपके कई सीनियर इस तरह के जॉब्स कर रहे हैं। आपके साथी भी करेंगे। आप जिन्दगी भर गाँव में नहीं रहे, अब इस उम्र में वहाँ जाकर क्या रहेंगे? आपके पास पैसा है, सम्पत्ति है, आप आराम करें। मैं तो कहता हूँ, कोई काम न करें! हमारे पास जर्मनी आएँ...टेक ए वर्ल्ड टूर, डैडी! एन्जॉय योरसेल्फ!"

"मैं तुम्हारी आखिरी सलाह जरूर मानूँगा। आइ विल एन्जॉय मायसेल्फ! और हाँ, मैं गाँव में ही जन्मा और जवान हुआ। तब तुम नहीं थे।" वे मुस्कुराए।

कृष्णकान्त मन-ही-मन जानते हैं, आदित्य कभी नहीं समझ पाएगा। वे वार्तालाप का अन्त करते हैं। आदित्य के पीठ पीछे खड़ी स्मिता चौड़ा मुस्कुराती है और उन्हें थम्स अप का इशारा देती है फिर दोनों हाथ प्रणाम की मुद्रा में जोड़ती है।

29

कृष्णकान्त सेवानिवृत्त हुए। पुराने घर की नई लायब्रेरी में दुनिया जहान की किताबें भर रही हैं—कृषि विज्ञान, विद्युतिकरण, पर्यावरण, स्वास्थ्यविद्या (सैनिटेशन), भूमि अधिनियम, इत्यादि...। वे जरनल पढ़ते हैं—'पंजाब में कृषि—आधुनिक विकल्प'। वे हिमांशु तंडेल से फ्रेश वॉटर फिशिंग के बारे में पूछते हैं, सलाह लेते हैं—गाँव के नदी के वास्ते। स्मिता के ई-मेल उन्हें नित्य आते हैं—'डियर डैडी,...प्रोपोजल फॉर एन.जी.ओ...।' बच्ची जर्मनी में बैठकर उनके लिए रूरल डेवलपमेंट एंड एम्प्लॉयमेंट के प्रस्ताव और पायलट प्रोजेक्ट्स तैयार करके भेजती है। जिला-अधिकारी उनका जूनियर है। वह उनकी उँगलियों के पोर पर है...टिप्-टिप्-टिप्... वे फोन लगाते हैं।

गाड़ी रुकती है, सरपंच बलेन्द्र सिंह कृष्णकान्त को देखकर रुक जाते हैं—वे दोहरे होकर प्रणाम करते हैं। कृष्णकान्त सिर हिलाकर अभिवादन स्वीकार करते हैं। यह वही बलिया है, जिसने बचपन में अपने बड़े भाई से झूठी शिकायत लगाकर कान्ति को पिटवाया था। सरपंच यूँ बनता है मानो उसका प्रेम पुराना है और पहचान नई। कृष्णकान्त ऐसे बनते हैं जैसा सब कुछ नया है। आगामी चुनाव में यह गाँव आरक्षित सीट पर जाएगा...

प्रमिला जी पुत्र-पुत्रवधू से शिकायत करती हैं। कभी वे सब मिलकर कृष्णकान्त की हँसी उड़ाते हैं। वे मुस्कुरा भर देते हैं। प्रमिला माता-पिता को देखने अक्सर शहर चले जाया करती हैं। एक दिन वे शहर से लौटकर पूछती हैं—"क्यों न हम गाँव में गुरु जी का एक छोटा प्रचार केन्द्र खोल लें?

गुरुजी ने मुझे अपनी सम्मति दे दी है।"—कृष्णकान्त के सीने में एक चिर-पुरानी कोफ्त उठती है, पल भर को वह उनकी आँखों में तिर जाती है। एक चिर-पुराना स्वर फूटता है, "हूँ।"—माने अवचनबद्ध!

देर रात तक स्टडी की लाइट जल रही है। कृष्णकान्त सम्बन्धित सरकारी विभाग को प्रस्ताव-पत्र लिख रहे हैं। उन्हें उम्मीद है जल्द ही गाँव में एन.जी.ओ...वे रम रहे हैं। बाहर पुराने गौहाल की तरफ से आवाज आती है—'फड़-फड़, फड़...' रात खपरैल की शरण में आया कोई पंछी फड़फड़ा रहा है। शायद उल्लू है!